LE DRAGON
DE CRACOVIE

DU MÊME AUTEUR
CHEZ POCKET

SAN-ANTONIO

LE DRAGON
DE CRACOVIE

FLEUVE NOIR

© 1998, Editions Fleuve Noir

ISBN 2-266-10000-9

*A Claude Durand, en souvenir
de nos quatre pas dans les nuages.*
SAN-ANTONIO

L'ACTION DE CE LIVRE
SE PASSE EN 1988

Avant que de commencer ce livre, il convient d'apporter quelques précisions au lecteur à propos d'une affaire tenue secrète pendant cinquante années, et qui n'aurait jamais subi l'éclairage de l'Histoire si certains événements relevant du simple fait divers ne s'étaient produits.

La chose s'opéra à Berchtesgaden le 19 novembre 1937, à l'occasion d'une visite diplomatique que Lord Halifax rendit au maître de l'Allemagne nazie.

Au soir de cette journée encombrée de tractations épineuses, Hitler se trouva aux prises avec l'une de ces irascibles migraines dont il était coutumier. Elle fut si violente qu'il sonna l'infirmière de nuit.

Celle-ci se pointa, nue sous sa blouse professionnelle, si l'on excepte une culotte d'honnête femme qu'elle n'ôtait que dans sa salle de bains.

Il s'agissait d'une gretchen blonde à la chair ferme et aux yeux couleur de myosotis. Elle dégageait une saine odeur de jambon et d'eau de Cologne qui plut au Führer cependant peu sollicité par les femelles.

Ses névralgies ne se calmant pas après la prise d'une médication, elle proposa de lui masser la nuque. Il eut la sagesse d'accepter et, presque instantanément, ses cervicales cessèrent de le tracasser.

Au cours de cette thérapie élémentaire, ils parlèrent; comportement de toute exception de la part d'un homme qui pensait les dents serrées pour être certain de ne pas se livrer.

Elle avoua à son patient qu'elle se nommait également Hitler et que, d'après des recherches opérées par son grand-oncle, employé d'état civil, ils descendaient d'une même souche.

La nouvelle amusa énormément le Führer. Au lieu de prendre la mouche et de la faire précipiter d'une falaise voisine pour son audace, une charmante pulsion patronymique le fit se jeter sur elle et il la troussa comme l'eût fait un *Feldwebel*.

Éblouie – on le serait à moins –, Frida ne tenta rien pour se séparer de la semence chancelière.

Bien lui en prit, puisqu'en août 1938, elle donna le jour à un gros garçon blondasse qu'on prénomma Richard. L'enfant naturel de « qui vous savez maintenant », peu doué pour les études, se fit boucher, se maria et eut en 1970, un fils qui devait devenir le héros de cet ouvrage et dont la grand-mère exigea qu'on l'appelle Adolf.

Il est utile de préciser que le maître du Grand Reich ignora cette paternité dont son orgueil se serait mal accommodé.

Pour en finir avec le boucher transitoire, ajoutons qu'il se tua avec sa femme, en 1984, au volant d'un cabriolet Mercedes gris métallisé, de 12 cylindres, qu'il ne put maîtriser et s'en alla planter dans un poids lourd batave chargé de bière Heinenken dont, au passage, je signale qu'elle est ma préférée.

Au moment de son orphelinade, Adolf atteignait ses quatorze ans. Enfant au physique plutôt ingrat (il ressemblait à son grand-père), il présentait une constitution chétive, ne riait jamais, posait sur le monde un regard en forme de crachat, s'exprimait au plus juste, se montrait inaccueillant, lisait beaucoup, allait souvent au cinéma, dessinait avec habileté, écrivait des sentences d'une portée générale, aimait la littérature russe (principalement Dostoïevski), haïssait ses compagnons d'étude, introduisait des corps résolument étrangers dans le con de leurs sœurs (entre autres une grenouille, un soir d'été), et finissait toujours par tuer les animaux qu'il adoptait.

Après que ses parents se furent anéantis dans de la ferraille hollandaise et comme il se trouvait mineur, sa grand-mère paternelle le recueillit en sa maisonnette de la banlieue viennoise. Ce changement de vie ne lui déplut pas : il détestait l'ambiance sanguinolente de ses géniteurs. Des animaux, morts et tronçonnés, dominaient les occupations familiales. Le pire étant les livraisons qu'on le chargeait d'effectuer. Cette substance musculaire, molle et froide à travers le papier sulfurisé, le plongeait dans un tel dégoût qu'il portait des gants pour la manipuler.

A l'époque de son double deuil, *Mutti* Frida allait sur ses quatre-vingts ans. Elle restait une forte femme au corsage plantureux, dont les yeux délavés ne voyaient plus guère et que des plaies variqueuses contraignaient à porter des bas épais comme des jambières de picador. N'ayant jamais possédé beaucoup d'esprit, elle conservait le sien intact. La venue de son petit-fils dans son existence la combla car elle exécrait la solitude. Elle lui aménagea la meilleure chambre de sa confortable maison et le laissa à peu près libre de gérer son temps. La présence de cet être silencieux, aux habitudes rangées, qui débarrassait la table sans qu'on le lui demande, constituait une aubaine pour la vieille dame.

Elle n'avait parlé à personne du coup de bite d'Adolf Hitler ; même sous la torture, elle ne l'eût point avoué. Il représentait l'instant culminant de son destin et restait une espèce de secret d'État qui n'appartenait même pas à l'Histoire. Il lui tint lieu d'époux.

Si elle connut quelques mâles, après sa merveilleuse aventure de Berchtesgaden, ce ne furent que des amours diurnes car, comme elle parlait en dormant, elle redoutait d'être trahie par les perfidies du sommeil.

Lorsqu'en 1945 le Dieu des Enfers s'anéantit dans l'apocalypse du bunker, elle en conçut un obscur chagrin qu'elle sut cacher à ses familiers. La certitude d'être l'unique femme à assurer la continuité terrestre d'un être à ce point exceptionnel la réconforta. Déçue par son fils, lequel n'évoquait en rien son glorieux amant, elle conservait une foi tenace, que la naissance d'Adolf récompensa. Cette fabuleuse ressemblance vainement cherchée dans le visage ingrat du boucher surgissait, sublime, sur celui de son rejeton. Quand il arrivait à Frida de comparer les photos du Führer enfant et de son petit-fils, elle fondait en larmes d'émotion à la vue d'un pareil mimétisme.

Plus tard, elle décida le jeune homme à laisser pendre une mèche sur son front, se promettant, par la suite, de lui conseiller le port de la moustache. L'épopée nationale-socialiste s'estompait dans les mémoires. Le nom d'Adolf Hitler ne faisait plus frissonner personne. Les enfants ignoraient son existence. Il était devenu un sujet (à choix) du baccalauréat.

MUNICH

1

Le dimanche, pour peu que le temps ne fût point hostile, il aimait à flâner par les hauts lieux touristiques de la ville, non qu'il prisât la foule, mais elle attisait en lui un étrange sentiment de haine qui le fortifiait. Un cahier de croquis sous le bras, il cherchait une aire de calme dans ce lent malaxage humain. Il n'en existait guère, pourtant il en dénichait toujours : de ces zones négligées, nichées dans un recoin de square ou près de l'arc-boutant d'un édifice. En garçon soigneux, il étalait au sol quelque étoffe réservée à cet usage et s'asseyait dessus en tailleur.

Adossé à une grille ou à un mur, il contemplait ces gens qui badaient, sans plaisir apparent, dans un crépitement d'appareils photographiques, à la recherche d'ils ignoraient quoi. Une forte odeur de crottin émanait des calèches en stationnement. Des amoureux, affamés d'eux-mêmes, accouraient vers son coin de repos puis, l'apercevant, s'éloignaient promptement. Il leur adressait des gestes insultants dont les couples n'osaient se formaliser.

Sa misanthropie le détendait. Il s'efforçait d'imaginer ce que serait la Terre dans quelques millions d'années : sans doute une planète morte, dépouillée comme un os de seiche, qui poursuivrait sa morne rotation sous un soleil légèrement moins ardent ?

Il ouvrait son carnet à spirale pour, rageusement, saisir l'attitude théâtrale d'un photographe amateur. Il détestait plus que tout ces « pilleurs de rien », imbus de leur appareil et de l'index qui le déclenchait.

Son dessin se montrait impitoyable car il possédait du talent. Au point de se demander s'il ne devrait pas davantage orienter ses études vers les beaux-arts. Plusieurs séjours à Florence finirent par le détourner du projet. Il renonça à discipliner une attirance artistique souvent gâchée par l'orientation des Maîtres.

Il acheva l'esquisse avant que le photographe tatillon eût tiré son cliché. Le type prenait des postures déhanchées, faisait des mimiques ridicules pour exprimer son savoir, sa concentration. On eût dit un chasseur auquel il ne reste plus qu'une balle et qui diffère le coup par crainte de le perdre.

– Feu ! lança Adolf.

L'homme sursauta. Dans le mouvement il pressa son déclencheur dont le bruit fut perceptible au jeune homme.

Furieux, il se tourna vers le garçon en maugréant :

– Insolent !

Celui-ci se leva d'un bond et s'approcha du bonhomme, la démarche féline, le regard concentré.

– En quoi suis-je insolent ? demanda-t-il.

Son interlocuteur, un sexagénaire massif aux épais cheveux gris, ne s'émut point.

– Espéreriez-vous m'intimider ? fit-il. Sachez qu'à votre âge j'avais déjà tué des hommes.

– A la guerre ou pour votre plaisir ?

Le photographe conservait ses réflexes d'autrefois. Fou de rage, il fit tournoyer son Leica au bout de sa dragonne et l'abattit sur la tempe de son vis-à-vis. Le choc fut violent au point que le jeune Hitler perdit connaissance.

Des touristes accoururent. Un policier fut mandé. Bientôt, une ambulance conduisit l'étudiant à l'hôpital où l'on diagnostiqua une commotion cérébrale.

Il y passa trois jours et y prit un grand plaisir. Pour la première fois il connaissait la volupté d'être une victime provisoirement soustraite au monde. Sa grand-mère, affolée, lui rendit visite ; il eut la sagesse de ne pas la rassurer mais de feindre, au contraire, l'égarement. Une obscure prescience lui conseillait de se constituer un capital de « circonstances atténuantes » pour plus tard, car il se sentait en charge d'un avenir hors du commun.

Les trois jours écoulés, il simula une aphasie que les neurologues attribuèrent à un traumatisme de l'hémisphère cérébral gauche. On le transféra dans une clinique spécialisée où il médita longuement. Le Führer avait connu la même « démarche philosophique » lorsqu'il fut condamné à cinq ans de forteresse en janvier 1924 à la suite de ses démêlés avec Von Kahr ; il mit cette peine [1] à profit pour dicter à Rudolf Hess la bible du National-Socialisme [2].

Adolf Hitler Jr., pour sa part, n'écrivit rien, mais programma son destin.

« Son agresseur » écopa de deux jours de prison avec sursis (il s'agissait d'un héros de la dernière guerre) et d'un million de schillings de dommages et intérêts. La somme constituait un viatique suffisant pour permettre au jeune homme de s'installer à l'étranger, son héritage restant bloqué jusqu'à sa majorité.

1. Qui fut réduite à moins d'un an.
2. *Mein Kampf.*

Le « blessé » vécut quatre mois dans sa maison de rééducation avant de se décider à guérir. Il fit des progrès surprenants qui ravirent les médecins, lesquels s'en attribuèrent naturellement le mérite.

De retour chez *Mutti* Frida, il lui confia son intention d'aller suivre des études d'architecture à Munich.

L'excellente femme pleura, mais approuva ce projet. Munich n'était-elle pas la ville où Hitler avait jeté les bases de sa formidable carrière ? Elle conservait dans sa chair vieillissante l'étreinte prompte de cet être si peu perméable aux fascinations de l'amour, s'efforçant de retrouver, par-delà le temps, les sensations ardentes et confuses d'un instant exceptionnel.

Le Führer l'avait jetée au travers du lit, les jambes pendantes. Au lieu de lui ôter sa culotte, il s'était borné à murmurer en la montrant du doigt :

« – Enlevez ça, Frau Hitler ! »

Nul doute que sans son patronyme il ne l'eût pas prise. En s'emparant d'elle, c'était somme toute à soi-même qu'il rendait hommage.

A la suite de cette fougueuse étreinte, il l'avait fait muter dans un hôpital de Hambourg. Loin de leur Autriche natale, elle avait compris que cette décision constituait une forme de grâce.

Un mois plus tard, son petit-fils prit le train pour Munich.

2

Pendant le trajet, il lut *La Métamorphose* de Kafka, rêvant que s'opère en lui une transformation physiologique, à défaut d'anatomique. Ses dix-sept années d'existence le convainquaient de ce que la jeunesse d'un homme n'est qu'un cratère en ébullition d'où peuvent jaillir le pire et le meilleur. L'être doit, à l'orée de sa vie, prendre conscience de sa puissance, sinon celle-ci pantelle tel un pénis sans désir. S'il venait de fuir la douceur d'un nid, c'était pour affronter son destin à poings nus.

Une intense sauvagerie le rendait invincible.

Quand le train eut franchi la frontière allemande, il éprouva une vague délivrance. Depuis Salzbourg, son compartiment ne comprenait plus qu'une autre personne : un homme d'une cinquantaine d'années, au front dégarni, à la bouche pulpeuse, au regard empreint de langueur. Comme il n'avait pas cessé de le dévisager au cours du trajet, Adolf le supposait homosexuel. Il lui arrivait de subir les invites d'individus ambigus, que sa minceur et son expression farouche intéressaient. Il y répondait parfois, poussé par une louche curiosité, se contentant de se prêter passivement aux convoitises qu'il suscitait, sans jamais payer son partenaire de retour. Ces brèves expériences (mais en étaient-ce vraiment ?) ne lui inspiraient ni excitation ni dégoût.

Le voyageur engagea la conversation après s'être rapproché de lui. Il usait d'un parfum délicat auquel Adolf fut sensible.

Il s'étonnait qu'un adolescent voyageât seul, généralement les jeunes se rendant en groupe à l'étranger.

Le garçon répondit qu'il espérait faire des études d'architecture à Munich. Cette déclaration arracha une exclamation au personnage car il dirigeait un bureau de géomètres dans la capitale bavaroise. La nouvelle n'eut pas sur Adolf l'effet escompté. Celui-ci resta sans réaction, ne sourit même pas à l'énoncé d'une telle coïncidence. La réalité était qu'il se fichait de sa future carrière et ne se souciait pas de chercher du travail.

Loin de décourager son voisin, sa désinvolture piqua son intérêt. Il dit s'appeler Kurt Heineman et proposa au garçon de venir chez lui, ce soir-là.

Notre héros accepta sans se faire prier.

Heineman habitait une maison cossue dans le quartier résidentiel de la ville. Un crépi verdâtre la rendait déplaisante malgré une apparence de bon ton. Elle se dressait au centre d'une pelouse en forme de dôme et une grille noire, aux piques dorées, la cernait. Un garage susceptible d'héberger plusieurs voitures s'élevait en retrait et comportait un étage réservé aux chambres du personnel.

Les deux hommes descendirent de la grosse BMW pilotée par un chauffeur et Adolf attendit son bagage près du coffre.

– Venez ! dit son hôte, Hans s'en occupera.

Une femme de charge anguleuse, aux yeux polaires, les guettait sur le seuil. Elle enveloppa le jeune Autrichien d'un regard sans complaisance. Adolf se dit que son compagnon avait l'habitude de convier des éphèbes chez lui et que la mégère réprouvait ses mœurs. Son attitude ne dissuada pas Heineman de déposer un furtif baiser sur le front de la duègne.

– Tout va bien, Hildegarde ?

– Si l'on veut, grommela-t-elle.

La réponse maussade ne parut pas l'inquiéter.

– Il faudra préparer une chambre pour cet ami, ordonna-t-il.

En passant devant elle, le garçon la salua d'un mouvement de tête qu'elle fit semblant de ne pas voir. Ils pénétrèrent dans un très vaste salon à la décoration pesante. Les meubles, les tentures et les tableaux surtout dataient d'époques révolues dont ne subsistait que l'effroyable morosité. Au fond de la pièce, une femme s'évertuait (fort mal) sur un clavecin, devant une embrasure de fenêtre. Elle tournait le dos aux arrivants.

– Je vais vous présenter à mon épouse, annonça le maître de maison en se dirigeant vers elle.

Cette déclaration surprit l'invité qui n'avait pas envisagé que le géomètre fût marié.

A mesure qu'il approchait, il constatait l'anormalité de l'interprète. Elle occupait un fauteuil roulant sophistiqué, doté d'un moteur électrique. Son buste se trouvait prisonnier d'un corset montant haut sur la nuque. Le bras droit était appareillé également. Elle jouait uniquement de la main gauche, ce qui justifiait l'imperfection de l'exécution.

Heineman contourna l'instrument et fit signe à sa compagne de ne pas s'arrêter. Du bout des doigts, il lui adressa un petit geste sans passion.

Elle tyrannisa un instant encore le clavecin dont elle rabattit le couvercle avec une brusquerie due à son handicap.

– Graziella, dit Kurt, voici un étudiant en architecture dont j'ai fait la connaissance dans le train du retour : monsieur... heu.. Vous ai-je demandé votre nom, cher ami ?

– Hitler, répondit l'interpellé avec beaucoup de naturel. Adolf Hitler...

Il y eut un silence dû à la stupeur, puis Graziella Heineman éclata de rire.

Il regardait pouffer la paralytique et des ondes meurtrières déferlaient en lui avec violence.

La femme avait dû être belle, mais la maladie l'enlaidissait. Visage de suppliciée duquel se retirait toute la joliesse d'autrefois. Sa figure blafarde se creusait, la peau en était devenue terne et grise, cependant que des ombres d'un bleu vénéneux la marbraient comme l'est celle d'un noyé. Ses yeux marine s'engloutissaient dans une laitance écœurante. Elle se laissait coiffer au carré et l'on ne devait pas refaire souvent sa teinture.

Son hilarité ne se calmant pas, Adolf demanda posément à Heineman :

– Vous croyez que c'est mon nom qui amuse tellement votre tas de ferraille ?

Sa question bloqua le mauvais rire de l'infirme. Médusée, elle resta bouche ouverte, comme frappée d'effroi. Elle examinait l'arrivant avec incrédulité, crispant sa main valide sur la commande de son siège.

– Eh bien, il ne me reste plus qu'à prendre congé, conclut Adolf. Vous pensez que votre personnel voudra bien me rendre mon bagage et m'appeler un taxi ?

– Non, attendez ! fit le géomètre.

– Kurt ! intervint sa femme, tu ne vas pas ?...

Heineman lui jeta un coup d'œil haineux et la gifla à toute volée !

NAPLES

3

Le Commendatore Aurelio Fanutti considérait la jeune fille d'un regard chargé d'opprobre.

– Miss Lola, articula-t-il sévèrement, vous avez encore raccourci votre barbe !

La fixité de ses yeux pâles la dissuada de nier. Elle balbutia seulement :

– J'ai pensé qu'elle avait besoin d'être égalisée.

Ces paroles, loin d'apaiser la colère d'Aurelio Fanutti, la transformèrent en crise nerveuse. Il se prit à trépigner et à écumer, les yeux exorbités.

– Dans ce théâtre, une seule personne pense, Miss Lola, une seule personne décide, une seule personne agit, et cette personne c'est moi ! Lorsque je vous ai ramassée au pied du Vésuve, vous étiez une petite guenilleuse tendant la main aux touristes en recueillant davantage de quolibets que de piécettes. Mme votre mère, qui vous aurait prostituée si vous aviez été tentante, vous avait affublée d'un écriteau portant ces mots honteux : « Lola, la femme-singe ».

« C'est alors que San Gennaro m'a placé sur votre route. Je vous ai sortie de la fange, vous ai lavée, car vous étiez crasseuse. Cela m'a permis de constater que si vos joues se montraient pileuses, par un étrange caprice de la nature, votre sexe, en revanche, ne l'était pas !

« Ma surprise me conduisit à devenir votre amant, presque machinalement. Privilège que j'accorde parcimonieusement à mes artistes. Je vous ai enseigné les rudiments de la vie, Miss Lola, depuis l'hygiène jusqu'à la déclinaison des verbes usuels. Grâce à moi, vous savez qui furent Néron et Benito Mussolini ; la table de multiplication par neuf ne vous terrorise plus et, aux repas, vous tenez votre couteau de la main droite. Je m'ingénie à vous offrir une vie dorée.

« En dehors des tâches ménagères, partagées avec M. Alfonso, votre occupation principale consiste à poser devant un public d'ahuris et à lui exhiber simultanément votre figure barbue et votre pénil glabre. Exercice peu fatigant, vous en convenez ? En échange, vous êtes habillée, nourrie, logée et nantie d'un livret d'épargne sur lequel je verse scrupuleusement cent mille lires par mois. En outre, je paie vos objets de toilette, de même que vos pansements menstruels.

« Disons-le, malgré nos épisodiques copulations, je vous considère et traite comme ma fille. Et tout cela pour en arriver à quoi ? A raccourcir votre barbe que je rêve longue et profuse comme celle de Léonard de Vinci ! Eh bien non, ma chère ! L'ingratitude a ses limites ! Coupez encore un seul centimètre de cet incomparable ornement, et c'en est fait de notre collaboration ! Je vous rends à votre marâtre et à sa médiocrité héréditaire. »

Le cœur chamadeur, il quitta le mobile home pour aller prendre l'air.

Le Commendatore Fanutti avait le courroux prompt. Les irritations les plus vénielles le plongeaient en état de tragédie, après quoi, il retrouvait difficilement son calme. Il fit quelques pas rageurs dans le terrain vague résultant de l'éboulement d'un quartier miséreux où, bientôt, se dresseraient des immeubles-clapiers sans goût ni grâce.

S'étant retourné, il contempla le vaste camping-car appelé pompeusement « le théâtre ». Son gendre et sa fille l'avaient subtilisé deux années auparavant, dans la région de Gênes, à des touristes hollandais qui le désertaient momentanément pour s'aller goinfrer de pizzas en ville. Aidés d'un ami garagiste, ils transformèrent le luxueux domicile itinérant en baraque foraine. La partie gauche s'abattait, découvrant deux espèces de chambres-cellules faisant office de scène. Elles étaient respectivement occupées par Miss Lola, « la déesse barbue », et Alfonso, « l'homme à deux têtes ».

Peu de chose distinguait ce malheureux de l'animal. Certains primates s'expriment en proférant des cris semblables aux siens et la plupart des chiens ont un regard plus expressif. Il mangeait avec ses mains, se soulageait au vu de tous, dormait à terre, se masturbait sans crier gare et refusait généralement de procéder aux plus élémentaires ablutions. A vrai dire, il ne possédait pas deux têtes ; disons que la sienne était « à impériale », à savoir qu'un second front surmontait l'autre, avec, entre les deux, une sorte de tubercule dont la nature dévoyée avait sûrement ambitionné de faire un nez supplémentaire.

Le crétin piquait parfois des crises qui l'induisaient à mordre et à griffer « son maître ». Le Commendatore rétablissait l'ordre à la cravache. Il arrivait également au demeuré de vouloir chausser sa camarade à barbe ; Aurelio Fanutti calmait ses ardeurs à l'aide d'un seau d'eau froide.

L'existence de cet étrange trio se déroulait somme toute sans gros à-coups. Ils allaient, de ville en village, présenter à des badauds l'anormalité des « artistes ».

Le théâtre était rapidement édifié : Aurelio Fanutti plantait, face à la voiture, deux longs piquets de métal qu'il unissait à la caravane par des filins sur lesquels coulissait une tenture de plastique noir.

Au moment de la représentation, vêtu d'un habit, il jouait du saxophone pour attirer les passants. Une fois la foule rassemblée, il plaçait une harangue de grand style, à ce point alléchante que les gens se bousculaient à la caisse : en l'occurrence une sacoche de cuir fixée sur son ventre. Lorsqu'il estimait avoir atteint la jauge, il fermait l'enceinte légère et venait palabrer devant la scène.

Bonimenteur intarissable, il savait attiser la curiosité de l'auditoire en débitant un couplet pseudo-scientifique, puis en développant l'aspect tragique de ces effarantes disgrâces de nature.

Quand, enfin, il abattait le panneau latéral du mobile home, le public, conditionné, restait muet de stupeur, voire d'épouvante, à la vue de « ses monstres ».

Ce qu'éprouvait Aurelio Fanutti procédait de la fierté paternelle. Les deux phénomènes lui procuraient un sentiment de puissance difficile à analyser.

Le projecteur éclairant Miss Lola s'éteignait ; alors il se consacrait au bicéphale, commentant longuement son anomalie.

Il débitait des sornettes colorées, affirmant que la mère d'Alfonso espérait des jumeaux pendant sa gestation, mais qu'ayant forniqué avec un moine défroqué, le Seigneur l'en avait punie en déposant dans son sein un être monstrueux. Il brodait d'abondance, variant sa présentation selon son humeur ou les réactions du public. Les femelles rassemblées se signaient en l'écoutant. Les hommes prenaient des expressions sceptiques, ce qui ne les empêchait pas de blêmir.

La déesse barbue passait ensuite en vedette, vêtue d'une seule chemise de nuit courte et arachnéenne, connue autrefois sous le nom de « baby-doll ». La lumière, parfaitement étudiée, dévoilait crûment son sexe aux fortes lèvres dépourvu de toute pilosité.

Il achevait chaque fois l'exhibition en conviant des personnes de l'assistance à caresser les parties velues et glabres de la jeune fille afin de constater tactilement cette double erreur de la nature. Il annonçait que seules les dames pouvaient décemment assumer une telle vérification, déclenchant ainsi les protestations houleuses des mâles. A ce moment, le Commendatore feignait d'être débordé par les mécontents et se résignait à laisser tripoter sa vedette par les grosses pattes de ces messieurs.

Quelques jours plus tard, il gagnait une autre localité où la rumeur publique assurait déjà la promotion de son spectacle.

Conscient de ce que sa rancœur s'estompait, le fringant sexagénaire se rendit dans son appartement situé dans la partie avant du véhicule. Celle-ci se composait d'une étroite cabine pourvue d'un coin-douche. Le dessous de la couchette servait de coffre à habits et un placard astucieusement équipé recelait une kitchenette pourvue d'un réchaud à gaz et d'un minuscule réfrigérateur.

Il se versa un large Campari, musclé d'un trait de gin, et s'en fut le savourer dans son fauteuil pliant, à l'ombre d'un vieil olivier échappé à l'effondrement du quartier. Un campanile proche égrenait une heure dont il s'abstint de compter les coups. Il appréciait ce brusque relâchement succédant à sa crise de colère. Cela lui faisait l'effet d'un bain tiède en été.

Fanutti avala une gorgée du liquide dont l'amertume le stimulait, puis eut un regard pour le paysage désolé qui l'entourait. Ce secteur écroulé, que les bulldozers avaient déjà nettoyé, lui rappelait l'éruption du Vésuve au cours de laquelle Orthensia, son épouse, était morte dans l'inconfortable déferlement d'une coulée de lave en fusion.

Leur union étant un acte d'amour, il eut du mal à se remettre de l'événement et ne se remaria point. Certes, il sacrifiait à la chair de loin en loin, davantage par hygiène que par exigence sexuelle, mais il ne renia jamais sa foi en l'aimée. Il la sentait continuellement présente à son côté, aussi attentive et vigilante qu'elle l'était de son vivant. Un peu tyrannique, sans doute, mais plus attachée à lui que sa carapace à une tortue, et d'une fidélité à ce point farouche qu'elle l'exaspérait parfois.

Morte à l'orée de la trentaine, elle conserverait toujours pour son mari sa luminosité d'ardente femelle ; l'absence la parait de charmes et en faisait un personnage de vitrail. Des matrones familiales avaient aidé Aurelio à élever sa fille, ce qui n'avait pas posé de problèmes majeurs. Adolescente farouche à l'esprit vif et au maintien réservé, Maria s'était acquittée de son enfance comme d'une charge incontournable. A quatorze ans, elle s'était prise de passion pour un garnement de leur quartier et brûlait du même feu sept ans plus tard, le mariage n'ayant fait que la stimuler.

Nino Landrini, le jeune époux, « travaillait » pour la Camorra, branche napolitaine de la Mafia. N'ayant pas d'autres occupations, il consacrait le plus gros de son temps à ses amours matrimoniales, convaincu qu'elles ne cesseraient jamais.

Le Commendatore acheva son Campari et s'assoupit. Une obscure mélancolie le taraudant, il n'envisageait pas un meilleur moyen de lui échapper. Les bruits du voisinage, loin de l'importuner, le rassuraient car il appréciait la rumeur de la vie. Des guêpes surgies de nulle part s'affairaient dans le fond de son verre avec un bourdonnement irrité.

Alfonso, le bicéphale, émit un hurlement de loup-garou, résultant sans doute d'une masturbation libératrice. Fanutti ne le perçut pas ; il flottait dans une torpeur zébrée de lumière, au fond de laquelle il mesurait l'inanité de son existence.

Quelqu'un toucha son épaule, déclenchant un rêve confus instantanément dissipé.

Un homme d'une quarantaine d'années, vêtu d'un complet noir trop juste, le considérait d'un air indifférent. L'importun mâchonnait la tige d'un œillet sauvage cueilli sur le talus. Une raie médiane partageait son épaisse chevelure huileuse. Il souffrait d'un strabisme divergent de l'œil droit qui accroissait son aspect déplaisant.

Aurelio le reconnut : il s'agissait d'Alighieri, l'un des hommes « de compagnie » du Parrain, qu'on avait surnommé « le Dante » à cause de son patronyme. Comme il possédait une assez belle voix, très appréciée de « son maître », ce dernier le priait de chanter à toute heure du jour ou de la nuit. Un voisin, fraîchement arrivé de Milan, peu amateur de bel canto, avait porté plainte pour tapage nocturne. Quelques jours plus tard, de mauvais plaisants vinrent lui verser de la poix en ébullition dans les conduits auditifs alors qu'il était au lit. Cette intervention le laissa sourd, supprimant ainsi ses raisons de récriminer.

– Salut ! dit Fanutti, sans plaisir.

– Navré de vous réveiller, répondit le Dante d'un ton pincé. Suivez-moi : Don Gian Franco vous attend à quelques rues d'ici.

L'impresario des phénomènes, ainsi qu'il se qualifiait volontiers, se leva. Dans le mouvement, il brisa son verre vide.

– Ça porte bonheur, ricana le visiteur.

Ils quittèrent le terrain vague et descendirent

en direction de la mer. Au détour d'une ruelle, elle surgissait, presque blanche sous l'ardent soleil. On voyait les îles prestigieuses, rendues minuscules par l'éloignement. Des embarcations semblaient dériver sans objectif à proximité de la côte, tandis que de forts bateaux s'en allaient affronter le large, poursuivis par des vols d'oiseaux voraces.

Lorsqu'ils eurent dévalé la venelle, ils débouchèrent sur une voie peu fréquentée, parcourue de rails rouillés. Le Commendatore aperçut trois voitures stationnées à l'ombre de palmiers poussiéreux. Deux Fiat de cylindrée moyenne encadraient une Mercedes 600 équipée de glaces teintées insensibles aux balles.

Le Dante toqua à la vitre arrière droite et la portière se déverrouilla.

– Entre ! Entre, Aurelio, lança avec chaleur une voix affaiblie par l'asthme.

Cela faisait plusieurs années qu'ils ne s'étaient pas rencontrés. Une bonne raison à cela : Don Gian Franco Vicino, le Parrain, venait de purger une longue détention. Des gens attachés à sa perte, et qui n'appartenaient pas tous aux autorités, avaient tiré la leçon du cas Al Capone : ne pouvant coincer Vicino pour des crimes de sang, ils étaient parvenus à le confondre pour trafic d'influence et corruption de fonctionnaires.

Son incarcération fut douce et ne changea pas grand-chose à ses activités car, depuis le logement confortable qu'il occupa en prison, il put continuer de gérer ses affaires ; néanmoins, elle affecta son moral. C'était un être orgueilleux et emporté, supportant mal qu'on entravât son chemin. Il venait de retrouver la liberté avec, en tête, la liste des gens qui, désormais, subiraient sa vengeance. Dans la touffeur de son appartement encombré de plantes en bac, il échafaudait de sublimes représailles et tissait passionnément le suaire de ses ennemis.

Fanutti le trouva fatigué. Il avait le teint plombé et des cernes profonds sous les yeux. Les plis amers qui mettaient sa bouche entre parenthèse ressemblaient à des cicatrices.

Depuis son siège, Gian Franco ouvrit les bras au Commendatore ; celui-ci dut s'agenouiller sur le plancher de la limousine pour donner l'accolade au plus ancien de ses amis. Il retrouva le parfum du Parrain avec émotion : odeur mélancolique de violettes fanées à quoi s'ajoutaient des relents de musc.

— Assieds-toi près de moi, vieux saltimbanque !

Et il s'accagnarda dans l'angle de la Mercedes afin de lui faire face.

— Je suis heureux de te revoir, assura sincèrement Fanutti ; ton séjour là-bas t'a tapé sur la mine.

— Davantage encore sur le moral, répondit Gian Franco d'une voix sombre. Par contre, toi, tu m'as l'air rayonnant, ta vie errante te garde en forme.

Il sourit à son compagnon et posa sa main sèche sur la sienne. Vicino portait à son médius droit une énorme chevalière dont le chaton représentait une tête de lion aux yeux formés de rubis. Il l'arborait avec onction, comme un évêque son améthyste, la donnant à baiser quand il faisait droit à une supplique.

— Ah ! soupira-t-il, que n'as-tu accepté ma proposition de travailler avec moi, à nos débuts ! Quelle fameuse paire nous aurions faite !

— Mais non, riposta Fanutti. Tu sais bien qu'en cours d'ascension l'un de nous deux aurait sacrifié l'autre ! Je préfère être ton ami que ta victime !

Le Parrain éclata de rire et, le saisissant par le cou, l'attira à soi pour l'embrasser sur la bouche.

— Comment as-tu su où je me trouvais ? s'inquiéta l'homme aux monstres.

— Question enfantine. J'apprends toujours ce que je dois savoir.

– Tu as besoin de moi, Gian Franco ?

– Pas du tout ! Simplement, il me faut te confier une chose délicate.

– Eh bien, je t'écoute.

– Tu sais que ton gendre, Nino Landrini, a été formé par mes soins et travaille pour moi ?

– Impossible de l'ignorer : c'est le secret de Polichinelle.

– J'ai le regret de t'apprendre que ce garçon est un lâche.

Le Commendatore blêmit.

– Tu me tues ! fit-il avec un maximum de simplicité.

Il mit ses yeux dans ceux du Parrain ; ce dernier ne cilla pas. Il semblait brusquement lointain. Son ami d'enfance craignait ces instants de glaciation pendant lesquels le chef de la Camorra se retranchait de la vie courante pour s'abîmer dans des songeries maléfiques. Rien ne pouvait endiguer alors les noirs desseins mobilisant son esprit.

Fanutti attendit que Vicino récupère avant de chuchoter peureusement :

– Explique-moi, Giani...

L'autre sortit de sa torpeur vénéneuse.

– J'ai un grand principe, commença-t-il ; au cours de mes absences, je fais surveiller tout le monde par tout le monde. Cela me permet de conserver le contrôle des affaires. Sais-tu ce que ce système m'a permis de découvrir ?

Fanutti murmura, très bas :

– Dis !

– Je me faisais une haute idée de Landrini et le tenais pour l'une de mes meilleures gâchettes. En réalité, ce pleutre n'efface plus personne, Aurelio ; quand je lui confie un contrat, c'est ta fille qui l'honore !

Le Commendatore crut que sa vie lui échappait. Son regard se troubla tandis qu'une mauvaise sueur emperlait ses tempes. Sa qualité de

Napolitain ne l'autorisait pas à encaisser une telle révélation avec stoïcisme. Il eut la tentation de s'évanouir mais n'osa. Il chercha un siège des yeux, réalisa qu'il était déjà avachi sur une banquette et se prit la tête à deux mains.

– Tu me tues, Gian Franco, répéta-t-il dans un sanglot.

– Eh quoi! s'emporta le chef de la Camorra. Tu devrais péter d'orgueil au contraire, car si ton gendre est devenu un capon, ta fille, par contre, est une nouvelle Jeanne d'Arc! Te rends-tu compte que depuis le 1er janvier, elle a neutralisé huit personnes coriaces avec une dextérité digne de mes collaborateurs les plus expérimentés! Cette petite est un prodige! Ah! que n'est-elle un homme! J'en ferais sans hésiter l'un de mes lieutenants.

Ces louanges, venant d'un personnage comme Vicino, mirent du baume sur l'âme endolorie du « monstreur ». En pur Latin, il récupéra aussitôt sa superbe d'artiste.

– Qui t'en empêche? s'exclama-t-il, tout en essuyant les quelques larmes dont il venait d'accoucher.

– Une jeune femme! objecta Gian Franco.

– Et alors? Ergoter sur le sexe à l'époque où des femelles sont à la tête de leurs pays, manque de réalisme. Ce qui importe, c'est l'efficacité des individus, non qu'ils aient un salami ou une fente au bas du ventre! Et puis je connais parfaitement mon gendre : Nino est le contraire d'un lâche. S'il a laissé agir ma fille, c'est par amour pour elle, parce qu'elle le lui aura demandé. Est-ce important pour toi, la main qui frappe celui que tu entends détruire? D'accord, je vois la situation avec mes yeux de saltimbanque, néanmoins je suis convaincu d'avoir raison. Si le couple remplit les missions confiées au mari, que peux-tu souhaiter de mieux?

De telles paroles avaient de quoi ébranler n'importe quel esprit farouche. Sans doute atteignirent-elles leur but, pourtant Vicino n'en laissa rien paraître et décida de pousser plus loin sa réflexion.

– Le cas est nouveau, déclara-t-il; j'aviserai.

Ces mots tranchants alarmèrent le Commendatore. Connaissant son interlocuteur, il le savait parfaitement capable de passer outre ses sentiments pour imposer son autorité.

– Giani, soupira-t-il, au nom de notre vieille tendresse, je te demande une chose : quoi que tu décides, jure-moi de m'informer avant d'agir !

– Promis, finit par jeter le Parrain.

Ils s'étreignirent avant de se séparer.

MUNICH

4

Pendant une semaine, Adolf eut l'impression d'être une cocotte entretenue par son amant. Il occupait la meilleure chambre de la maison, dont la baie vitrée offrait une vue impressionnante sur les Alpes bavaroises.

Après l'algarade, il avait voulu quitter la demeure d'Heineman. Son hôte s'y était opposé avec une énergie dans laquelle perçait du désespoir.

Les paroxysmes sont propices aux confidences. Kurt expliqua qu'il avait contracté un mariage d'amour, avec un mannequin scandinave vingt ans auparavant. La beauté de Graziella, son charme, son assurance, l'avaient subjugué. Leur union acquise, il s'aperçut très vite de la folie qu'il venait de commettre. Sa femme était capricieuse et volage. La vie du géomètre tourna au cauchemar. Son épouse tomba rapidement enceinte. Loin d'apporter la paix dans ce jeune foyer, l'enfant fut un motif supplémentaire de querelles : Heineman, doutant de sa paternité, se désintéressa de la petite Johanna qu'il se prit à haïr dès sa naissance.

Cette période désespérante ne dura pas car une attaque de poliomyélite étendue ruina l'existence frivole de l'ancien modèle. Cette ravissante femme adulée se transforma en un être saccagé, assujetti à la compassion de son mari et à la conscience professionnelle d'infirmières ou de domestiques. Une immense détresse la réduisit presque autant que sa terrible maladie. Elle perdit le goût de vivre. Sa fille elle-même lui fut indifférente. Elle se mit à végéter entre son clavecin (instrument qu'elle pratiquait depuis l'enfance) et son jeu de tarot. Rien ne paraissait plus poignant à Kurt Heineman que cette paralytique essayant d'obtenir des cartes quelques indications sur son avenir détruit.

Des jours gris se tissèrent dans la grande bâtisse pleine de silence et de pénombres. On plaça la petite dans un institut américain réputé, avec le sentiment qu'il se trouvait encore trop proche de l'Allemagne. Elle était l'ennemie de la maison. On ne parlait jamais d'elle. *Frau* Schaub, la secrétaire de Kurt, réglait les factures et classait ses bulletins scolaires sans même les montrer à ses patrons. Lorsqu'elle eut une crise de péritonite aiguë, ce fut encore *Frau* Schaub qui prit l'avion pour Boston ; elle, également, qui expédiait des présents à Noël et aux anniversaires de cette étrange orpheline.

Au soir de l'arrivée d'Adolf, les deux hommes dînèrent seuls dans la salle à manger d'été ouverte sur la pelouse. Une roseraie savamment traitée composait un mur de fleurs blanches et crème qui les isolait de l'avenue.

Le maître de céans fit goûter à son invité un vin passant pour être le plus cher du monde : le Eiswein, un blanc liquoreux dont le raisin est récolté après les premières gelées. Un verre suffit à griser le jeune Hitler qui ne prenait jamais d'alcool. Une délicate euphorie lui rendit la vie chatoyante.

– Êtes-vous homosexuel ? demanda-t-il à brûle-pourpoint.

La question décontenança Kurt par sa brutalité.

Il réfléchit et, après un instant d'hésitation, répondit :

– Je pense qu'énormément d'hommes sont attirés par la bisexualité.

– Dont vous ?

– Je crois.

– Il vous est arrivé d'avoir ce genre d'expérience ?

– Ça m'est arrivé.

– Et ce fut positif ?

– Plutôt.

– Si vous m'avez abordé, pendant le voyage, c'était dans l'espoir de nouer une relation de cet ordre ?

– En effet.

– Ce qui reviendrait à admettre que je vous tente ?

– Beaucoup, assura Kurt après l'avoir enveloppé d'un regard caressant.

Ils mangèrent en silence leurs côtelettes de porc aux choux rouges. Ce plat évoqua à Adolf la maison de rééducation ; on lui en servait chaque semaine, mais, à Vienne, les côtelettes se consommaient panées.

– Vous avez déjà eu des rapports sexuels ? interrogea son hôte.

– Ce serait malheureux : j'ai dix-sept ans.

– Et homosexuels ?

– Plus ou moins, et sans doute moins que plus. Pour s'y risquer il faut trouver un partenaire de confiance, si je puis dire ; mes contacts avec les hommes ont toujours été entachés de méfiance ou de mépris.

– Vous êtes un garçon peu banal.

– Chacun est ce que son créateur a souhaité qu'il soit.

– Je voudrais que vous séjourniez chez moi très longtemps.

– Et que je devienne votre amant ?

– Je vous trouve envoûtant.

– Votre bonne femme mécanique ne verrait pas la chose d'un bon œil.

– Je n'ai pas de comptes à lui rendre...

– Pourquoi ne la flanquez-vous pas dans une clinique spécialisée ? Vous respireriez mieux et cette maison risquerait de devenir accueillante. Vous ne vous en apercevez pas, mais l'atmosphère pèse une tonne ici.

Kurt eut un lamentable hochement de tête :

– J'y pense souvent mais ne parviens pas à m'y résoudre.

– La compassion, c'est du temps perdu, déclara Hitler ; elle n'a jamais satisfait personne.

Lorsqu'ils eurent achevé de dîner, le maître de maison proposa de regarder la télévision, mais l'étudiant déclina l'invite. Il prétendit détester la lucarne magique, et affirma qu'hormis la retransmission des grands événements de l'actualité, il s'agissait là d'un passe-temps pour concierges.

– Allons poursuivre nos bavardages dans ma chambre, suggéra-t-il.

Il réalisa l'ascendant qu'il avait pris sur Kurt en un temps record. Son hôte se révélait soumis au-delà de toute dignité. Il pourrait le manœuvrer à sa guise ; obtenir de lui ce qu'il voudrait.

L'appartement d'Adolf comprenait une vaste chambre, un dressing-room et une salle d'eau revêtue de marbre blond la complétaient. Une cheminée un peu trop raide justifiait deux moelleux canapés disposés parallèlement à l'âtre. Le reste de l'ameublement se composait d'un bureau Mazarin de bois noir et d'une bibliothèque garnie d'ouvrages rébarbatifs.

Curieusement, Kurt paraissait intimidé de se retrouver dans cette chambre, comme si c'eût été la première fois qu'il y pénétrait ; son invité, au contraire, se révélait plein d'aisance et d'enjouement. Adolf commença par poser son veston, sa cravate et ses chaussures ; après quoi, il s'étala dans l'un des divans, un bras pendant par-dessus le dossier.

– Je suppose, murmura-t-il, que nous gagnerions à ce qu'il y ait moins de lumière ?

Heineman fut abasourdi par l'attitude relaxée du garçon. Pour se donner une contenance, il actionna du pied le contacteur de la torchère ; une pénombre morose se fit.

– Êtes-vous sensible à cet éclairage réduit ? questionna l'Autrichien.

L'autre s'assit à son côté.

– Tu es une sorte de diable ! dit-il en portant la main au pantalon d'Adolf.

Il promena les doigts sur le renflement de son sexe et constata avec dépit qu'il participait peu à l'ambiance créée.

– Vous devriez vous dévêtir, conseilla Hitler.

Heineman eut une courte hésitation, puis il entreprit d'ôter ses effets. Au fur et à mesure qu'il se déshabillait, le jeune homme le trouvait de plus en plus ridicule. Rien, selon lui, n'était aussi lamentable qu'un homme nu, à compter d'un certain âge. Ses disgrâces physiques semblaient transcendées. Les calvities, les bedonnances, les réseaux variqueux, les scories de la peau, les plaques d'eczéma, les toisons simiesques, les mille anomalies physiques, brusquement révélées, lui inspiraient le dégoût. Il songeait que le pire ennemi d'un individu, c'est son propre corps.

Les filles auraient trouvé grâce à ses yeux, n'eussent été leurs fatalités menstruelles. Deux ans auparavant, à la fin d'un bal organisé par l'école, il avait entraîné l'une de ses condisciples jusqu'au gymnase de l'établissement. Là, il l'avait entièrement dénudée malgré ses objurgations faiblissantes. Il put constater, tandis qu'il explorait son intimité avec des gestes de soudard, que sa camarade n'était pas en état de participer à ce dévergondage. Sa rage fut si forte qu'il se sauva en emportant les vêtements de la gamine. Il partit les jeter dans le canal du Danube, comme pour se purifier d'un péché non consommé.

Le malheureux Kurt manquait d'assurance, privé de ses habits cossus. Une profonde et sinueuse cicatrice parcourait son abdomen à la chair bleuâtre. Sa poitrine glabre et son nombril torve achevaient de le « déconsidérer ». Hitler contint un ricanement à la vue de ce sexe déprimant qui lui rappelait quelque « concombre » de mer découvert sur une plage des Seychelles, l'année précédente.

– Touche ! implora Kurt d'un ton plaintif.

Lamentable requête.

Elle fit sourire Adolf. Il donna satisfaction à son compagnon et se mit à pétrir la membrane stupide. Ce contact tiédasse, cette vibration animale, lui soulevèrent le cœur.

Son compagnon, en pleine excitation, produisait un grognement que l'Autrichien jugea porcin. Il supplia le jeune homme de lui accorder une fellation. Celui-ci refusa d'un « plus tard » pouvant passer pour une retenue qu'il s'infligeait à soi-même.

L'autre poussa son doux calvaire jusqu'à la délivrance ; après quoi il se prit à sangloter, la joue sur les genoux d'Adolf.

Il l'assurait de son amour total, bégayait de folles promesses ; sans se douter un instant que l'unique sentiment qu'il inspirait, était un immense désir de meurtre.

5

Du temps passa et leur séance amoureuse se renouvelait chaque soir. Adolf Hitler accordait à son amant beaucoup plus qu'il ne se l'était promis au départ. Il s'entraînait stoïquement à vaincre sa répulsion. La répétition rendait l'épreuve moins pénible sans que pour autant il y prît un quelconque plaisir. Au fond, cette situation importait peu. Il ignorait l'amour, n'ayant connu jusqu'alors que des emballements vite consommés.

Ses journées s'enchaînaient mornement, la spirale avait son pas de vis à l'envers.

Les après-midi, il découvrait Munich, cherchant dans ses artères reconstruites l'ombre du national-socialisme. L'ample rumeur des immenses brasseries n'était plus celle des années 30, pourtant il y captait les échos de son illustre homonyme. Bon Dieu, mais que s'était-il passé pour que la voix rauque du petit homme trépignant eût abattu tant et tant de colonnes ? Parfois, la nuit surtout, il se sentait si proche de lui qu'il croyait respirer l'odeur de sa chemise brune et des sangles de cuir barrant sa poitrine.

Il commandait une chope de bière à laquelle il ne volait qu'une gorgée ou deux et se laissait dériver au fil des sentiments confus, à la fois âcres et doux. Il déplorait d'être jeune, mais n'avait pas envie de vieillir.

En pénétrant dans sa chambre, il eut un haut-le-corps : Graziella l'y attendait, blottie dans sa petite voiture près de la baie. Il la voyait fort peu car, depuis la scène de son arrivée, elle n'avait réapparu ni à table, ni au salon. Tout juste s'il la rencontrait dans les couloirs ou devant l'ascenseur aménagé pour sa chaise roulante. Chaque fois, il la saluait civilement, mais elle détournait la tête et ne le regardait pas.

Son mouvement de surprise surmonté, il s'approcha de l'infirme avec la circonspection d'un fauve.

– Je peux vous aider ? questionna-t-il en la toisant fixement.

– Pourquoi pas ? murmura-t-elle.

– En ce cas, je vous écoute...

Elle avait l'air plus rabougrie que d'ordinaire, à croire qu'elle se recroquevillait. Le gris, maintenant, l'emportait sur le blond dans sa chevelure.

Les parties nickelées de son appareillage étincelaient dans la vive lumière de la fenêtre.

Elle leva son bras valide pour désigner le mur du fond.

– Ce meuble en marqueterie, murmura-t-elle.

– Eh bien ?

– Vous voulez vous en approcher ?

Dérouté, Adolf fit ce qu'elle demandait.

Lorsqu'il se trouva devant le bonheur-du-jour, il se retourna :

– Alors ?

– Dans le mur auquel il est adossé, vous devez apercevoir un petit trou ?

Le jeune homme examina de plus près.

– C'est juste.

– La cloison sépare cette pièce de ma salle de bains et c'est moi qui ai pratiqué cet orifice...

Une brutale colère fit frémir l'Autrichien.

– Merci pour l'intimité !

– Ça me permet de suivre vos gracieux ébats avec Kurt. Vous savez quoi ? Une abjection ! Les singes qui se masturbent sont plus appétissants. Je me demande s'il existe des animaux aussi répugnants ! Vous, passe encore, mais ce misérable bonhomme au corps défait est ignoble.

Il l'écoutait, approuvant ses paroles par de petits hochements de tête.

– Comment pouvez-vous accepter d'être pénétré par cet affreux individu ? insista-t-elle.

– Si quelqu'un peut répondre à cette question c'est bien vous ! repartit Hitler en souriant.

– Croyez-vous, sursauta Graziella.

Il déclara d'un air faussement sentencieux :

– Bien sûr, vous aviez l'orthodoxie de votre côté. Il n'en reste pas moins vrai qu'il vous a forcée de son horrible pénis. Personnellement, je souhaiterais l'arroser de vitriol !

– Si telles sont vos réactions, pourquoi vous prêtez-vous à ses caprices ?

– J'ai décidé de devenir fils-de-joie dans la mesure où cela peut servir mes intérêts.

Cette déclaration, proférée d'un ton badin, impressionna Mme Heineman.

– Seigneur ! soupira-t-elle, le monde s'est-il à ce point décomposé ?

– C'est tout le contraire d'une décomposition ! affirma-t-il. Il s'agit plus exactement d'une évolution indispensable à la survie de l'espèce. Les beaux sentiments de jadis, s'ils étaient toujours appliqués, la précipiteraient dans un chaos mortel. Elle doit, pour s'aguerrir, vivre avec les bacilles qu'elle ne peut détruire. La meilleure manière de lutter contre le mal est de l'apprivoiser.

Ayant dit, il approcha une chaise de l'infirme et y prit place.

– Bon, je présume que vous n'êtes pas venue m'attendre pour me montrer ce trou dans le mur ?

– Je tenais à vous signaler que, malgré son très faible diamètre, il m'a permis de prendre des photographies.

Tout en parlant, elle dégageait à grand-peine de son corsage un petit rectangle de papier brillant qu'elle voulut présenter à Hitler; mais sa main valide l'était imparfaitement et l'épreuve chut sur le plancher. Il la ramassa.

– Je suppose que je peux regarder?

– Je vous la destinais.

L'image le représentait donnant son membre à sucer au mari de Graziella. Ce dernier se tenait assis sur ses talons, en train de se délecter avec ferveur. Kurt portait un soutien-gorge, un porte-jarretelles et des bas noirs.

– Comment trouvez-vous cette photographie, monsieur Adolf Hitler?

– Pas mal, étant donné les circonstances dans lesquelles elle fut tirée.

– Je vous l'offre.

– Accepteriez-vous de me la dédicacer?

Elle eut une expression triste :

– Vous ne manquez pas d'à-propos pour un garçon de dix-sept ans! En démarrant à ce train d'enfer, vous risquez de brûler votre vie.

– Parmi les rêves que je forme, ne figure pas celui de devenir un beau vieillard. Savez-vous pourquoi les gens âgés ennuient tout le monde? Parce qu'ils ont trop duré, ma chère. Rien de plus pénible qu'un individu fini quand il continue. A compter d'un certain moment, on n'invente plus sa vie, on la rabâche.

Elle l'écoutait et ne pouvait s'empêcher de l'admirer. Adolf n'était pas beau, au sens que l'on donne habituellement à ce terme, mais il possédait mieux que de la séduction : du magnétisme.

Il lut sa fascination sur le pauvre visage malmené et eut un sourire irrésistible. Un bref instant, Graziella se trouva plongée dans son univers d'autrefois quand, éclatante et sûre de soi, elle figeait le brouhaha d'une réception en surgissant. Comme tous les gens durement frappés par l'existence, elle dorlotait des haines qui n'en finissaient pas de rancir.

– Êtes-vous apparenté à l'autre Hitler? s'informa-t-elle.

Il hocha la tête :

– Si je le suis, c'est de très loin : ma famille est de Vienne, la sienne de Braunaun, en Haute-Autriche. Vous savez, c'est un nom relativement répandu.

Il la sonda de ses yeux sombres et mobiles, semblables à ceux de certains rongeurs.

– J'ai l'impression que vous voulez me dire quelque chose et que vous hésitez?

– Bravo pour votre perspicacité.

– Alors écoutez : ou vous avez confiance et vous parlez, ou vous doutez, auquel cas laissez tomber.

Elle acquiesça et considéra le sol avec embarras.

– Le mieux est que vous différiez cet entretien. Les confidences sont des fruits qu'il faut cueillir à point nommé, ajouta encore Adolf.

Graziella s'arma de courage et demanda en fixant son interlocuteur :

– Une question liminaire : vous êtes capable de tout, n'est-ce pas?

– Je l'espère, répondit-il.

– Même de voler?

– Évidemment.

– De tuer, aussi?

– Il me faudra bien en arriver là un jour.

Il avança ses doigts sur la main épargnée de la femme. Ils ne surent, ni l'un ni l'autre, à quoi correspondait cette fugitive caresse. Une âpre émotion colora les joues creuses de la paralytique.

– Naturellement, c'est votre époux que vous souhaitez supprimer?

– Je pense que ce sera indispensable.

6

Parvenu à ce degré de connivence, le garçon s'attendait à ce que l'infirme se confiât dans la foulée. Au lieu de cela, elle parut se reprendre et interrompit net la discussion.

– Je vous laisse, il va bientôt rentrer.

Elle débloqua le frein de son véhicule orthopédique, le fit pirouetter de manière à le présenter dans l'axe de la porte. Un sourire presque heureux détendait son visage éternellement crispé.

Parvenue dans le couloir, elle questionna :

– Vous sortez, demain après-midi ?

– Pas nécessairement. Vous avez mieux à me proposer ?

– Qui sait ?

Le petit moteur électrique zonzonna tel un frelon contre une vitre, entraînant l'épouse de Kurt Heineman en direction de son ascenseur.

Adolf prit dans sa poche un canif dont il se servit pour prélever une minuscule carotte à l'un des savons de la salle de bains et boucha le trou de voyeur que Graziella avait pratiqué dans le mur.

Cette conversation intervenait à point nommé, car le jeune homme commençait à s'ennuyer ferme chez les Heineman. D'avoir le gîte et le couvert assurés ne constituait pas une finalité à ses yeux ; il avait accepté (et subi) l'hospitalité de Kurt non par esprit d'économie, mais pour s'assurer une base solide à Munich, ville dont il avait rêvé dès l'enfance. Depuis plusieurs jours il jugeait que sa vie s'étirait languissamment dans cette demeure patricienne. Il entrevoyait de s'en aller un beau matin, sans crier gare, en l'absence du maître de maison, pour éviter des suppliques et des adieux gênants. Brusquement, le comportement inattendu de la paralytique donnait une relance à l'agrément de son séjour.

Le même soir, Heineman qui participait à un banquet (il appartenait au grand conseil de la ville) regagna tardivement son domicile. Il alla toquer à la porte d'Adolf ; ce dernier lui donna à croire qu'il dormait profondément et n'ouvrit pas.

Le géomètre dut se résigner à coucher seul.

La plus grande qualité du personnel résidait dans sa discrétion. Outre le chauffeur et Hildegarde la gouvernante, il se composait d'une cuisinière-lingère bavaroise et d'une femme de chambre turque qui parlait à peine l'allemand. Seuls, la rébarbative Hildegarde et le chauffeur logeaient sur place, les deux autres regagnaient leur foyer après le service. Hans habitait au-dessus des voitures dont il avait la charge, passant le plus clair de son temps à les bichonner jusqu'à la maniaquerie. Cette méticulosité agaçait le jeune « invité », lequel admettait mal que l'on traite en objet d'art un véhicule exposé à la frénésie de la circulation urbaine. Selon lui, les automobiles de collection uniquement avaient droit à tous les égards, puisque devenues des pièces de musée.

Le petit déjeuner les réunit, Kurt et lui. L'anguleuse gouvernante veillait à ce qu'il fût parfait car le « maître » tenait le repas du matin pour le plus important de la journée. Avec les traditionnels œufs frits, le buffet comportait des harengs marinés, des tranches de saumon, de la charcuterie, des viandes froides et force pâtisseries plus ou moins ruisselantes de crème ; sans parler des fromages et des fruits.

Le géomètre prenait de tout, copieusement. Son verre d'orangeade englouti, il buvait du lait frais puis, pour attaquer les mets consistants, passait à des vins du Rhin bien glacés qu'il appelait « les vins de l'aube ». A le voir absorber pareille masse de nourriture, Hitler s'étonnait qu'il ne fût point obèse. Il lui arriva d'en faire la remarque à son amant. Kurt partait d'un gros rire teutonique et assurait qu'il suivait le régime alimentaire de son père Otto : « Tout le matin, rien à midi, peu le soir ». Il conseillait à son jeune ami de l'imiter, mais celui-ci, frugal, se contentait d'un thé très clair et de quelques biscuits sablés.

Comme souvent, il escorta Heineman à sa voiture. Les occupations de ce dernier le contraignaient à d'incessants voyages périphériques. Travaillant énormément, il ne rentrait pratiquement jamais pour le lunch. Il consacrait cette pause à *Frau* Schaub, sa collaboratrice au dévouement absolu. En prenant congé d'Adolf, il lui vola un baiser profond qui n'offusqua point le chauffeur.

Avant de franchir la porte-fenêtre, le garçon considéra le ciel lourd et gris, annonciateur de pluie, et n'eut pas envie de quitter la maison. Il voulut gagner son appartement, mais la Turque au nez busqué y promenait son énorme aspirateur dont le moteur ronflait telle une turbine hydraulique.

Constatant le retour d'Adolf, elle grommela :
– J'ai cru vous sortir !
– Continuez, lui dit-il, je vais dans le jardin.

La femme sombre ne répondit rien. Pourquoi diantre avaient-ils tous des mines rébarbatives dans cette maison ? A croire qu'un danger les menaçait, ou bien qu'ils se détestaient les uns les autres avec ferveur ?

48

Il tourna l'angle du couloir et vit que la porte de Graziella restait entrouverte. Mû par quelque impulsion, il s'en fut frapper.

– Qu'est-ce que c'est ? demanda la voix agacée d'Hildegarde.

En reconnaissant l'organe du cerbère, il eut envie de ne pas répondre, mais il était trop tard. Achevant d'ouvrir la porte, il découvrit « le dragon », tenant une seringue à la main « qu'il » s'apprêtait à planter dans la cuisse de l'infirme.

– Vous désirez ? s'enquit la femme.

– Je voulais demander à Mme Heineman si elle n'aurait pas un livre à me prêter.

– Pour l'instant je lui donne ses soins, revenez plus tard !

Il battit en retraite, non sans avoir capté l'expression de détresse de la paralytique. Sa mornitude coutumière le cédait à l'effroi.

Au lieu de s'éloigner, il patienta dans le couloir meublé de sièges alambiqués. Bravant leur inconfort, il prit place sur l'un d'eux.

Hildegarde proférait des phrases brèves sur un ton hostile. Il ne comprenait pas ce qu'elle disait mais décelait une menace dans l'intonation. Une dizaine de minutes s'écoulèrent et l'aigre gouvernante apparut, emportant ses ustensiles sur un plateau de métal.

Elle le fustigea du regard.

– Qu'attendez-vous ?

Sa hargne montait de plusieurs tons.

– Je vous ai dit...

– Mme Heineman a besoin de repos car son traitement la fatigue, je vous prie de la laisser !

Elle attendit. Hitler s'éloigna la rage au cœur.

Alors, seulement, elle consentit à gagner l'escalier. Elle allait s'y engager lorsque le jeune homme qui venait de rebrousser chemin surgit en courant. Comme il se déplaçait pieds nus sur la moquette, Hildegarde ne l'entendit pas arriver.

En proie à un déferlement de folie homicide, il administra un formidable coup de pied dans le dos de la duègne. Elle en eut le souffle coupé, cela l'empêcha de pousser le cri qu'on était en droit d'attendre d'elle. Son plongeon spectaculaire lui épargna de dévaler une dizaine de marches. Elle s'abattit, tête la première, contre un piédestal de marbre placé à mi-étage. Son crâne éclata avec un bruit quelque peu ridicule, et sa cervelle apparut par la brèche ainsi pratiquée.

Adolf revint sur ses pas pour aller récupérer ses mules dans le couloir. L'aspirateur turbinait toujours dans sa chambre.

Il descendit l'escalier (moins vite que ne l'avait fait sa victime) et alla s'asseoir sur un banc du parc.

Heureux, il offrit son visage au timide rayon de soleil venu saluer son exploit.

Ce fut son premier meurtre.

7

En découvrant le corps d'Hildegarde, la femme de chambre se prit à hurler et, dans son émoi, lâcha le gros aspirateur qui dévala l'escalier comme une luge.

Inquiétée par ses cris, la cuisinière s'arracha à son fourneau où, déjà, mijotaient des jarrets de porc qu'elle se proposait de servir sur un accompagnement de choucroute parfumée au genièvre.

La gaillarde assura le relais des lamentations et entreprit de décliner le thème de l'accident en bouffant ses sanglots sans les mâcher.

Adolf profita de ses braillements pour en être alerté et surgit avec, entre les dents, la tige d'un œillet d'Inde.

Il « découvrit » le drame, cracha sa fleur, et s'agenouilla près de la vieille haridelle. Elle conservait les yeux ouverts. Jamais ils n'avaient paru aussi pâles. Pieusement, il les lui ferma, non qu'ils l'impressionnassent, mais le geste répondait à ses lectures : dans tous les livres, on commence par clore les paupières des défunts.

Avec l'aide de la soubrette à moustache, il acheva de descendre Hildegarde au rez-de-chaussée. Tous deux l'étendirent sur un sofa, après que la cuisinière eut placé un torchon sous sa tête pour ne pas souiller l'étoffe de soie brochée.

Toujours sur les directives d'Hitler, l'on prévint tour à tour Monsieur, le médecin de famille et la police.

Le jeune homme usa de ce temps mort pour aller apprendre la nouvelle à Graziella.

Elle dormait d'un sommeil si profond qu'il renonça à la réveiller.

Kurt eut un réel chagrin en voyant la gouvernante roidissante. Dans sa blouse blanche, elle ressemblait à un gisant de pierre et lui rappela le mausolée d'il ne savait plus quelle reine dans une cathédrale rhénane. Cette femme avait soigné sa mère d'un cancer des os durant plusieurs années et lui rendait de nombreux services particuliers. Il mesurait, devant son chétif cadavre, à quel point elle lui manquerait désormais. Sa mort brutale le prenait au dépourvu. Qui donc pourrait la remplacer?

Son vieux médecin constata l'évidence et signa le permis d'inhumer sans hésiter. Le commissaire de police se déplaça en personne, compte tenu de la personnalité d'Heineman. Il ne s'attarda point et prodigua davantage de condoléances qu'il ne posa de questions à propos de ce décès brutal.

Hans fut chargé des formalités et contacta les pompes funèbres.

En fin de journée, on avait évacué la morte ainsi que tous ses objets et effets personnels qu'un vague neveu allait hériter. Il ne subsistait plus rien de la disparue, sinon son souvenir et les fades odeurs qui lui survivaient.

Trois jours passèrent avant les funérailles. Trois jours pendant lesquels Graziella demeura enfermée dans sa chambre. La cuisinière lui portait de chiches nourritures pour convalescents et la soubrette s'occupait de sa toilette.

Kurt avait repris ses activités. Quand il rentrait du bureau, il essayait de renouer ses relations sexuelles avec son protégé. Celui-ci refusait, alléguant que ce drame le traumatisait et qu'il lui fallait l'extirper de son esprit pour retrouver sa disponibilité. L'homme s'inclinait devant cet excès de sensibilité. Son giton était jeune, donc frêle; il convenait de ne pas le brusquer. Il décida d'attendre.

L'enterrement eut lieu un matin à dix heures. Hitler resta seul à la maison en compagnie de Graziella. Elle semblait plus diaphane encore que d'ordinaire. Ces derniers jours, le jeune homme l'avait peu vue car il craignait qu'elle eût des doutes sur la mort accidentelle de la gorgone. Elle avait fatalement entendu, malgré son état de faiblesse, les rabrouements de la vieille à son endroit.

Il s'assit au pied du lit, gêné par cette brusque intimité. Sur la blancheur des draps, le bras appareillé incommodait davantage que lorsqu'il était à l'abri d'une manche. Il évoquait ces films de science-fiction dont les télévisions font grande consommation.

– Vous allez mieux? demanda-t-il.

Elle acquiesça en faisant la moue.

– Que vous est-il arrivé?

– Une piqûre, chuchota Mme Heineman.

– Celle de la chouette faisait partie de votre traitement?

– Non.

– Et vous ne vous y êtes pas opposée?

– A quoi bon?

Une aussi totale résignation impressionna l'Autrichien. Graziella respirait mal. Avec effort elle dit :

– Ils sont tous à l'inhumation, vous devriez en profiter pour mettre la main sur le trésor !

Il rit avec cruauté :

– Vous délirez ! Les trésors, c'est seulement dans les récits pour la jeunesse.

– Pourtant, il en existe un dans cette famille. Pendant la guerre, le père de Kurt dirigeait la Gestapo d'une grande ville de Belgique. Il aurait utilisé ses fonctions pour amasser un énorme butin en bijoux prélevés chez les juifs arrêtés.

– Et le magot est intact ? demanda le garçon.

– D'après Kurt, oui. Il avait promis de me le montrer, mais sur ces entrefaites il a découvert ma liaison avec l'un de nos amis et ses confidences ont tourné court.

Adolf Hitler réfléchit. Il jugeait plaisante l'anecdote.

– Vous croyez réellement à cette fable ? Alors la caverne d'Ali Baba serait dans cette maison ?

– A coup sûr.

– Vous avez une idée de l'endroit ?

– Pratiquement.

Par prudence, il s'abstint de l'interroger. La chambre de l'infirme s'alourdissait de relents aigres compliqués d'odeurs pharmaceutiques. Avant son attaque de poliomyélite, tout devait être suave autour d'elle : sa chair sentait l'amour, ses vêtements le parfum coûteux. A présent, Graziella devenait un mammifère déshonoré par sa paralysie étendue.

Elle murmura soudain :

– Hildegarde, c'est vous, bien sûr ?

Il n'eut pas l'idée de nier.

– Naturellement, admit-il.

– Je pense que vous m'avez sauvé la vie en sacrifiant la sienne.

– Pour quelle raison aurait-elle pris une telle décision après des années de soins ?

– Pour libérer complètement son cher Kurt.

De sa main valide, elle remonta son drap jusqu'au menton.

54

– Elle l'adorait, reprit Mme Heineman; c'est fou ce que ces vieilles bourriques stériles s'attachent aux hommes comme mon mari. Elles devinent leurs faiblesses et les prennent en charge; ce sont des nourrices pour adultes veules. Il y a une forme de sexualité dans leur dévouement.

Il se demanda si, avant sa maladie, elle pouvait soutenir une conversation de ce genre? Il l'imaginait superficielle, dévorant les plaisirs que pouvait lui proposer sa vie confortable et futile.

– Avez-vous peur des serpents? dit-elle brusquement.

Cette curieuse question le dérouta :

– Pourquoi?

– Kurt ne vous a pas encore montré son vivarium?

– Il en possède un ici?

– Sous les garages, un sous-sol est spécialement aménagé pour l'élevage de ces bêtes effroyables. On y trouve les reptiles les plus démoniaques de la création. D'énormes lézards répugnants et griffus. Des dragons volants. Des fouette-queues dont la vue donne la nausée. Des tortues éléphantines. Que sais-je encore... Quand il m'a proposé de visiter l'endroit, j'ai mis plusieurs jours à m'en remettre et il m'arrive encore d'avoir des cauchemars.

– C'est un maniaque! s'exclama Adolf.

– Non : c'est son père, l'inventeur de ce lieu abominable. Il s'était fait installer un fauteuil sur rails, se déplaçant latéralement, afin de pouvoir admirer ses horribles pensionnaires à loisir, sans les perturber par des mouvements intempestifs. Concernant Kurt, je suis persuadée que la fosse aux serpents le répugne autant que moi...

– En ce cas, pourquoi ne s'en est-il pas débarrassé?

Elle sourit.

– Précisément, il y a là matière à réflexion.

Qu'est-ce qui incite ce gros pédé à conserver et à entretenir ces animaux épouvantables ?

Un sourire continuait d'égayer piteusement son visage émacié.

– Je crois comprendre : le trésor du vieux forban est sous la protection des reptiles ? fit Hitler.

– Je suis contente que vous parveniez à la même conclusion que moi, assura l'infirme.

– Et qui s'occupe de ces monstres ?

– Hans, le chauffeur. Bien entendu, il ignore tout de la cachette.

– Le vivarium est dûment cadenassé, je pense ?

– *Fort Knox !* déclara Graziella.

NAPLES

8

Nino et Maria avaient pour règle de ne jamais utiliser leur voiture dans « le travail ». Lorsqu'ils devaient exécuter un contrat, ils empruntaient un véhicule passe-partout dans un quartier excentré et le rendaient à la rue sitôt leur mission remplie.

L'amour leur permettait de vivre un conte de fées infini. S'étant rencontrés adolescents, ils entrèrent dans l'âge adulte éclairés de la même lumière, certains qu'elle ne faiblirait pas. Ils savaient que la passion n'est pas stable et que Roméo et Juliette se seraient probablement séparés s'ils avaient connu une durée normale, mais ils ne redoutaient pas ce fatum. En créant l'exception, Dieu a inventé l'espoir.

Le grand-père de Nino était un soldat de la Wehrmacht dont la bataille de Monte Cassino abrégea la vie en 1944. Peu de jours avant son trépas, il eut le privilège de violer une jeune fille nommée Pierina, s'assurant à l'improviste une descendance occulte que sa famille teutonne devait toujours ignorer.

Ce rude accouplement généra une fille plus brune encore que sa mère. Toutefois, plus tard, bien qu'elle eût pour époux un sombre Napolitain, elle accoucha d'un bébé rose et blond. Ce rejeton aux cheveux couleur de blé mûr n'eut de germain que sa capillarité; peut-être aussi un excès de romantisme qu'on prit souvent pour de la conjonctivite. On l'appela Nino, en souvenir d'un oncle héroïque mort pendant la campagne d'Érythrée d'un retour de manivelle d'auto.

C'est de cet ange blond que Maria tomba éperdument amoureuse. Ils se déniaisèrent mutuellement et se montrèrent avisés en ne procréant pas comme des goinfres.

Maria Fanutti, fille du Commendatore, privée tôt de l'amour maternel, devint une gamine renfermée et studieuse à qui son père n'accordait pas suffisamment de temps ni d'attention pour lui permettre de s'humaniser.

Sa rencontre avec Nino la fit littéralement exploser. Ses sentiments dévorants l'arrachèrent à une réserve proche de la sauvagerie. En quelques mois, Maria passa de l'adolescence à une maturité exaltante. C'est à cette période que le rêve du garçon se réalisa : devenir membre de la Camorra comme l'avait été son père. D'emblée, il se montra une recrue de choix.

Son géniteur avait tenu un rôle plutôt modeste dans l'Organisation : il pilotait les voitures lors des coups de main, servait de couverture pour les opérations mobilisant de forts effectifs, jouait les agents de liaison et les porte-coton auprès du Parrain. Sans être promis à une destinée d'exception, il pouvait espérer une existence suave. Las ! elle fut tragiquement écourtée par la rafale de mitraillette d'un carabinier trop zélé au moment où les gens de Gian Franco Vicino mettaient un juge d'instruction à la raison.

Il eut droit à des funérailles surdimensionnées : cercueil d'acajou massif; messe chantée, concélébrée par des princes de l'Église; corbillard à panaches, croulant sous les orchidées; pleureuses professionnelles; foule nombreuse et cependant recueillie. L'enterrement du médiocre truand marqua le jour le plus somptueux de son passage ici-bas. Comme souvent chez les subalternes, la mort faisait de lui une vedette.

Nino, promu soutien de famille à l'aube de sa vie, se comporta avec la dignité du petit Kennedy dans le cimetière d'Arlington, éveillant ainsi l'intérêt du Parrain. Quelque temps plus tard, celui-ci le confia à d'éminents précepteurs pour qu'ils en fissent un camorriste de qualité.

Dès ses premières armes, le jeune homme répondit à son attente. Sa tête d'archange aux cheveux blonds, bouclés, intimidait ses interlocuteurs. Il possédait une voix douce, le regard pareil à celui des statues de marbre qu'on mettait à s'ennuyer dans les parcs publics. Ses gestes gracieux et lents, son expression continuellement attentive révélaient un être plein de défiance, jouissant d'un self-control peu commun à son âge. Il perpétra ses premiers meurtres avec tant de tact que seules ses victimes furent au courant de leur trépas.

Ce sage parti pris lui fut inspiré par sa jeune épouse, car elle n'ignorait pas, malgré son inexpérience, que les cadavres sont des délateurs au témoignage redoutable. Rapidement, elle se chargea elle-même de l'équarrissage des patients. Elle agissait pour sa propre tranquillité d'esprit, redoutant qu'une étourderie ne mît son Nino bien-aimé en fâcheuse posture. Elle n'aurait pu supporter de le perdre, c'est pourquoi elle participait totalement à sa croisade : vivre ou mourir ensemble, elle n'ambitionnait rien d'autre.

Pour les besoins de leur nouveau job, ils s'assurèrent la collaboration passive d'une Fiat 125 bleu-gris qu'on oubliait de remarquer tant elle était insignifiante.

En bon Italien, Landrini savait se faire obéir de

n'importe quelle automobile. Le moteur le plus rébarbatif cédait spontanément à ses sollicitations. Dérober la modeste voiture lui fut aussi aisé que de sortir un brelan d'as au poker.

Il roula jusqu'au Museo Capodimonte devant lequel Maria l'attendait. Elle portait un ravissant tailleur en lin, de couleur jaune Saint-Siège, s'harmonisant parfaitement avec son bronzage. Comme chaque fois qu'il la rejoignait, il libéra un gémissement d'enthousiasme. Elle tenait la gageure de se montrer toujours plus belle et désirable.

Aussitôt qu'elle se trouva à son côté, Nino inséra le tranchant de sa main entre ses cuisses duveteuses. Elle fut parcourue d'un frémissement tandis que sa respiration s'accélérait. Il la caressa un instant, imperceptiblement, puis, satisfait de cette reprise de contact, retira sa dextre pour la respirer. Maria lui adressa un sourire heureux.

– L'homme est arrivé ? demanda Nino.

– Il donne à manger aux pigeons, dans le parc.

– Alors, va !

Il descendit de la Fiat et elle se coula au volant.

Landrini la regarda contourner le musée pour aller se garer dans la Via Ponti où elle découvrit une place sans trop de mal. Quand elle pénétra sous les frondaisons, il la suivit à distance.

Malgré son allure de promeneuse oisive, elle se déplaçait rapidement. Il la vit gagner la vaste pelouse agrémentée d'une roseraie où des bancs de pierre accueillaient les touristes fatigués. Quelques étrangers en bermuda, bardés d'appareils photographiques, y bivouaquaient. Certains consommaient des nourritures pour pique-niques tandis que d'autres, plus jeunes, folâtraient sur le gazon rasé.

Maria choisit pour s'asseoir un muret cernant la plantation de roses. Non loin d'elle, un homme de taille moyenne, assez modestement vêtu, prenait des grains dans un cornet en papier journal. Il allongeait le bras, ouvrait la main et des pigeons voraces, aux gorges moirées de reflets, tentaient de picorer le maïs. Ils y parvenaient rarement car les doigts se refermaient avant qu'ils puissent s'en saisir.

L'individu prenait visiblement un malin plaisir à cette taquinerie cruelle. Il capturait parfois le cou d'un infortuné et le serrait jusqu'à ce que l'oiseau n'eût plus la force d'agiter ses ailes.

Se sentant observé, il tourna la tête en direction de la jeune femme et lui adressa un petit sourire pleutre.

– Sont-ils gourmands, hein ? dit-il avec contrition.

– Je crois plus simplement qu'ils ont faim, répondit-elle.

Il sembla décontenancé, haussa les épaules.

– La ville les nourrit, assura l'homme en versant sur le sol le contenu du cornet.

Puis il vint rejoindre Maria.

– Vous permettez ? fit-il en s'asseyant.

Elle remarqua qu'il dégageait une odeur pharmaceutique. Il avait largement dépassé la cinquantaine et traînait un aspect maladif. Elle connaissait ces personnages : des veuves surtout, taraudées par un début de cancer ou alourdies par quelque fibrome monstrueux. Ce genre de sédentaires s'obligeaient à sortir de leur logis pour s'aérer, mais cet effort leur coûtant, ils l'espaçaient de plus en plus.

Le tourmenteur de pigeons possédait un visage allongé dont la peau grise et ridée se couvrait de tavelures. Des touffes de poils blancs lui jaillissaient des oreilles et des narines. Un début de Parkinson agitait constamment sa main gauche. Elle se demanda les raisons qu'avait la Camorra pour décider la mort d'un être à ce point insignifiant et, apparemment, démuni.

Quel danger était-il capable d'engendrer ? Quel profit sa mort pouvait-elle procurer ?

Rassuré par cette prise de contact, Nino s'éloignait en direction d'un arrêt d'autobus, convaincu que la mission de Maria était en bonne voie. Sa jeune épouse obtenait toujours ce qu'elle voulait, sans jamais monter le ton. Les gens et les circonstances se pliaient à sa volonté avec une docilité déroutante.

En sa compagnie, leur vie oisive coulait comme un fleuve paresseux. Ils auraient dû s'ennuyer, mais leur amour torride comblait tous les temps morts.

Dans le bus, une ardente femme brune le repéra et s'arrangea pour se faufiler à son côté. Elle dégageait des remugles de femelle en transpiration. Elle plaça sa main contre la sienne sur la barre verticale qui aidait les voyageurs debout à assurer leur équilibre.

Nino ne broncha pas. La passagère pivota légèrement afin de lui faire face. Son rouge à lèvres épais dégoûta le jeune homme. Des houppes de poils sombres moussaient sous ses aisselles. Au rythme du véhicule, elle avançait la jambe gauche vers lui et, bientôt, frôla sa cuisse. Landrini se fendit d'un sourire équivoque que la fille prit pour une invite. Celle-ci accentua sa pression. Elle le fixait de ses grands yeux noirs, concupiscents et stupides. Le garçon s'inclina sur son oreille.

– Tu aimes les choux ? lui demanda-t-il à voix basse.

Elle fut abasourdie.

– Je voudrais t'enfoncer un trognon de chou dans le con, salope ! Et le faire bouffer par une chèvre. Ensuite, c'est un plantoir de jardin que tu prendrais dans ton cul puant. Descends tout de suite de ce bus avant que je perde patience. Auparavant, laisse tes souliers sur place : je te taxe !

La donzelle se sépara de lui pour se précipiter en direction de la porte.

Il la vit bondir de l'autobus à la station suivante. Elle portait des mi-bas et avait abandonné ses chaussures sur le plancher. Nino se mit à les écraser le plus discrètement possible à lents coups de talon.

Elle assura au tortionnaire de pigeons qu'elle était sculpteur; il en parut ravi.

Il s'informa de ce qu'elle sculptait; Maria avoua être passionnée « d'attitudes humaines ». Elle ajouta que les hommes et les choses sont « posés sur l'univers », chacun dans une posture particulière, révélatrice de sa personnalité.

Le bonhomme semblait comprendre. Quand elle lui proposa de le prendre comme modèle, il s'inquiéta de savoir si cela générait un dédommagement financier. Maria l'assura qu'elle-même offrait cent mille lires par séance.

Il lui fit répéter la somme et se dit partant. Elle l'invita alors à se rendre immédiatement à son atelier pour une mise en place. Il demanda si celle-ci lui serait payée? En guise de réponse elle ouvrit son sac et compta cent mille lires qu'il fit disparaître prestement.

Ses manières révélaient à quel point il vénérait l'argent car, lorsqu'il l'eut serré dans sa poche de pantalon, il se livra à de ridicules contorsions pour en condamner l'ouverture avec des épingles de sûreté, manège dont elle se divertit.

Ils gagnèrent la voiture naguère « empruntée » par Nino.

– Est-ce loin? s'enquit le bonhomme après s'être installé.

Elle le rassura :

– Mon atelier est tout en haut du quartier espagnol, mais la séance terminée, je vous mènerai où vous le souhaitez.

Tranquillisé, il se laissa conduire en regardant défiler les boutiques. A l'intérieur de l'auto, son odeur devenait plus fétide. Elle s'aperçut qu'une plaque de vilain eczéma aux purulences blanchâtres déshonorait sa joue gauche.

– Vous vivez seul ? demanda-t-elle.

– Comme la bille d'un grelot.

– Veuf ?

– Je ne me suis jamais marié.

– Vos mœurs ?

– Non, la maladie : mon corps est couvert de psoriasis. Je vous préviens qu'il n'est pas très montrable.

– Je ne compte pas vous faire poser nu : vous garderez votre caleçon et votre chemise de corps.

L'automobile de rencontre rechignait dans la côte du Velmora ; Maria dut changer de vitesse à plusieurs reprises pour escalader la longue rue rectiligne conduisant au ciel. Une population douteuse grouillait dans cet univers de la Malavita [1]. Des échoppes décolorées se succédaient, toutes semblaient ne rien avoir de franchement négociable à proposer.

– Notez, il y a la mer Morte, fit le passager.

Elle sortit de ses préoccupations :

– C'est-à-dire ?

– Pour mon psoriasis. On dit que les bains, dans son eau saumâtre, sont miraculeux ; seulement je n'ai jamais eu les moyens d'aller là-bas.

Elle ne sut que répondre, d'ailleurs ils arrivaient à destination : un vieil immeuble délabré au porche de marbre fissuré. Le bâtiment avait connu jadis une splendeur dont il ne subsistait plus grand-chose.

Elle pénétra dans la cour avec la Fiat qu'elle remisa près d'un appentis écroulé. Deux *bassi* cer-

1. Mauvaise vie.

64

naient l'entrée où prenait un pompeux escalier à double révolution et aux balustres brisés.

L'un des *bassi* servait de logement à une famille miséreuse ; il s'agissait d'une ancienne écurie que la croissance démographique avait transformée en habitation de fortune squattée par une informe marâtre à la progéniture débile.

Une construction jumelle lui faisait pendant. Nino et Maria l'utilisaient comme resserre. Au début, les voisins avaient tenté de l'annexer ; mais leur souveraineté fut des plus brèves. Landrini, assisté de deux amis, vint rosser les guenilleux dont il dévasta l'antre à titre de premier et ultime avertissement.

C'est ce gîte au désordre indescriptible que la jeune femme fit passer pour un atelier auprès de son modèle.

Il ne s'en formalisa point, accepta l'escabeau qu'elle lui présentait et attendit. Nino surgit de la seconde pièce, revêtu d'une blouse blanche, les bras gris du plâtre qu'il coltinait à l'aide d'une banche. Il salua brièvement le nouveau venu.

– Monsieur vient poser, annonça Maria en protégeant sa toilette d'un épais tablier de toile.

– Entendu, madame.

– Voici la première attitude qu'il devra adopter, reprit-elle en désignant un poster punaisé contre la porte.

Il représentait la silhouette d'un personnage allongé en arc de cercle dans une position vaguement fœtale. Ses bras s'arrondissaient au-dessus de lui, tandis que ses jambes arquées évoquaient un cavalier sur sa monture. Le visage, comme le reste de son individu, disparaissait sous une épaisse couche de plâtre. L'ensemble rappelait *L'Homme invisible* dans un ancien film tiré du roman de H.G. Wells.

Le modèle semblait se désintéresser de la question. Par contre, ses vêtements le préoccupaient beaucoup. Quand il les eut retirés, il les roula, le pantalon à l'intérieur du veston, lia le tout à l'aide de sa cravate élimée et, après un regard perplexe, hissa ses hardes au sommet d'une armoire placée de guingois contre le mur.

– On peut y aller ? questionna Nino.

– Bien sûr ! répondit le vieux.

Landrini avait troqué le récipient contre un rouleau de fil de fer.

– Je vais vous aider à tenir la pose en esquissant un bâti, expliqua l'artiste, ainsi vous n'aurez pas à vous fatiguer.

L'homme ne fit aucune objection. Le couple l'avait fait étendre sur une carpette trouée et la jeune femme lui ployait le dos, puis chacun des membres, sans cesser d'étudier le poster. Le fil métallique jouait un rôle de tuteur.

– Ça ne va plus être long, promit-elle.

Maria se montrait appliquée. Nino l'admirait lorsqu'il la voyait se consacrer à ce genre de tâche. Il sentait à quel point il lui était soumis, et combien elle appréciait cette vassalité absolue.

– Voilà ! s'exclama-t-elle, satisfaite.

Son époux tira alors de sa poche une minuscule fiole dont le bouchon se dévissait. Elle s'en saisit. En souriant, se pencha sur le modèle et, d'un geste prompt, fourra l'étroit goulot entre ses lèvres. Dans un spasme, le vieux ouvrit grand la bouche et fut foudroyé par le cyanure.

Il eut encore quelques légers soubresauts que ses meurtriers observèrent sans marquer d'intérêt.

– Je vais préparer le moulage, annonça Nino.

9

Pendant que le plâtre séchait, ils gagnèrent (en taxi) le quartier de Forcella. Ils habitaient un curieux appartement dans une bâtisse en saillie ressemblant à la proue d'un navire. L'immeuble s'avançait au cœur d'un carrefour populeux qu'il paraissait fendre de son étrave. L'angle aigu, vitré de verre cathédrale, symbolisait une espèce de phare dont, la nuit, le croisement se trouvait illuminé.

Durant les années précédant leur union, les jeunes gens convoitèrent ce logis. Nino s'en ouvrit au Parrain, lequel sourit et le lui offrit comme présent de mariage. Les amoureux furent à ce point comblés qu'ils se promirent de ne jamais le quitter.

L'appartement, outre ce *look-out*, comportait quatre pièces et une salle de bains, luxe rarissime dans cette partie de Naples. Maria voulut qu'on le peignît entièrement en ocre léger et le meubla *design* avec, aux murs, des reproductions d'œuvres avant-gardistes.

Nino, accoutumé à un univers plus que médiocre, se montra ébloui par les initiatives de son épouse.

Leur bonheur (ils n'osaient employer ce terme galvaudé) les dissuadant d'avoir un enfant, ils optèrent pour une procréation tardive. Le destin saurait leur en donner le signal quand il le faudrait.

Autre avantage présenté par leur immeuble : il avoisinait celui de Gian Franco Vicino. Être proche de ce personnage considérable leur donnait un sentiment de sécurité. Ils pouvaient observer la maison du grand homme, à vrai dire guère révélatrice de la vie se déroulant à l'intérieur. Un long balcon surchargé de plantes en pots ajoutait au mystère qui s'en dégageait. On n'y voyait jamais personne, sinon le jardinier chargé de la santé des végétaux.

Lorsqu'ils rentrèrent de l'atelier, ils trouvèrent le couvert dressé pour le dîner. La vieille concierge leur servant de femme de ménage avait mis sur la table un bocal de *sotto olio*, plein aux trois quarts de minuscules artichauts, de petites tomates rondes, d'aubergines en lamelles, de cubes de fromage. Des tranches de pain frottées d'ail s'empilaient dans une corbeille et un long salami, noueux comme un sexe d'âne, côtoyait un énorme quignon de mortadelle.

– Je meurs de faim ! avoua Nino en s'asseyant.

– Tu ne te laves pas les mains ? interrogea doucement Maria.

Il se leva en rougissant. Son manque d'hygiène constituait leur unique motif de dissension. Nino dégageait, presque en permanence, une puissante odeur de bouc qui stimulait la forte sexualité de son épouse, laquelle cachait son plaisir en lui adressant des reproches répétés.

Il revint de la salle de bains après s'être aspergé d'une eau de Cologne d'épicier.

Tous deux se prirent à batifoler dans l'énorme bocal, y piquant, à l'aide d'une longue fourchette à trois dents, les macérations qu'ils convoitaient.

– Quand crois-tu que nous pourrons évacuer... la statue ? demanda-t-elle, la bouche pleine.

– Pas avant demain soir. Il faut que le plâtre soit parfaitement sec pour que je puisse le patiner. Selon toi, qui était ce vieux type ?

– Ce n'est pas notre affaire, répondit Maria. Nous avons un contrat à honorer, peu importe l'identité du « patient ».

Leur repas achevé, Nino desservit et ils firent l'amour sur la table, suivant un rituel qu'ils affectionnaient et ne transgressaient jamais.

Elle s'étendait sur le dos, les fesses au bord du meuble. Son époux lui retirait lentement son slip, après quoi elle repliait ses longues jambes et les soutenait de ses avant-bras.

Le mari disposait d'une autonomie peu commune de la part d'un jeune mâle fougueux. Il la prenait langoureusement, forçant l'allure de temps à autre pour déclencher une violente frénésie chez la jeune femme. Rien ne l'excitait autant que de la sentir trembler et gémir sous lui. Lorsqu'elle le suppliait de se libérer, il ralentissait ses mouvements afin que leur pâmoison soit une apothéose.

MUNICH

10

La disparition d'Hildegarde devait fortement perturber la vie de la maison. Cette vieillarde furtive, qui parlait peu et ne riait jamais, donnait cependant un équilibre à l'étrange foyer disloqué.

Une fois qu'elle fut sous terre, un souffle anarchique passa sur la vaste demeure. Trudy, la grosse cuisinière, privée des directives formant l'armature de sa vie professionnelle négligeait son travail. Elle oubliait de faire le marché, laissait brûler les mets ou, au contraire, les servait incomplètement cuits.

La Turque, pour sa part, semblait découvrir la volupté d'une flemme parfaitement organisée. Ses occupations domestiques étaient fractionnées de relais. A tout instant, on la voyait lovée sur un canapé, en posture récamière, fumant une cigarette à embout de carton doré ou lisant, avec impudence, d'horribles illustrés de son pays dont les dessins de couverture faisaient grincer les dents d'Adolf.

Ces ancillaires, pratiquement livrées à elles-mêmes, puisque Monsieur était absent et Madame enfermée dans sa chambre, ne déployaient quelque énergie qu'au retour d'Heineman, lequel ne se préoccupait que de son gigolo. Parfois, le géomètre dressait l'oreille en percevant les échos d'une altercation en provenance de l'office où le chauffeur entendait se comporter en maître.

C'est sur lui que l'Autrichien jeta son dévolu pour percer le « mystère du vivarium ». Plus il réfléchissait à cette histoire du butin caché, plus il la jugeait abracadabrante. Il fut servi dans son dessein par un voyage que Kurt dut entreprendre aux États-Unis. En quittant son ami, Heineman pleura beaucoup.

– J'ai peur que tu t'ennuies, se lamentait-il ; jure-moi que tu ne me tromperas pas, même avec une fille !

Hitler jura ce qu'il voulut.

Une fois son amant parti, il opéra un rapprochement (sans intention douteuse) avec Hans, se faisant conduire dans des lieux de plaisirs où il convia le chauffeur à boire et manger.

Il découvrit rapidement que le bonhomme aimait l'alcool et les filles. Il avait passé de nombreuses années à la Légion étrangère française avant de se ranger et ne s'était jamais marié. Deux soirées suffirent à en faire une paire de joyeux compagnons.

C'est au cours des libations du second soir qu'Adolf aborda la question des serpents, comme si Kurt en parlait fréquemment, et l'ancien légionnaire proposa spontanément de les lui montrer en rentrant.

Surprenante expérience pour le jeune homme. Certes, il connaissait déjà ce genre de vivarium, mais jamais il n'en avait vu groupant une telle variété de reptiles. Ceux-ci étaient rassemblés par « compatibilité » dans des compartiments de verre chauffés aux infrarouges. Il y en avait tant, si diversifiés, qu'Hitler en fut incommodé. Les indications en blanc sur des plaques d'ébonite documentaient l'amateur à propos des pensionnaires de Hans.

Assis dans le fauteuil à déplacement latéral, Adolf examinait l'intérieur des cages.

– Comment nettoyez-vous leur habitacle ? demanda-t-il.

– Voyez : les reptiles reposent sur un grillage à grosses mailles. Je le soulève en pressant ce bouton et déclenche un système de jets rotatifs qui lavent le sol au-dessous. En quelques instants tout est *clean*.

L'Autrichien acquiesçait, cherchant où et comment on aurait pu ménager un recoin secret dans la partie cimentée.

Il n'en trouva pas, mais ne fut point découragé pour autant. Quelque chose lui disait maintenant que Graziella ne se leurrait pas.

Il dormit très mal cette nuit-là. Vers quatre heures du matin, toujours aux prises avec son insomnie, il décida de rendre visite à Mme Heineman. Il alla donc, nu-pieds et en peignoir, frapper à sa porte.

Elle était éveillée. La faible lueur d'une lampe de chevet creusait ses traits et enfiévrait son regard. Elle ne marqua aucune crainte de cette entrevue nocturne ; au contraire, il crut comprendre qu'il apportait un vague réconfort à la pauvre femme.

Il s'excusa de son audace, mais elle lui signifia qu'il ne devait pas perdre son temps en mondanités.

Comme naguère, il s'assit au pied du lit, dans la zone d'ombre qui dérobait son visage à l'infirme. Il se demanda si, étant en possession de tous ses moyens physiques, elle lui aurait plu. Il se répondit par la négative puisque, ce qui le touchait, c'était de la voir pareillement démunie et à merci.

– J'ai visité le vivarium, lui annonça-t-il, et l'ai attentivement examiné, à la recherche de la « cachette ». Je ne l'ai point trouvée, cependant je pressens qu'elle existe.

– Mais elle existe! renchérit la malade. Essayons de nous mettre à la place d'Otto. Il a voulu placer son butin en lieu sûr; la protection des reptiles est indéniablement une astucieuse trouvaille; seulement, dans l'hypothèse où il lui eût fallu en disposer rapidement, cela risquait de compliquer les choses...

Il l'écoutait, pensif. Son regard accrochait le véhicule vide de la paralytique. A quoi ressemblait-elle une fois désappareillée? Il ne possédait qu'une maigre expérience du corps féminin; il le considérait comme un occasionnel objet de plaisir dont il avait peu usé. Jamais il n'avait eu l'occasion de le découvrir pleinement, en totalité, encore moins de se l'approprier de la main et du regard. Espèce de puceau mal initié, il ne savait de l'amour que ses propres ardeurs maladroites.

– Si nous dénichions ces bijoux, dit-il, qu'en ferions-nous?

La question la cueillit au dépourvu.

– Eh bien, je suppose qu'il faudrait les vendre.

– A qui?

– A des joailliers, nécessairement.

– Comment vous y prendriez-vous?

– J'entrerais en contact avec des maisons sérieuses et les convoquerais ici, en vue de traiter.

– Ce qui impliquerait que votre mari soit *out*?

– Bien entendu...

– Parce que je l'aurais supprimé?

– Cela irait de soi, non?

– Vous êtes sûre de vous!

– Non : de vous! Tuer Kurt est votre vœu le plus cher. Je me trompe?

Il lui adressa un sourire qu'elle ne put distinguer à cause du contre-jour.

– Et l'argent que vous retireriez de cette vente?

– Nous le partagerions équitablement.

– Ensuite?

– Je ferais revenir ma fille des États-Unis pour

essayer de la connaître enfin ; mon époux a profité de ma maladie pour nous séparer.

– Et moi ?

– Vous quitteriez cette maison pour aller conquérir le monde, monsieur Adolf Hitler.

Elle éclata de rire, comme à leur première rencontre.

11

Il eut un sommeil agité, plein de fiel et de colère. Mais au réveil il avait découvert la cachette.

La vérité jaillit en lui tout naturellement, sans le moindre effort, comme le retour inopiné d'un souvenir d'enfance. Il revit l'entrée du vivarium au moment où ils y pénétrèrent, Hans et lui. Pendant quelques secondes, le local ne fut partiellement éclairé que par la lumière de l'escalier et la lueur orangée des infrarouges. Puis le chauffeur enclencha le commutateur et l'endroit se trouva illuminé.

Adolf se mit sur son séant. Il craignait que son esprit ne fût embrumé par un reste de torpeur et s'efforça de réfléchir sans précipitation. Mais tout était minutieusement réglé dans sa tête.

L'un des infrarouges différait des autres. Le caisson porteur était plus grand et il se trouvait suspendu d'une manière mobile au plafond, grâce à un système télescopique qui permettait de l'abaisser et de le remonter.

Hitler s'habilla rapidement et descendit prendre le petit déjeuner alors que la cuisinière savourait encore le sien. Elle l'accueillit fraîchement, ce qui le rendit furieux.

Il se pencha au-dessus de la table sur laquelle elle bâfrait, vida le bol de la lourde femme sur la nappe et déclara, son nez touchant presque le sien :

– Servez-moi à l'instant, sinon je vous vire à coups de pied dans votre gros cul de vache !

Elle faillit s'étouffer de surprise, de peur et de courroux; mais les yeux d'Hitler la dissuadèrent de protester.

Hans se rasait quand il frappa à sa porte...

– Il est arrivé quelque chose à Madame? s'inquiéta-t-il.

Le jeune homme le rassura :

– A cause de vos foutus serpents, je n'ai pu fermer l'œil de la nuit. Alors je vais employer la méthode empirique, traiter le mal par le mal. J'ai horreur d'être soumis à des pulsions irraisonnées. Prêtez-moi la clé du vivarium, pendant que vous achèverez votre toilette, je resterai en compagnie de ces horribles créatures.

– Bravo ! C'est cela, le courage ! déclara le baroudeur assagi.

Différents trousseaux s'offraient, fixés au mur par des crochets. Il en saisit un qu'il présenta à Adolf.

– Actionnez la clé plate en premier, recommanda-t-il, sinon tout reste bloqué; le vieil Otto était très spécial.

Quand il pénétra dans le vivarium, Hitler eut une nausée car l'odeur des reptiles se montrait obsédante.

Ce qu'il fit alors fut pour lui une opération de routine, tant il l'avait ressassée. Il se rendit tout droit à l'infrarouge « spécial » chauffant un compartiment destiné à une race de vilains serpents noirs constellés de taches ocre. La lampe se trouvait à environ un mètre de sa portée. L'Autrichien chercha un moyen de l'atteindre sans pénétrer dans la cage.

Sa perplexité fut de courte durée car il vit, contre une paroi, une tige de fer à l'extrémité recourbée. S'étant emparé de ce crochet, il s'en servit pour amener à soi l'appareil. Celui-ci obéit docilement et descendit avec la base à laquelle il adhérait. Un astucieux système de dérouloir logé dans le plafond permettait ce souple halage.

Contrairement à ce qu'on pourrait croire, Adolf agissait méthodiquement avec un calme de chirurgien expérimenté. Il tira le fil au maximum, puis déposa la carène du transformateur sur le fauteuil. Dorénavant, il devait découvrir le dispositif d'ouverture.

N'ayant rien détecté au bout de cinq minutes et pensant que le chauffeur n'allait plus tarder, il remit tout en place et s'abîma dans la contemplation des immondes bestioles.

La journée fut creuse. La perspective de mettre la main sur les bijoux le préoccupait à peine. Il s'aperçut que l'appât du gain ne serait jamais pour lui une motivation susceptible de le mobiliser entièrement. Quel allait être le but de sa vie si aucun appétit ne le tourmentait ? Amour et fortune lui semblaient dérisoires. Que restait-il hormis ces deux moteurs ? L'ambition du pouvoir ? Utopie !

Il chercha un début de réponse dans la lecture des journaux, en vain. Un instant, il évoqua l'altruisme. Une foule d'individus avaient prôné l'allocentrisme. Mais il le jugea comme étant une démarche de scout.

Le seul spectacle intéressant qu'il pouvait fournir c'est à lui-même qu'il le donnerait.

Il se rendit dans le bureau de Kurt où il n'avait

jamais mis les pieds. Ayant son P.C. au siège de ses affaires, Heineman l'utilisait très peu ; la pièce faisait songer à ces appartements témoins dans lesquels tout est rassemblé pour une vie exemplaire, mais que l'absence de l'homme pétrifie.

Une photographie solennelle trônait sur la table de travail. Elle représentait un homme à demi chauve, dont le visage lourd et le regard impitoyable, aggravé d'un monocle, incommodaient. Une dédicace tempérait la sévérité de l'image : *N'oublie pas, Kurt, que la vie t'appartient. Otto.*

C'était écrit en caractères gothiques par le pilleur de juifs !

Comment avait-il fait pour mourir dans son lit, ce criminel d'État ?

Adolf explora les tiroirs du meuble, espérant y dénicher le code d'ouverture du bloc. Il eut beau se livrer à de minutieuses recherches, il ne releva aucun indice pouvant le mettre sur la voie.

Le soir venu, il proposa à Hans une dernière virée nocturne avant le retour du maître, programmé pour le lendemain après-midi.

L'ancien militaire accepta d'enthousiasme. Il le convia dans l'un des meilleurs restaurants de Munich où, sous prétexte de bonne chère, Hitler fit boire son compagnon au-delà du raisonnable. Il l'acheva dans une brasserie sous des flots de bière.

Bien qu'il n'eût pas son permis de conduire, l'Autrichien pilota la grosse voiture pour rentrer. Il aida le chauffeur à grimper chez lui, l'allongea et poussa la sollicitude jusqu'à ôter ses chaussures.

12

Décidément, il se conduisait avec Graziella comme avec une épouse. Une espèce d'intimité, due à la maladie de l'infirme, se créait spontanément.

Elle dormait profondément quand il rentra de chez Hans. Selon son habitude, il alla prendre place au pied du lit et attendit son réveil. Son souffle menu ressemblait à celui d'un petit animal pelotonné dans sa chaleur.

Sa chemise de nuit bâillait, dégageant un sein de couleur laiteuse qu'il s'efforça de ne pas regarder. Il estima qu'elle s'amaigrissait chaque jour davantage. Un nutritionniste s'occupait-il de son alimentation ? A présent qu'elle ne quittait pratiquement plus sa chambre, elle déclinait. Sa peau se faisait translucide, le peu de muscles dont elle disposait encore devenaient flasques.

Il aurait pu passer la nuit complète ainsi, à la contempler dans l'abandon de l'inconscience. Il n'éprouvait aucune espèce d'amour pour la malheureuse, seulement une obscure compassion. Le sort se montrait impitoyable à son égard : il avait ruiné sa santé, sa beauté, lui avait arraché son unique enfant et imposé un mari homosexuel qui la haïssait.

Elle finit par sentir la présence d'Adolf, eut un tressaillement et ouvrit les yeux.

En l'apercevant, elle lui sourit.

– Je pense que je devais rêver de vous, balbutia-t-elle.

– J'en suis convaincu.

Il avança la main en direction de Graziella et déposa sur son ventre une housse à chaussures en feutrine, fermée par un lacet.

– Qu'est-ce que c'est ? demanda-t-elle.

– Le butin de guerre de votre aimable beau-père, ma chère.

Elle parut effrayée.

– Vous l'avez trouvé ?

– La preuve !

La chose pesante sur son estomac continuait de lui faire peur. Elle n'osait y toucher.

– Vous êtes certain que... que c'est bien cela ?

– Pouvez-vous l'ouvrir ? Il suffit de tirer sur le cordon.

Elle ne s'y résolvait pas, comme s'il se fût agi de quelque trésor pharaonique inspirateur de malédiction.

– Le vieux savait se montrer prudent, reprit Hitler ; il a desserti toutes les pierres, ce qui rend leur identification aléatoire.

Venant en aide à la paralytique, il dénoua lui-même le sac et fit couler son contenu sur le drap. Cela forma un petit tas étincelant à la lumière de la lampe.

– Seigneur ! soupira Graziella, mais c'est énorme !

Puis soudain :

– Où étaient-elles cachées ?

– Dans le corps d'un projecteur. Mon attention fut attirée par l'un d'eux, plus gros que les autres. Si le sinistre Otto les avait tous fait exécuter au même gabarit, jamais je ne l'aurais repéré. Cela dit, j'ai bien failli être bredouille car le socle comporte une suprême astuce : il est de forme cubique, dont les deux parties sont séparées grâce à un pas de vis fixé en son milieu, et le travail d'ajustage est si parfaitement réalisé qu'on ne le voit pas.

Elle touillait les gemmes et les laissait glisser entre ses doigts. Il s'agissait uniquement de pierres précieuses : diamants, rubis, émeraudes. L'infâme nazi ne s'attardait pas sur de la broutille. Seule, la qualité supérieure l'intéressait.

Le jeune Autrichien essayait d'évoquer l'époque heureuse où des femmes plus tard déportées et saccagées, se paraient de ces joyaux dont on les avait dépouillées avant de les anéantir.

Un peuple d'ombres se dressait dans la chambre aux odeurs déprimantes. Des spectres par milliers chez un presque fantôme.

– Et à présent ? demanda doucement Graziella.

– Je vais aller les remettre à leur place jusqu'à ce que je trouve un moyen de supprimer Kurt.

Comme il proférait ces mots, il crut percevoir un léger bruit en direction de la porte ; vivement il se retourna et découvrit Heineman dans la pénombre.

– Je crois que je dérange ! articula l'arrivant.

L'époux intempestif s'approcha du lit. Il portait un imperméable à pattes sur les épaules, d'un vilain vert armée, qui lui descendait aux chevilles. Son feutre taupé, à bords courts, achevait d'en faire une caricature du hobereau germanique.

Quand il vit le tas de pierres précieuses sur les jambes de sa femme, il émit un grondement de bête malfaisante.

– Tu vois, Kurt, dit-elle, il n'existe pas de cachette infaillible.

– Putain ! hurla-t-il, sale putain !

Il se mit à frapper le maigre visage à coups de poing.

Graziella tenta de se protéger avec son bras valide. Le mari ne cessait de cogner, ponctuant chacun de ses horions d'une insulte.

Adolf tentait de le ceinturer pour le faire lâcher prise, mais l'homme était trop massif et son courroux trop violent pour qu'il parvienne à le séparer de sa proie.

Réalisant qu'il n'y arriverait pas de cette façon et que le temps pressait, l'Autrichien se saisit d'un bronze de Diane posé sur la commode et, l'élevant le plus haut qu'il put, l'abattit sur la nuque écarlate de Kurt.

Plus tard, il eut beau solliciter ses souvenirs, il ne put se rappeler si l'impact avait fait du bruit. Les images défilaient comme dans un film muet. Le bronze frappant l'arrière de cette tête congestionnée, Heineman foudroyé, s'écroulant sur sa femme, puis cette soudaine, cette intégrale immobilité.

A l'instant, il sut comment agir : avant tout, courir reporter les pierres dans le socle du projecteur. Puis alerter la police... Déjà sa version des faits se déroulait dans sa tête.

Il allait connaître des moments difficiles. Mais il sentait qu'il les vivrait avec courage.

13

Quand la police arriva (en un temps record), ses représentants découvrirent un homme mort, une infirme dans le coma, et un garçon en pleine confusion mentale.

Les gens de l'Identité judiciaire survinrent peu après leurs collègues. Adolf avait eu la sagesse de laisser les choses « en l'état » et ils n'eurent aucune difficulté à lire les péripéties du drame dans cette scène figée.

Graziella tenait de sa pauvre main le poignet droit du forcené, lequel s'était meurtri les jointures en la criblant de coups de poing. Kurt se trouvait éclaboussé par le sang de son épouse. Son visage et ses vêtements étaient rouges. Le bronze d'art lui avait rompu les vertèbres cervicales.

Dans le crépitement des appareils photographiques et la fulgurance des flashes, la chaise roulante abandonnée accroissait l'aspect dramatique de la chambre investie.

Un policier gros et blond, aux cheveux rares et au teint comestible, guida Hitler dans l'embrasure de la fenêtre. Il lui fit décliner son identité, marqua un tressaillement à l'énoncé de son patronyme et le pria de raconter les faits. Adolf joua le garçon dépassé par les événements, s'efforçant de les relater minutieusement. Sa version fut approximative-

ment la suivante : alors qu'il dormait profondément, le bruit d'une altercation l'avait arraché
au sommeil. Au lieu de se calmer, la dispute
s'amplifia. Il sortit de son lit et accourut. Il trouva
M. Heineman en train de molester sa femme avec
une effrayante sauvagerie. Il tenta de lui faire
lâcher prise, ce qui attisa la fureur du géomètre.
Comprenant qu'il ne viendrait pas à bout de
l'énergumène, le garçon s'empara du premier objet
venu et porta un coup à l'époux en pleine crise de
démence. Un seul, au jugé, mais qui foudroya le
furieux.

Son interlocuteur consigna rapidement ses dires.
Après quoi deux policiers en uniforme le saisirent
chacun par un bras et l'entraînèrent.

Il finit la nuit seul, à l'infirmerie de la police,
dans une chambre de quatre lits. Son repos fut
serein. Loin d'être troublé par le meurtre de Kurt,
il ressentait une certaine euphorie de son geste
spontané, brutal, mais initiateur d'une détente
bienfaisante.

On le réveilla tôt, sans la moindre brusquerie. Il
procéda à sa toilette après laquelle on le conduisit
dans des bureaux administratifs où il dut patienter
plus d'une heure. Pour tromper l'attente, il lut un
magazine à sensation abandonné sur une table
basse, qui racontait les démêlés amoureux de prin-
cesses en carton-pâte, de rois sans royaume,
d'acteurs comblés et de fameux industriels aux fan-
taisies ruineuses.

Enfin, on l'introduisit dans le cabinet de travail
d'un personnage au physique de traître que l'on
sentait imperméable à l'indulgence et à toute pitié.

L'homme lui fit subir un interrogatoire particulièrement poussé pendant plus de quatre heures.
Une secrétaire sans poitrine, au nez exagérément
busqué, l'enregistrait avec une rare vélocité.

A la fin de cette longue séance, truffée de questions sans cesse répétées, Hitler eut la certitude d'avoir tout dit, hormis ce qui concernait le trésor. Il reconnut ses pratiques pédophiles avec le géomètre, son amitié naissante pour l'épouse handicapée, sa camaraderie l'unissant à Hans, le chauffeur. Il simula l'adolescent vaguement attardé, confronté à un milieu qui n'est pas le sien.

A l'issue de l'entretien, il s'enquit de l'état de santé de Graziella.

– Elle est décédée au cours de la nuit, révéla son interlocuteur.

Adolf se prit à pleurer.

– C'est ma faute, fit-il : j'aurais dû « le » frapper plus vite !

Pareille candeur décontenança le magistrat.

La période suivante fut grise au point qu'Hitler l'oublia très vite. On lui commit un avocat d'office, en fin de carrière, qui portait une barbe hirsute et faisait montre d'un paternalisme lénifiant. Son défenseur le prit pour un gamin fraîchement descendu de ses montagnes autrichiennes, que le hasard pernicieux avait précipité dans les bras d'un homosexuel dépravé. Il invoqua la légitime défense pour tenter de sauver une malheureuse infirme.

L'affaire fut classée.

Adolf Hitler retourna quelques semaines à Vienne, chez sa bonne grand-mère qui ignorait ses démêlés avec la justice allemande. La vieille femme éprouva un grand bonheur et pleura beaucoup. Elle faillit, dans son allégresse, révéler au jeune homme le nom de son grand-père, se retint à l'ultime seconde.

Elle eut tort.

NAPLES

14

Maintenant qu'il était métamorphosé en statue, leur « contrat » ne tenait plus dans la voiture dérobée par Nino. Sa pose inclinée lui interdisait l'accès d'une conduite intérieure, fût-elle d'un volume supérieur à la Fiat 125. Le garçon dut rendre celle-ci à la rue et la remplacer par une Fiat Fiorino, de couleur rouille, dont la double porte arrière permettait d'accueillir son client minéralisé.

La nuit s'emparait de la campagne et les premières étoiles commençaient à trembler au firmament. Nino se mit à siffler.

Ils prirent la route de Pompéi, peu encombrée à cette heure. Une journée finissante favorise une certaine mélancolie. Ce soir-là, probablement à cause de son infinie douceur, elle portait au lyrisme. La « sculpture » qu'ils convoyaient dodelinait dans les virages.

Lors d'une secousse un peu plus accusée, le conducteur se retourna et jeta à leur victime :

– Du calme, mon petit. Il n'y en a plus pour longtemps.

– Ne lui parle pas ainsi ! implora Maria : on doit le respect aux morts.

– Même à ceux qu'on fabrique soi-même ? plaisanta Nino.

– Surtout ! assura-t-elle.

Il cessa de rire et, furtivement, croisa les doigts.

Quelques kilomètres avant Pompéi, le jeune homme emprunta un chemin sur sa gauche, contournant la ceinture de fortifications. Il voulait rallier la « Villa des Mystères » sans passer par la cité détruite, car des rondes de vigiles s'y effectuaient la nuit. Certes, elles étaient bon enfant, mais le jeune couple ne souhaitait pas se faire remarquer.

Nino avait travaillé, une saison durant, dans la ville anéantie, comme vendeur de brochures et de boissons. Il en connaissait non seulement l'histoire et les sites majeurs, mais également les recoins les plus discrets.

La nuit maintenant était dense et sans failles. Il remisa le véhicule en dehors des ruines et inspecta les lieux. Une cité engloutie sous les cendres pendant près de deux millénaires a pris l'habitude du silence. Il retira sa statue de la Fiat Fiorino et la chargea sur son épaule. Il avança jusqu'à une brèche du mur d'enceinte qu'il franchit sans encombre malgré les broussailles.

Sa femme le suivait d'une allure élastique. Ils ne tardèrent pas à s'engager dans une voie garnie de larges dalles dans lesquelles, vingt siècles auparavant, les charrois avaient creusé de profondes ornières.

Leur cheminement fut bref. Bientôt, Nino pénétra dans les vestiges d'une construction jadis importante, à en juger aux décombres. Plusieurs moulages de corps étaient disposés sur le sol dans ces postures saugrenues consécutives à une mort foudroyante.

Maria alluma une minuscule lampe électrique et de son maigre faisceau balaya les formes humaines. Elle désigna l'une d'elles, dont leur dernière victime était la réplique exacte.

Le garçon déposa son fardeau et entreprit d'évacuer le gisant ; puis, aidé de son épouse, il installa leur sculpture à l'emplacement occupé par le citoyen de Pompéi et s'attarda à contempler son œuvre.

– Joli travail, tu ne trouves pas, chérie ?

– Magnifique !

Ils échangèrent un interminable baiser et repartirent avec le moulage original[1]. Nino ne le trouva guère plus lourd que le leur.

De retour à la voiture, ils le brisèrent à coups de marteau et pulvérisèrent les morceaux en roulant dessus à plusieurs reprises.

Le cœur en liesse, ils regagnèrent Naples, chantant à tue-tête les impérissables succès du compositeur Roberto Murolo.

A la conclusion d'un contrat, le couple avait pour habitude de festoyer dans une boîte gérée par un cousin de Nino. Ils y dansaient jusqu'à la fermeture. Maria ne prenait pas d'alcool et son mari n'allait jamais au-delà de quelques bières ; ils s'étourdissaient d'eux-mêmes ; peut-être aussi de la réussite de leur entreprise.

Tout était prétexte à plaisirs pour ces deux innocents. Ils se sentaient particulièrement fiers de leur dernier exploit. Le petit homme transformé en gisant les ravissait. Ils se promettaient de lui rendre visite de temps à autre parmi un groupe de touristes. Maria redoutait qu'en se corrompant, le corps finisse par avoir raison de la couche de plâtre, mais son insouciant mari balayait cette crainte. Privée d'oxygène, la carcasse se dessécherait dans sa gangue, et même si cette dernière devait céder, le temps aurait brouillé toute possibilité de piste.

1. Méthode de l'archéologue Guiseppe Fiorelli qui consiste à couler du plâtre dans les cavités laissées par les corps des victimes.

Enlacés, ils regagnèrent leur appartement.

Ils aimaient traînasser en rentrant chez eux. Pour commencer, ils passaient leurs effets de nuit (réduits à peu de chose) : un maillot de corps pour lui, une mini-chemise de nuit pour elle. Après quoi, ils grignotaient des friandises en se caressant sur le vieux sofa de la chambre. C'était l'endroit et le moment propices aux projets les plus futiles : leur prochain week-end, un cadeau d'anniversaire à choisir, leur voyage à Turin pour la rencontre du F.C. Naples contre la Juve. Le frère cadet de Nino appartenait à l'équipe napolitaine et s'y comportait très honorablement. Il faisait figure de héros dans le quartier et ne pouvait y circuler sans remorquer une bande de garnements à ses basques.

Après ces longs bavardages tissés d'insignifiances, ils décidèrent enfin de se coucher. La pièce échappait au modernisme voulu par Maria. Ils dormaient dans le lit de famille. Sa grand-mère y avait vécu sa nuit de noces, sa mère et elle-même y étaient nées. On n'avait refait qu'une seule fois le matelas. Cette couche d'acajou, surchargée de moulures et d'angelots aux figures niaises, représentait à ses yeux « un État dans l'État ». Une tulipe de verre rose la surmontait, répandant une lumière pour vieille prostituée.

Au moment où elle saisissait le haut de la courtepointe afin de la rabattre, la jeune femme s'aperçut qu'elle formait un renflement. Elle sourit. Fréquemment, son époux cachait un présent entre les draps pour qu'elle en eût la surprise à l'ultime instant de la journée. Elle acheva son geste et demeura pétrifiée.

– Qu'est-ce que tu as ? demanda-t-il en se penchant.

Il se tut, son regard chavira et il s'évanouit sur la couverture.

Malgré sa profession virile, Nino restait d'une grande sensibilité. Maria le connaissait suffisamment pour ne point s'alarmer ; c'est pourquoi, hypnotisée, elle continua de contempler leur statue qu'ils venaient de transporter à Pompéi...

En présence d'un tel prodige, elle para au plus pressé et se signa.

VIENNE

15

Bien qu'il appréciât peu la télévision, Adolf assista à une rediffusion du *Troisième Homme* de Carol Reed, qu'il n'avait jamais vu. Il fut enthousiasmé par le climat du film, l'énigmatique personnalité d'Orson Welles, l'envoûtante musique d'Anton Karas et l'espèce de fantasmagorie se dégageant de la Vienne mutilée par la guerre. Il serait volontiers resté pour une seconde séance s'il s'était trouvé au cinéma.

Longtemps, la Grande Roue de la capitale autrichienne continua de tourner dans son esprit. Jusqu'alors, il l'avait considérée comme une attraction foraine, et dédaignée. Grâce au film, elle acquérait une magie fascinante, aussi décida-t-il de s'y rendre dès que le temps pluvieux cesserait.

Quelques jours plus tard, le ciel devenant clément, il gagna le Prater. L'immense roue lestée de nacelles ne l'impressionna plus. Banalisée par la réalité, elle avait recouvré son allure de manège. Il l'emprunta néanmoins, pour rendre hommage au metteur en scène britannique, se disant que le septième art est celui de l'illusion.

Au moment où allait s'abaisser le système de sécurité, une femme monta près de lui en s'excusant. Cette présence le fit se renfrogner. Toute tierce personne incommodait cet être solitaire. La perspective de devoir faire la conversation à l'importune faillit l'arracher de son esquif, mais déjà celui-ci se mettait en mouvement pour laisser place au suivant.

Il décida d'oublier cette promiscuité et contempla le panorama. Bientôt, le chargement des touristes terminé, la roue s'ébranla vraiment. Son diamètre était tel qu'au plus haut de son orbe les limites de l'horizon semblaient reculer. Un vent léger agitait les sièges, leur imprimant un balancement qui lui souleva le cœur. Sa voisine s'aperçut de sa pâleur.

– Vous êtes malade? questionna-t-elle avec un charmant accent qu'il présuma anglais.

Il opina.

Ses maux s'accrurent dans la phase descendante et Adolf ne put réprimer sa nausée. Il ferma les yeux, se pencha sur le vide et vomit, maudissant Carol Reed et son foutu film.

Un flot de déjections s'envola. Plus bas, il y eut des exclamations, des protestations.

– Tenez! fit sa voisine en lui fourrant un paquet de Kleenex dans la main.

Il remercia d'un signe de tête et entreprit d'essuyer ses lèvres du revers de son veston.

Sa compagne d'équipée héla le préposé, en lui adressant des gestes pour le prier de stopper l'engin.

Quelques instants plus tard, on libéra Adolf. Il mit pied à terre en titubant. Les occupants de la cabine éclaboussée se trouvaient maintenant au-dessus de lui et l'accablaient d'insultes. Il les ignora, fit quelques pas en direction d'une corbeille à ordures qui recueillit ses ultimes spasmes.

– Cela ira, maintenant? fit sa compagne de nacelle.

Une bouffée de rage le saisit. Il se retint de gifler la femme compatissante dont l'assistance, à présent, lui devenait insupportable.

– Pourquoi êtes-vous descendue ? questionna-t-il, furieux.

– Parce que vous êtes malade ! répondit-elle, pas offusquée le moins du monde.

Un sourire juvénile le désarma. Il ne s'était pas rendu compte encore qu'il s'agissait d'une jeune fille.

– Je vais vous offrir un second ticket, déclara-t-il.

Elle secoua la tête.

– Non merci. La vérité est que j'ai également mal au cœur.

Un rire de gamine éclaira son visage criblé de taches rousses.

– Allons boire quelque chose, proposa-t-elle. Venez !

Docile, il la suivit.

Hitler devait convenir, malgré sa maussaderie, que la fille était jolie et agréable. Il aima ses cheveux authentiquement auburn, ses yeux d'un bleu limpide, sa bouche rieuse.

Ils marchèrent un certain temps, jusqu'à ce qu'ils eussent déniché un établissement vieillot aux murs garnis de peintures sur verre. Elle commanda un chocolat et lui un sirop de menthe car il se méfiait de son haleine.

Elle voulut savoir s'il était viennois. Quand il eut répondu affirmativement, elle s'étonna qu'il ait pris la Grande Roue puisqu'elle le rendait malade.

– C'était la première fois, expliqua-t-il. J'estimais ce manège stupide, mais en voyant *Le Troisième Homme*...

Comme elle ignorait l'existence de ce film, il dut le lui résumer.

– J'aimerais le visionner, assura-t-elle. Pensez-vous que cela soit possible à Vienne ?

– Naturellement : il existe une cinémathèque. Je me renseignerai.

Elle se montra ravie à l'idée de voir un film sur les lieux de son tournage.

Ils échangèrent leurs noms. Elle s'appelait Maud Stillwagon, de nationalité américaine. Son examen de fin d'études terminé, elle s'offrait une année sabbatique en Europe avant de plonger dans la vie active.

Le temps passait et ils ne se décidaient pas à la séparation. Ils commandèrent d'autres consommations.

Un charme certain émanait d'elle. Il la jugeait intelligente et spontanée.

Lorsqu'il déclina son nom, elle ne sourcilla pas, mais peut-être ignorait-elle qui était Adolf Hitler ?

16

Ils se revirent le lendemain, et encore les jours suivants. Jamais Adolf n'avait fréquenté une femme aussi assidûment. Nous l'avons précisé : ses rapports avec les filles restaient brefs et uniques. Il gardait sa chair en paix, ne soulageant ses épisodiques tourments que contraint et forcé par la nature. L'accouplement ne représentait encore à ses yeux qu'une basse servitude, oubliée dès qu'il y avait cédé.

L'attirance ressentie pour la jeune Américaine lui paraissait davantage intellectuelle que physique. Sa fraîcheur, son entrain le subjuguaient. Il trouvait du plaisir à sa compagnie et appréciait sa gaieté. Avec Maud, il avait envie de communiquer, lui si prudemment enfoui au fond de sa coquille !

Elle l'interrogeait sur sa vie, ses aspirations. Comptait-il découvrir l'étranger ? L'Autriche devenue pantouflarde à cause des caprices de l'Histoire, ne « le gênait-elle pas aux entournures » ?

Il ne se livrait pas, parlait d'une expérience malheureuse en Allemagne, sans s'étendre sur la question.

Elle insista pour connaître sa maison. Sans grande conviction, il l'emmena chez *Mutti*.

La vieille dame fut ravie de cette rencontre. Elle

attendait anxieusement le jour où son petit-fils s'intéresserait aux femmes et lui en présenterait une. La jeunesse et la grâce de Maud l'enthousiasmèrent. Adolf dut lui faire les gros yeux pendant leur entrevue pour empêcher Frida de parler mariage. Elle finit par lâcher prise et retourna à son ouvrage de broderie commencé depuis des années et qui, sa cécité se développant, ne ressemblait plus à grand-chose.

— Vous voulez bien me montrer votre chambre ? demanda soudain la visiteuse.

Adolf rougit comme un puceau et faillit refuser. Sa nouvelle amie le bousculait avec ses manières américaines.

— Je ne sais pas si elle est en ordre, bredouilla-t-il.

Elle sourcilla :

— Comment cela, en ordre ?

Vaincu, il haussa les épaules :

— Montons !

La pièce parut attendrissante à la jeune fille. Tendue d'un tissu bleu pâle fané, meublée dans le style fin XIXe, elle évoquait davantage la chambre d'une demi-mondaine de la Belle Époque que celle d'un étudiant.

— Très agréable ! s'exclama-t-elle. Elle ne correspond pas à l'idée qu'on se fait d'une chambre de garçon, mais vous devez y être bien.

Il la fixa d'un œil glacial.

— Me prendriez-vous pour un homosexuel ? demanda Hitler avec âpreté.

— Bien sûr, répondit-elle. N'avez-vous pas été durant plusieurs mois le giton de mon père avant de l'assassiner ?

Ce fut comme si on le poignardait. Il la considéra avec d'autres yeux. Depuis le premier jour elle le troublait sans qu'il sût pourquoi. En fait, cette sensation provenait de sa ressemblance avec la paralytique.

Il maugréa piètrement :

– Donc vous ne vous appelez pas Stillwagon ?

– J'ai emprunté cette identité à une camarade de collège. Mon nom est Johanna Heineman.

Elle possédait un regard métallique, si étranger à celui qui l'avait charmé.

Hitler respira et tout devint calme. Il ne put s'empêcher d'admirer au passage son self-control.

– Je suppose que vous avez eu connaissance du rapport de police ? fit-il. Il tuait votre mère ! De ses propres mains, vous m'entendez ? Ne pouvant lui faire lâcher prise, je l'ai frappé à la tête avec ce que j'ai pu saisir. Trop fortement, hélas. Mon regret n'est pas de l'avoir tué, mais de l'avoir fait trop tard pour sauver Graziella !

– Et pour quelle raison la frappait-il ?

Il s'abstint de répondre.

– Parce qu'il vous a surpris en train de le tromper ! hurla Johanna Heineman.

Adolf ricana :

– Étais-je l'amant du mari ou bien de l'épouse ?

Puis, changeant de voix :

– Vous ignorez donc l'état physique de cette pauvre femme, appareillée des pieds au menton avec un seul bras valide ?

Elle sembla décontenancée.

– Alors pourquoi l'a-t-il tuée ?

– Pour la plus sordide des raisons, soupira le jeune homme : parce qu'elle touchait à son magot.

Il lui relata l'histoire du « trésor de guerre » du père Otto.

– Un bien vilain conte de fées, fit-il en conclusion.

Il narra les circonstances lui ayant permis de mettre la main sur le pactole de son aïeul.

– Qu'est-il devenu ? demanda-t-elle.

– Il vous attend ! répondit-il. Je vais faire un croquis qui vous permettra de le récupérer.

Elle avait l'air calmée. Pendant qu'il dessinait,

elle s'approcha de la fenêtre donnant sur le jardin. Par-delà les frondaisons, on découvrait la Grande Roue dans les confins.

Adolf s'appliquait sur sa feuille de bloc. Il mit peu de temps pour représenter le vivarium avec le projecteur chauffant concerné. Au bas du dessin, il songea à noter l'ordre d'utilisation des clés, l'endroit où prendre le crochet pour tracter le bloc et l'astuce du pas de vis de l'infrarouge.

Lorsqu'il s'approcha d'elle pour lui remettre ses indications, il s'aperçut qu'elle pleurait.

Les larmes de Johanna l'intimidèrent. Il aurait aimé la secourir, mais un blocage lui ôtait ses moyens. Tout ce qu'il trouva à dire, ce fut :

– Il est probable que Kurt Heineman n'était pas votre géniteur.

Elle eut un brusque sursaut.

– Qu'est-ce qui vous fait croire cela ?

– Son comportement avec vous. Est-il normal qu'un père se débarrasse de son unique enfant en l'envoyant vivre de l'autre côté de l'océan ? Au début les relations de vos parents étaient au beau fixe, mais Graziella comprit rapidement qu'elle venait d'épouser un homosexuel. Elle chercha des compensations ailleurs. Il l'apprit, eut des doutes sur sa paternité et leur union vola en éclats. Il aurait probablement divorcé si une terrible maladie n'avait rendu sa femme impotente.

Après ce commentaire, Hitler se tut. Un lourd désenchantement le poignait. Il décida que le temps était venu de partir à l'assaut de son destin. Il n'avait que trop tergiversé avec soi-même. Cette séquence de son existence s'achevait.

Johanna venait de s'asseoir dans un fauteuil, près de la cheminée. Il prit place en face d'elle, allongea exagérément ses jambes, croisa les mains sur sa poitrine et ferma les yeux.

– Je suis exténué comme si j'avais déjà trop vécu..., soupira-t-il.

Ils demeurèrent un long moment sans parler. Son esprit à lui faisait relâche tandis que celui de la jeune fille tournait tel un toton sous l'effet des déclarations d'Adolf.

Rien ne la préparait à ces révélations. Sa famille représentait une entité. Elle l'évoquait souvent, mais sans passion ni curiosité excessive. Et tout à coup, elle apprenait son anéantissement, découvrait une demeure devenue sienne, prenait conscience du drame. Le personnage marginal de l'Autrichien achevait de donner une démesure à cette histoire lamentable et tragique.

– Que faut-il faire ? interrogea-t-elle soudain.

Était-ce à Hitler ou à elle-même qu'elle s'adressait ?

Il murmura d'une voix bourrue :

– Ce que vous dicte votre instinct, ma chère.

– Je ne veux pas de ces pierres !

– Je vous comprends ; pas un instant je n'ai eu la tentation d'en détourner une seule à mon profit, non par probité, mais parce que je les sens chargées de maléfices.

– On ne peut pas les restituer ?

– A qui ? Leurs propriétaires sont partis en fumée. Quant aux ayants droit, il est impossible de les identifier.

Elle déclara, la voix déterminée :

– Avec l'argent que j'en tirerai, je ferai bâtir un hôpital en Israël.

Cette fille éperdue l'agaçait ! Hitler prit une posture moins abandonnée.

– Pour réaliser pareil projet, il faut d'abord les vendre. Seulement aucun bijoutier ne se risquera à acheter des cailloux sans pedigree. Reste la solution de faire appel à des receleurs ; ce qui peut être dangereux. Je vais y réfléchir. Après tout, rien ne presse.

Elle eut un geste de fillette pour essuyer ses larmes d'un revers de manche.

– Je m'en vais, annonça-t-elle, espérant confusément qu'il tenterait de la retenir.

Adolf ne fit pas un mouvement. Il écouta son pas dans l'escalier... Le bruit de la porte d'entrée.

– Petite salope! murmura-t-il. Va te faire mettre!

NAPLES

17

Le médecin trébucha en descendant les marches du camping-car et faillit s'étaler dans l'herbe galeuse du terre-plein. Ce fut Miss Lola qui le retint. Le docteur Seruti en voulut à la terre entière de ce faux pas et s'arracha des mains secourables de la jeune fille barbue.

– Vous ne vous êtes pas fait mal ? s'enquit Aurelio Fanutti, lequel dissimulait difficilement son envie de rire.

L'autre grommela des malveillances relatives à cette « pute de roulotte » comme quoi faut-il être va-nu-pieds pour vivre dans cet état nomade ! Et posséder un colossal mépris de l'homme pour gagner sa vie en exhibant de tels malheureux sur les champs de foire ! Il regrettait presque d'avoir signé le permis d'inhumer du monstre.

La femme à barbe pleurait son compagnon de disgrâce. L'homme à deux têtes ne lui offrait pas un grand soutien mais lui apportait une présence.

Une fois le médecin parti, le Commendatore ôta des sangles maintenant sa vieille Vespa à l'arrière du mobile home, fit ronfler l'engin sans trop de mal et cria à Miss Lola qu'il ne serait pas long.

Elle regarda disparaître l'âcre nuage qu'il traînait derrière lui. Jamais elle ne s'était sentie plus seule, désemparée et barbue.

Dominée par une poussée morbide, elle retourna auprès d'Alfonso. On aurait cru l'abominable visage « à étages » extrait d'une toile de Jérôme Bosch. Sa chair devenait vert-de-gris, ses yeux de batracien proéminaient, d'autant qu'il ne possédait pas suffisamment de paupières pour les clore entièrement.

Le pauvre garçon venait d'un coin perdu des Pouilles. Son père l'avait « vendu » à un charlatan, mi-colporteur, mi-guérisseur, lequel parcourait les chemins secondaires pour proposer des onguents contre les brûlures, les piqûres de guêpes et les plaies variqueuses. Le camelot se déplaçait sur une motocyclette vénérable, équipée d'un side-car, et dormait dans des coins de grange ou contre des meules de paille. Fanutti et lui se rencontrèrent par hasard au cours de leurs pérégrinations, dans une station-service. Après avoir sympathisé, les deux « tailleurs de route » étaient tombés d'accord pour échanger l'homme à deux têtes contre un nain manchot peignant avec ses pieds, que le Commendatore avait pris en grippe.

Ce décès inopiné jetait le désarroi dans l'entreprise d'Aurelio qui n'avait personne sous la main pour remplacer son pensionnaire. Il lançait des appels d'offre chez différents impresarios de sa connaissance, mais l'époque devenait de moins en moins propice à la découverte de ce type d'individus. L'Europe, submergée par une civilisation vétilleuse, plaçait ses ratages, dès leur naissance, dans des maisons spécialisées, et des pétitions s'organisaient pour empêcher leur exploitation. Fanutti sentait venir à grands pas la fin de son théâtre et se demandait par quoi le renouveler.

Miss Lola chassa une forte mouche intéressée par le cadavre. Sans doute aurait-elle dû prier pour le repos de cette pauvre âme, mais elle doutait que le monstre en eût une.

Elle entendit quelqu'un héler le Commendatore depuis l'extérieur. Elle reconnut la fille de Fanutti. Celle-ci venait de quitter sa voiture et restait plantée devant la caravane, l'air préoccupé. Pour la femme à barbe, elle représentait l'image de la beauté. Vêtue d'une robe blanche et d'une veste bleue, les cheveux maintenus par un bandeau de tenniswoman, les lèvres chargées d'un rouge éclatant, elle dégageait une notion de force et d'assurance irréductibles.

– Papa est là ? demanda-t-elle.

– Non ! se mit à sangloter l'interpellée.

– Pourquoi pleures-tu ?

– Parce qu'Alfonso est mort ! Vous voulez le voir ?

Maria n'osa décliner l'offre et pénétra dans le gros véhicule. La vision du phénomène sans vie lui souleva le cœur. Elle aurait aimé réciter un bout d'oraison, mais à l'instar de Miss Lola ne put s'y résoudre. Elle se contenta de se signer (réflexe qui lui était familier) et quitta le camping-car déjà envahi par de louches miasmes.

Elle s'en fut prendre une revue dans le vide-poches de sa voiture et gagna la terrasse d'un estaminet proche, pour lire en attendant le retour d'Aurelio.

Il réapparut deux heures plus tard, gris de poussière et empestant l'essence. Le bruit rageur de son moteur tira Maria de la somnolence qui l'avait saisie. Elle se leva en adressant des signes à son père. Le Commendatore corrigea sa trajectoire pour la rejoindre. Il eut, avant de l'étreindre, ce grand sourire vorace qui lui donnait l'aspect d'un carnassier heureux.

– Quel bon vent, ma fille chérie ?

– Je ne crois pas qu'il soit bon, repartit la jeune femme.

Fanutti devint grave.

– Vicino ? demanda-t-il, en baissant le ton.

Elle acquiesça. Il nota son air dur ; une rage intense crispait sa bouche et pinçait ses narines.

Le cabaretier, un petit bonhomme chauve et ventru à l'air matois, vint s'enquérir de sa commande.

Aurelio choisit de la bière.

Au bord du trottoir, sa Vespa trop sollicitée craquait en se refroidissant.

– Alors ? insista-t-il après le départ du cafetier.

– Il a convoqué Nino hier soir et mon mari n'a plus reparu.

– Gian Franco avait motif de se plaindre de lui ? demanda-t-il.

– Je ne le pense pas.

– Ce qui veut dire oui, bougonna Fanutti. Tu devrais tout me raconter.

Maria parla de leur dernier contrat, l'idée qu'ils avaient eue de le transformer en statue pour le faire disparaître. Le Commendatore l'écoutait sans marquer de réactions.

Quand elle eut achevé son récit, il dit avec gravité :

– Je comprends la colère du Parrain : votre travail n'est pas un jeu, or ce que tu viens de m'expliquer est digne d'un téléfilm !

Elle rougit et détourna le regard.

– Autre chose encore : tu me confies le déroulement d'un contrat. Or, le silence est sacré. Que je sois ton père n'empêche pas que tu viens de transgresser la première règle de la Camorra : la discrétion.

Il but d'un trait la moitié de son verre. De la mousse blanchissait sa moustache de séducteur. Penaude, Maria réalisait que leur fameuse mission avait tourné en farce macabre.

Fanutti suivit le cours de sa pensée, pianotant nerveusement le bois verni de la table :

– Le client que vous retrouvez dans votre lit

après avoir entrepris tout un commerce pour le changer en statue, c'est du Vicino tout craché ! Et, ensuite, qu'avez-vous fait ?

– Nous avons emprunté une barque de pêche pour le flanquer à la mer.

– C'est déjà mieux, murmura-t-il avant d'achever sa bière.

A quelque distance d'eux, Miss Lola, « La déesse barbue », venait de s'asseoir sur le marche-pied du véhicule. Elle ne pleurait plus et supputait ce qu'allait être la vie désormais. Son inquiétude était tempérée par sa confiance en Fanutti.

– Tu as téléphoné chez le Parrain pour demander des nouvelles de ton époux ? demanda le Commendatore.

– Non.

– Tu as très bien fait : il n'aurait pas apprécié.

– Crois-tu qu'ils aient liquidé Nino ?

Aurelio étudia la question :

– S'il en veut à la vie de ton mari, il me le dira avant d'agir. N'oublie pas que nous sommes amis d'enfance. Il ne le tuerait pas sans m'en parler.

Ils virent arriver une ambulance sur la placette. Deux infirmiers et un policier en uniforme en descendirent.

– Il faut que j'y aille, fit le bonhomme : on vient enlever le corps. Écoute, ma fille, sitôt que j'en aurai terminé avec Alfonso, j'essaierai de contacter le Parrain.

Il se leva, prit la tête de Maria entre ses mains et déposa un baiser sur chacune de ses paupières baissées.

18

Ce fut le Dante qui lui ouvrit. Il était en corps de chemise dans l'appartement surchauffé, mais conservait son chapeau enfoncé jusqu'aux sourcils.

– Salut! jeta-t-il au Commendatore.

Sans un mot de plus, il guida l'arrivant dans les méandres de l'appartement envahi par des plantes.

Aurelio, bien qu'il comptât parmi les meilleurs amis du maître de la Camorra, était rarement reçu chez ce dernier. Seule sa garde rapprochée jouissait de ce privilège, sans entraîner pour autant un régime de faveur.

– Entre, Aurelio! Entre! lança la voix légèrement sifflante du Parrain.

Le Dante s'effaça.

Fanutti découvrit un cabinet de travail où il n'avait encore jamais mis les pieds. La pièce, de dimensions modestes, ne comportait pas de fenêtre et s'éclairait par des tubes de néon dissimulés dans des corniches. Un bureau d'acajou, une bibliothèque munie de portes grillagées et quelques sièges visiblement inconfortables la meublaient.

À l'entrée de son vieil ami, le Parrain se leva pour lui donner l'accolade. Il n'avait pas meilleure mine que la fois précédente. Chaussé de pantoufles fourrées, il portait un gilet de velours orné de broderies d'argent. On ne l'avait pas rasé depuis deux

106

jours et sa barbe poussait n'importe comment sur ses joues caves.

– Assieds-toi, saltimbanque, assieds-toi ! fit-il d'une voix qu'il voulait guillerette. Je sais pourquoi tu es ici et m'attendais à ta visite. Tu crains pour ton bébé de gendre, pas vrai ? Note que tu n'as pas tort, mais ton inquiétude est prématurée. Pour l'instant il se porte bien. La preuve !

Gian Franco pressa un bouton et l'écran d'un téléviseur s'éclaira. Une image, laiteuse de prime abord, se précisa. Le forain reconnut Nino, allongé sur un lit de camp, les bras derrière la tête, occupé à suivre les sinuosités d'une fissure au plafond.

Vicino interrompit le contact.

– Te voilà tranquillisé ? railla-t-il.

– Qu'a-t-il fait ? demanda le Commendatore.

– Le con, répondit son ami.

– Mais encore ?

– Il confond contrat et roman policier...

– Qu'entends-tu par là ?

– C'est tout ce que je peux te raconter pour l'instant ; il faut que la situation se décante.

Changeant de ton, il murmura :

– Alors, ton petit monstre est mort ?

Il se signa.

– Hélas oui, soupira Aurelio. Je me demande ce que je vais pouvoir montrer à mes clients, maintenant.

– Fais-leur voir ta bite, ricana le Parrain. Je crois me rappeler qu'elle est superbe !

Comme il se dirigeait vers la porte, après l'embrassade d'usage, le Commendatore se cabra.

– Qu'y a-t-il ? fit Gian Franco.

Son ami rebroussa chemin et revint s'asseoir, en proie à quelque débat de conscience. Ce comportement inhabituel déconcerta son hôte.

– Je n'ai pas l'impression qu'il fait bon dans ta tête, fit Vicino.

– J'ai quelque chose à te dire.

– Dis-le !

– De très grave.

– Raison de plus.

Fanutti ne paraissait pas complètement décidé à s'épancher. Son vis-à-vis savait que dans ce cas-là, il ne faut pas presser le mouvement. Ouvrant le tiroir central de son bureau, il en sortit un paquet de Camel plus ou moins froissé dans lequel il puisa une cigarette. Il en fumait rarement et encore la laissait-il se consumer dans un cendrier, à croire que sa volute suffisait à son plaisir.

– Je vais te confier un secret dont jamais je ne t'aurais parlé si les circonstances...

Gian Franco hocha la tête en souriant. Ce n'était pas l'homme des préambules laborieux.

– Mais parle, animal ! C'est tellement difficile à sortir ?

– Très difficile.

– Il s'agit de qui ? De quoi ?

– D'Orthensia, ma femme !

Le Parrain devint grave. Il reprit sa cigarette dans le cendrier, mais elle venait de s'éteindre.

– Et alors quoi, Orthensia ?

– J'étais fou d'elle !

– Ce n'est pas un secret.

– Toi aussi, je crois ?

Ils se dévisagèrent avec calme.

– Je l'ai été, en effet...

Il y eut comme de la musique dans le solennel bureau, due à leur commune émotion.

– Deux jours avant notre mariage, reprit le Commendatore, tu es allé la voir chez sa couturière pendant qu'elle essayait sa robe blanche et tu l'as violée parce qu'il te fallait coûte que coûte sa virginité. A l'époque, tout le monde déjà tremblait devant toi. Tu as déclaré à Orthensia que tu me ferais abattre si elle se refusait...

– On tombe dans la tragédie antique, dit Gian Franco.

– Hé ! Nous sommes italiens, mon cher et, plus encore : napolitains ! Tu ne vas pas t'abaisser à nier les faits ?

– Non, dit Vicino. Comment et quand les as-tu connus ?

– Le jour même, par Orthensia. Crois-tu qu'elle se serait mariée en me les taisant ? Nous avions bon goût, toi et moi : c'était une fille bien.

– Quelle a été ta réaction ?

– Devine !

– Me tuer, bien sûr.

Aurelio secoua la tête :

– Je suis le contraire d'un sanguinaire ; ce que, toi, tu dois appeler un lâche. Je te connaissais depuis l'enfance et t'aimais d'une amitié que tu n'as jamais dû retrouver ailleurs. Mais je peux te dire que nos noces furent un calvaire. Pendant des nuits et des nuits nous sanglotions dans les bras l'un de l'autre au lieu de nous unir. Combien de fois avons-nous résisté à la tentation, Seigneur ! Et bien nous en a pris, mon cher grand ami !

– Pourquoi ? murmura le Parrain.

– Parce que le mois suivant notre mariage, elle s'aperçut qu'elle était enceinte !

19

Le Commendatore regarda le cabinet de travail de son hôte et remarqua :

– C'est curieux que tu ne mettes rien sur les murs. On dirait que seules les plantes t'intéressent. Tu pourrais au moins y accrocher la photo de tes parents...

Vicino ne répondit pas. Avait-il seulement entendu la remarque de son ami ?

En le dévisageant, l'idée vint brusquement à Fanutti que le Parrain souffrait d'une grave maladie. La lumière impitoyable des néons accusait son teint cireux et ses traits creusés.

– La prison ne t'a vraiment pas réussi, fit-il froidement. Tu as le cancer ou quoi ?

Par réflexe, Gian Franco fit la fourche avec ses doigts pour conjurer des sorts funestes.

– Ce que tu viens de m'apprendre est vrai ? demanda-t-il de sa voix marquée par l'essoufflement.

– Invente-t-on une chose pareille, Giani ?

– Et tu n'as rien dit pendant tout ce temps ?

– J'aurais eu bien trop peur de te faire plaisir.

– Alors pourquoi parles-tu aujourd'hui ?

– Pour le bonheur de Maria. Tu as besoin de faire un exemple. Tu sors de taule, ta santé n'est pas fameuse : c'est mauvais pour un chef. Alors tu es prêt à immoler ces enfants à la Camorra, à l'image de Mussolini faisant fusiller son gendre Ciano pour affermir son autorité. Eh bien ! tu te trompes de route : châtier injustement est un signe de faiblesse !

Vicino se cambra sous l'insulte.

Il allait parler, se ravisa.

– Ne ravale pas tes menaces, conseilla Aurelio. Je sais bien que mon existence est compromise après cette confidence. Fais-moi liquider si tu veux me priver de la satisfaction de te survivre.

Son compagnon ne l'écoutait pas, entièrement mobilisé par la révélation de sa paternité. Ada, sa femme, stérile comme un mulet, n'avait pu lui accorder la descendance à laquelle il aspirait. Un moment, il faillit adopter un neveu, mais y renonça, le jugeant trop intello pour devenir son héritier.

– Moi aussi, je te dois une explication, Fanutti. Ce n'est pas pour des enfantillages que j'entends punir Nino.

– C'est pour quoi, alors ?

– La personne dont il a eu à s'occuper détenait des documents dans la doublure de sa veste. Son devoir était de me les remettre : il s'en est bien gardé.

– En somme, tu le traites de voleur ?

– Tu as un autre mot à me proposer ?

– Et comme ils travaillent ensemble, Maria et lui, elle est donc une voleuse ?

L'autre hocha la tête. Une expression triste assombrit davantage son visage.

– Tu me permets de téléphoner à Maria ? demanda Aurelio.

– Fais !

Le Commendatore attira à soi l'appareil monté sur un bras amovible et composa le numéro. La jeune femme guettait son appel car elle décrocha à la première sonnerie.

– Viens immédiatement me rejoindre chez qui tu sais ! ordonna-t-il.

Ce fut tout.

Le Parrain sortit une nouvelle cigarette de son tiroir, pour le fugace agrément de l'allumer et d'en tirer une goulée, après quoi, elle alla rejoindre la précédente dans le cendrier.

– Tout ce temps perdu, marmonna-t-il.

– Ç'aurait changé quoi, que tu le saches plus tôt ? objecta Fanutti ; tu es prêt à sacrifier leur couple ! Veux-tu que je te dise ? Tu es devenu une caricature du pouvoir. Récemment, j'ai vu dans un magazine la reproduction d'un tableau représentant un squelette. Il portait les habits d'un grand d'Espagne du xvie siècle. Eh bien cela m'a fait penser à toi, Giani.

Il surprit le regard de son compagnon d'enfance : ses yeux obliques de reptile provoqué.

– Ma fin est écrite sur ton visage ! fit Aurelio. Il ne te reste plus que la vie à me ravir. Tu m'as volé ma fiancée l'avant-veille de nos noces, tu m'as volé l'enfant que j'aurais dû avoir. A cause de toi je suis devenu une manière de saltimbanque qui ne sait pas jongler et qui baise une femme à barbe lorsque ses couilles sont trop enflées... Mais continue, mon Giani ! Prends et tue, puisque c'est ta vocation.

Cela faisait des lustres que ces mots nouaient sa gorge. Aujourd'hui, à cause de la révélation capitale qu'il venait de consentir à Vicino, tout lui devenait aisé. C'était une sorte de griserie au champagne.

Il se tut. Des larmes ruisselaient sur ses joues toujours rasées de près car il était coquet.

– Tu veux que je t'apprenne le plus fort, Gian Franco ? Je ne parviens pas à te détester. J'en suis toujours à l'époque où nous dévalions les rues de la Malavita dans une caisse à roulettes.

Le Parrain resta de marbre. Il semblait prêter l'oreille aux rumeurs du passé et ne pas les reconnaître.

112

Un peu plus tard, le Dante vint les informer que Maria Landrini était arrivée.

Elle pénétra dans l'antre du Parrain, apportant une salubre odeur de femme et de fleur. Son attitude réservée évoquait celle d'une nonne.

Maria fit une révérence au chef de la Camorra, prit la main qu'il lui tendait et la baisa. Elle n'était que ferveur et soumission. Vicino la contempla avec une attention nouvelle. Il cherchait une ressemblance sur ce gracieux visage.

– Parle, toi ! ordonna-t-il à Aurelio.

Le Commendatore hocha la tête.

– Le Parrain souhaite avoir un renseignement relatif à votre dernier travail.

– Si je peux le fournir...

– Votre contrat cachait des documents dans sa veste ; les avez-vous trouvés ?

– Non, répondit-elle spontanément.

Elle eut quelques instants de réflexion et ajouta :

– Nous voulions le transformer en statue, alors nous lui avons demandé de se déshabiller. Il s'agissait de quelqu'un de soigneux car l'homme a plié son costume et l'a rangé sur une armoire.

– Et après... le « traitement », qu'avez-vous fait de ses vêtements ?

Elle eut une expression penaude :

– Nous les avons complètement oubliés, balbutia la jeune femme.

– Ils sont donc toujours où votre type les a posés ?

– Naturellement. Pourquoi ?

Pour toute réponse, le Parrain pressa un timbre et le Dante se montra aussitôt.

– Tu vas accompagner Maria Landrini où elle te conduira et ramener ce qu'elle t'indiquera, ordonna Gian Franco.

– D'accord !

– Je peux te parler seul à seul avant qu'ils s'en aillent ? demanda Fanutti.

Son ami d'enfance opina et fit signe aux deux autres d'attendre dans le vestibule.

– Tu dois y aller également ! décréta le forain ! Il faut que tu vérifies de visu la bonne foi de notre fille : la vérité, ça se constate, ça ne se raconte pas !

AMSTERDAM

20

En arrivant à l'hôtel, ils furent embarrassés par la question du réceptionnaire :

– Une chambre avec salon ?

– Deux chambres, rectifia Adolf ; proches l'une de l'autre si possible.

On les logea au quatrième étage. Leurs fenêtres donnaient sur un canal romantique rappelant Venise, mais en plus austère.

Le ciel boursouflé évoquait une peinture flamande. Le garçon n'aimait pas les villes septentrionales et considérait déjà Vienne comme une cité du Nord.

Les vélos noirs d'Amsterdam le déconcertaient. Par contre, il appréciait les immeubles gothiques se mirant dans l'eau verte.

Johanna et lui s'étaient retrouvés le matin même à Paris, au buffet de la gare du Nord. Arrivé le premier, il avait bu trop de cafés et des palpitations le gênaient pour respirer.

Hitler n'avait pas encore défait sa maigre valise qu'elle se présentait déjà dans une toilette fraîche.

– Vous y êtes ? demanda la jeune fille.

Il la jugea adorable ; elle semblait à la fois simple et dégagée, ce qui est toujours de bon augure chez une fille.

S'arrachant à la contemplation du langoureux canal, il répondit simplement :

– Allons-y !

Les jeunes gens ne débarquaient pas au hasard dans la grande ville batave. Avant de venir, Adolf avait interviewé des bijoutiers viennois. Il leur servit une version proche de la vérité : la mort accidentelle des parents de Johanna la rendait héritière d'un lot de pierres précieuses qu'elle souhaitait réaliser. Ils furent profondément déçus en découvrant les formalités causées par pareilles tractations : certificats d'origine, expertises, mise en dépôt-vente ! Ils comprirent combien une telle opération s'annonçait hasardeuse et risquée. De guerre lasse, ils choisirent d'aller tenter leur chance en Hollande où le marché des gemmes est florissant. A Vienne, un vieux diamantaire en étage leur communiqua l'adresse d'un confrère néerlandais brasseur de grosses affaires.

C'est sur ce personnage que reposaient leurs espoirs.

Par prudence, ils n'apportaient que deux pierres : un diamant et un rubis, de belle qualité.

Le magasin « Peter Van Deluyck » occupait l'angle de deux artères en plein centre-ville : maison de classe, devanture laquée dans les tons marine, raison sociale en caractères d'or. Une certaine effervescence régnait dans la vaste boutique tendue de peau beige réhaussée de filets bleus, car l'après-midi s'achevait.

Un grand garçon d'une trentaine d'années, albinos et strictement habillé, vint s'enquérir de leurs désirs. L'imminence de la fermeture n'ôtait rien à sa courtoisie.

Adolf expliqua l'objet de leur visite et engagea son amie à montrer les deux échantillons.

Le vendeur vissa une loupe dans son orbite pour les étudier.

– Cela me paraît très beau, convint-il. Si vous voulez bien attendre un instant, je vais prévenir M. Van Deluyck.

– Nous en avons d'autres, de plus belle qualité encore, assura Johanna.

Un certain temps s'écoula. La plupart des employés quittèrent le magasin qu'un vieil homme compassé, vêtu d'une tenue aux couleurs de la boutique, vint fermer. Il dut surprendre l'inquiétude de la jeune fille car il lui fit signe qu'elle sortirait par l'arrière.

Le garçon cuivré réapparut, précédé d'un personnage jeune et bouffi, précocement bedonnant.

Ce dernier posa sur le couple un regard pensif, se décida à lui sourire et s'assit.

– L'on me dit que vous souhaitez vendre des pierres ? commença-t-il.

Adolf répéta son petit boniment et poussa en direction du joaillier le papier de soie enveloppant le diamant et le rubis.

Son interlocuteur le déplia et, comme naguère l'employé, usa de la loupe oculaire pour examiner la marchandise.

– *Prima !* fit-il.

Il se remit à contempler les deux pièces avec une sorte d'âpreté. Puis, alors que les jeunes gens soupiraient d'impatience, il gagna un bureau à l'écart des comptoirs et, après une série de recherches, en sortit un répertoire à couverture spirale. Il le porta sur la table, le feuilleta avec une extrême application, ne s'arrêtant que pour étudier les pierres.

Ce manège se poursuivit près d'un quart d'heure. Adolf et sa compagne échangeaient des expressions de plus en plus crispées, sentant que quelque chose clochait dans le comportement du gros homme.

En fin de compte, celui-ci fit pivoter son énorme catalogue vers eux et, appliquant un index monstrueux sur l'une des nombreuses illustrations demanda :

117

– Ne dirait-on pas VOTRE diamant ?

Mlle Heineman ne put articuler la moindre syllabe.

Plus maître de soi, Hitler déclara après un coup d'œil à la gravure :

– Je suppose qu'énormément de pierres se ressemblent pour peu qu'elles soient taillées de la même façon et que leur poids corresponde. La question que je vous pose, monsieur, est : « Ce diamant vous intéresse-t-il ou non ? »

Johanna lui fut reconnaissante de ce parler ferme.

Van Deluyck hocha le chef d'un air vaguement ennuyé.

– Cet ouvrage recense une partie, bien faible d'ailleurs, des bijoux dont les israélites furent dépouillés pendant la guerre. Il semble que ce brillant y figure.

– Impossible ! parvint à s'exclamer la jeune fille, c'est une pierre de famille !

Leur interlocuteur opina de bonne grâce.

– Pouvez-vous me la confier jusqu'à demain ? Bien entendu, je vous signerais un reçu auquel serait jointe une photo prise au polaroïd ; nous avons un appareil très performant pour nos expertises.

– Inenvisageable ! fit Hitler d'un ton tranchant. Nous n'avons pas de temps à perdre ; il est préférable que nous en restions là, monsieur Van Deluyck.

Il rafla les deux pierres, les glissa dans sa poche, se leva et retira galamment la chaise de sa partenaire.

Cette sortie déconcerta le gros type.

– Dans notre métier, plaida-t-il, nous sommes astreints à certaines précautions.

– Naturellement ! fit le garçon en lui décochant un regard empoisonné.

Fidèle à sa promesse, le vieil employé les guida

vers une sortie de service. Nonobstant leur déconvenue, ils furent soulagés de se retrouver à l'air libre.

Les premières vapeurs du soir ouataient les canaux et les bruits ne possédaient plus la même résonance.

– Voilà ce qui s'appelle un coup fourré ! maugréa Hitler. Je pense qu'il serait dangereux de chercher ailleurs.

Elle fut d'accord avec lui.

– Vous vendrez ces pierres une par une, au fil du temps. Peut-être une occasion se présentera-t-elle. De mon côté, si j'envisageais une solution, je vous contacterais. Au fait, quels sont vos projets ? Rester en Allemagne ou retourner aux U.S.A. ?

Elle haussa les épaules en guise de réponse.

– Vous n'en savez rien ? insista le jeune homme.

– Non. Tout cela a été si soudain...

Une fois de plus, il se dit que l'occasion était rêvée de la prendre dans ses bras, de l'embrasser, puis de l'emmener à leur hôtel pour faire l'amour. Seulement, s'il parvenait à stimuler son esprit, son corps restait confiné dans une inappétence sexuelle désespérante. Il jugeait pareille inertie dramatique, compte tenu du désir qu'aurait inspiré sa compagne à n'importe quel mâle.

Le canal décrivait une courbe au milieu des maisons vénérables. Au cœur de celles-ci existait un espace verdoyant. Deux bancs de fer forgé et une statue représentant une paysanne en costume médiéval corsaient le romantisme du lieu. Sans se consulter, ils s'assirent.

Les arbres commençaient à perdre leurs feuilles les plus rousses.

– Cet endroit est ravissant, soupira Johanna. Vous avez lu *Le Journal d'Anne Frank* ?

– Non, mais j'ai vu un téléfilm tiré du livre.

– Pour répondre à votre question de tout à l'heure, enchaîna-t-elle, je songe de plus en plus à voyager.

– Fuite illusoire, murmura Hitler, puisqu'on finit par rentrer.

Elle hocha la tête :

– Pour rentrer, il faut posséder un chez soi. Croyez-vous que je considère la maison de Munich comme étant la mienne ? Si je voyage, ce sera pour tenter de trouver un port d'attache.

– Le port d'attache d'une femme, c'est l'homme qu'elle aime, assura le garçon.

Ils n'eurent pas le temps de développer le sujet car un promeneur venait de s'arrêter devant eux en leur souriant. Ils reconnurent l'albinos de la bijouterie Van Deluyck.

– Je vous dérange ? demanda-t-il avec civilité.

– Pas encore ! riposta insolemment Adolf.

L'arrivant ne se formalisa pas.

– Mon accent vous l'aura sans doute indiqué, je ne suis pas néerlandais, mais italien.

– Je ne pensais pas que la joaillerie fût une spécialité de votre pays.

– Mon Dieu, monsieur, elle est internationale. Même dans les nations sous-développées elle occupe une place importante. Vous permettez ? fit-il en montrant le banc capable de les héberger tous les trois.

Sans attendre l'assentiment d'Adolf, il se posa à son côté, de biais, afin de lui faire face.

Baissant le ton, il déclara après un bref regard sur le square :

– Je crois être à même de vous aiguiller en Italie sur quelqu'un que vos pierres intéresseraient.

– Vraiment ? intervint Johanna.

– Je vous le garantis.

– Ce serait formidable ! dit la jeune fille avec trop de spontanéité au gré d'Adolf.

Celui-ci ne semblait pas conquis par la proposition du garçon roux.

– Comment expliquez-vous qu'un joaillier hollandais montre tant de méfiance devant des pierres

que ses homologues italiens achèteraient sans difficulté ?

– Les mœurs sont différentes, répondit l'autre
évasivement.

– Les mœurs, sans doute ; mais les lois ?

L'employé de Van Deluyck le considéra de ses
yeux rouges rappelant quelque film de vampires.

– Elles sont élastiques dans notre péninsule. Les
transgresser constitue un sport national.

Sa boutade n'amusa pas l'Autrichien.

– Si l'on arnaque l'État, *quid* d'un touriste !

L'albinos hocha la tête et se leva.

– Ah ! monsieur, soupira-t-il, je vois que nous
appartenons à deux univers inconciliables. Le
vôtre est défendu par la suspicion ; le mien par la
crédulité. Vous obéissez à la raison, moi à la faci-
lité. Dans ces conditions, lequel meurt de soif
auprès de la fontaine ?

Il rit, adressa un salut de la tête à la jeune fille et
s'éloigna.

Au moment où sa tignasse flamboyante allait
disparaître, Johanna se dressa d'un bond et se mit
à courir en criant :

– Attendez ! Attendez !

NAPLES

21

La scène évoquait *Le Déjeuner sur l'herbe* de Claude Monet. Ils se trouvaient installés sur un vaste terrain planté d'arbres aux feuillages cendrés et aux troncs convulsés. L'endroit s'inscrivait dans le golfe de Salerno; il dominait Amalfi et l'on apercevait Capri au large.

Ce pique-nique, voulu par le Parrain, réunissait la *signora* Ada Vicino, son épouse, Nino et Maria, le Dante et enfin Pia, la mère de Landrini, née du viol de sa défunte mère par un malencontreux militaire de l'armée allemande. C'est en l'honneur de Pia Landrini que Gian Franco avait organisé ce repas champêtre. Cela ne lui ressemblait pas. Méfiant comme cent renards, il préférait les endroits clos aux lieux dégagés. Aussi cette sortie familiale fut-telle préparée dans le plus grand secret, avec le seul concours du Dante.

Vicino avait donné rendez-vous à ses invités dans le garage où il remisait ses voitures et s'y rendit, avec sa femme, par un passage intérieur. Ils s'embarquèrent tous, discrètement, dans une grosse américaine passablement cabossée, semblant davantage appartenir à quelque gitan qu'au chef suprême de la Camorra. Les vitres en étaient teintées, comme sur tous les véhicules dont il usait, et à l'épreuve des balles. Le « porte-coton » de

122

Gian Franco était allé en repérage, la veille, pour trouver un coin propice à des agapes en plein air. Il l'avait déniché et ramena des photographies du site. Le Parrain se déclara d'accord et refusa l'escorte habituelle.

A présent, la petite troupe savourait la douceur du temps et la beauté d'un paysage incomparable.

Une gaieté pleine de sérénité animait le groupe, à laquelle les excellents vins n'étaient pas étrangers.

Pia, la mère de Nino, bien qu'étant plus jeune que la *signora* Vicino, entretenait avec cette dernière de bonnes relations car elle était sa couturière depuis plus de quinze ans. Pour son anniversaire, sa cliente lui avait offert un magnifique camée bleu serti d'or jaune et ses enfants une montre Cartier, dite Pasha, qui aurait paru énorme sur un poignet moins fort que le sien.

L'excellente femme flottait dans une douce euphorie. Jamais on ne l'avait autant choyée ni favorisée de pareille considération, si ce n'est aux funérailles de son mari, évoquées plus avant dans ce livre. Elle considérait le Parrain avec des yeux extasiés. Être conviée par un homme aussi puissant lui montait davantage à la tête que les boissons.

C'était une petite boulotte évoquant un « 8 » tassé. Sa chevelure intense et noire lui descendait au menton et ressemblait à un début de barbe. Des verrues couronnées d'aigrettes constellaient sa face mafflue. Mais son regard généreux et tendre rachetait sa relative disgrâce. Il révélait des trésors de dévouement à la disposition de tous. Outre Nino, son aîné, elle disposait de deux autres enfants : Pio et Pia, jumeaux d'exception. Pia était au Carmel et Pio au F.C. Naples où il débutait une brillante carrière d'ailier. Ils ne participaient pas à son anniversaire : la religieuse ne pouvait sortir du couvent et le footballeur disputait un match de coupe à Rome.

Pour conclure le repas, l'épouse du Parrain qu'on avait surnommée Lady Ada, à cause de son port de tête, avait confectionné *la pastiera*, bien qu'on fût loin de Pâques. Cette pâtisserie passait pour être la plus riche en calories de toute la péninsule.

Gian Franco refusa d'y goûter, par manque d'appétit. Heureux, il s'allongea sur le plaid sorti de l'américaine à son intention. Depuis qu'était éclairci le mystère du document disparu, son existence empruntait un nouvel itinéraire. Il ne vivait plus que pour cette fille exceptionnelle dont le Commendatore lui avait fait présent. Elle l'éblouissait par sa sobre beauté et son intelligence. Chaque jour, il constatait un nouveau point de ressemblance entre eux. Cela allait du grain de beauté sur l'épaule gauche, à la forme légèrement aplatie des premières phalanges de leurs doigts. Un jour qu'elle portait une jupe portefeuille, il s'aperçut que Maria possédait, comme lui, une tache sombre sur la cuisse. Ces menues découvertes le plongeaient dans une félicité jamais ressentie auparavant. Il vouait une reconnaissance éperdue à San Gennaro, pour qui il versait des sommes considérables dans les troncs du Duomo où des ampoules recelaient le sang du martyr [1].

Il formait d'ambitieux projets pour cette enfant tombée du ciel à un moment de la vie où l'homme n'aspire plus qu'à une mort confortable. Il se proposait de demander à Nino et Maria de venir habiter chez lui. Son ambition était de les « dresser » à devenir ses successeurs. Naturellement, ce serait elle « le » chef. La Camorra ne pouvant reconnaître l'autorité des femmes, elle gérerait « l'Empire » en sous-main.

Des insectes, stimulés par les reliefs du festin,

1. Deux fois l'an, le 19 septembre et le samedi précédant le premier dimanche de mai, le sang contenu dans les ampoules se met à bouillir.

s'affairaient autour d'eux. Le Dante, qui pensait à tout, disposait d'un spray pour les décimer.

Ce fut pendant qu'il pulvérisait que la chose se produisit. Il y eut un léger sifflement et Ada eut une exclamation escamotée. Les autres convives regardèrent dans sa direction et la virent choir lentement sur le côté droit. Lorsqu'elle fut étendue dans l'herbe rêche du champ, ils s'aperçurent que l'arrière de son crâne n'existait plus ; à la place s'ouvrait un abominable cratère d'où s'échappaient des flots de sang mêlés de matières cérébrales.

Il se fit un terrible silence. Seule, la mère de Nino hoquetait de frayeur. Le Dante se jeta sur le Parrain, un pistolet à la main. Il regardait vers le sommet de la colline où s'étirait un léger nuage de fumée bleue. Alors il se leva d'un bond et s'élança à l'assaut du champ.

Pendant ce temps, Nino courut à la voiture, se mit au volant et démarra. Il ne perdit pas de temps à gagner la route et fonça dans la pente galeuse. Le Dante lui cria de le prendre, mais ils se trouvaient séparés par une faille rocheuse. Le garçon eut un geste bref d'impossibilité à l'endroit de son camarade et enclencha le levier tout-terrain. Le véhicule ragea, acquit du mordant et absorba la côte. Il déboucha sur un terre-plein qu'il traversa en folie. A l'autre extrémité se dressaient les ruines de quelque édifice religieux. Nino poussa un grognement de triomphe en apercevant deux hommes équipés de casques noirs sur une moto : les assassins d'Ada.

Ne s'attendant pas à une réaction aussi spontanée, ces derniers avaient commis l'erreur de dissimuler leur engin dans les décombres du bâtiment avant d'agir. Le temps de dévisser le canon de la carabine, de dégager leur bolide, la voiture avait avalé la rampe.

Il s'en fallut d'un rien qu'elle les rattrapât ;

malheureusement pour eux, l'arrière de leur Yamaha chassa sur les touffes de bruyère tapissant le sol et fit une embardée ; cette péripétie fut suffisante pour permettre à l'américaine blindée de les rejoindre dans un rush qui faillit faire exploser son moteur. Cela produisit un bruit monstrueux de ferrailles tordues, la bagnole stoppa brutalement. Dans le choc, Nino avait donné du crâne contre le tableau de bord. Des soubresauts secouaient l'auto de spasmes convulsifs. Elle semblait en équilibre sur la moto des fuyards.

Tout à coup, un rideau de feu s'éleva du capot avec une spontanéité de geyser et enveloppa l'habitacle.

Ce fut l'instant où le Dante déboucha sur la lande. Voyant ce qu'il se passait, il força l'allure. De l'écume coulait aux commissures de ses lèvres lorsqu'il parvint à ouvrir la lourde portière aux tôles instantanément brûlantes.

Saisissant Nino à tâtons dans la fumée noirâtre dégagée par le plastique des banquettes, il l'arracha du brasier et s'éloigna avec sa charge.

22

Pareils aux rois Mages guidés par l'étoile, ils arrivèrent à trois, le second jour après le meurtre d'Ada Vicino. L'aîné du trio, Don Boccario, approchait les quatre-vingts ans, venait de Sicile et se caractérisait par une épaisse tignasse blanche dont, étrange coquetterie, il teignait les favoris. Son regard d'un noir brillant gênait ses interlocuteurs par sa fixité. Il s'exprimait d'une voix douce et chantante et portait, depuis son accession au poste suprême de la Mafia, toujours le même complet noir à grosses rayures grises, la même chemise blanche au col amidonné, la même cravate noire montée sur système. Ses ennemis disaient qu'elle était sa façon de porter le deuil de tous les gens qu'il avait fait mourir.

Ceux qu'il retrouva à Naples pour les funérailles d'Ada tenaient les leviers de commande dans les « succursales » de Gênes et de Marseille. Ils étaient dépêchés à ses obsèques afin de marquer par leur présence l'indignation que soulevait l'assassinat d'une femme dans le milieu mafieux.

La Police avait bien émis l'hypothèse que c'était en réalité Vicino la cible, mais la distance séparant les époux et la précision du tir infirmaient cette supposition.

L'enterrement devait avoir lieu à seize heures et

les quatre chefs achevaient leur copieux déjeuner dans la salle à manger d'apparat de Gian Franco.

– Où en est l'enquête ? demanda Don Boccario.

– La mienne ou celle des flics ? répondit Vicino.

– La tienne, naturellement.

– Malgré leurs corps carbonisés, on a pu établir l'identité des deux misérables : il s'agit de Syriens réfugiés en Italie. Après avoir rompu avec leur réseau arabe, ils étaient devenus tricards et opéraient ici comme gâchettes d'appoint.

Le vieillard aux cheveux de neige caressait du bout d'un doigt sa glotte proéminente, agacé d'y trouver quelques poils échappés au rasoir.

– Qui connaissait l'endroit de votre pique-nique ?

– A première vue, une seule personne en dehors de moi, et encore ne m'avait-on montré au préalable que de méchantes photos du lieu.

– Tu l'as questionnée ?

– Pratiquement pas.

– Ta confiance en lui est absolue ?

– Ça existe, la confiance absolue ?

– Alors pourquoi ne vas-tu pas au fond des choses, Gian Franco ?

– Je ne voulais pas « l'entreprendre sans témoins de première classe », répondit le « Roi de Naples ». Maintenant que vous êtes là...

Le Sicilien opina :

– En ce cas, fais-le venir !

Le veuf prit un couteau à dessert et, sans souci du protocole, l'utilisa pour faire tinter son verre vide.

– La *grappa* et les cigares ! jeta-t-il à son « porte-coton » sitôt qu'il eut ouvert la porte.

Le bigleux s'inclina et se retira.

– C'est lui ? demanda le Marseillais.

– Exact.

– Pietro ! fit « le Roi de Sicile » au Français. Pendant que le gars nous servira, place ta chaise devant la sortie.

128

L'interpellé acquiesça.

Le Dante réapparut poussant un chariot. Selon son habitude définitivement ancrée, il gardait son chapeau sur la tête. Il emplit quatre verres dans un silence de mort et distribua les havanes.

Pietro se trouvait maintenant adossé au vantail. Lorsque l'ancillaire voulut ressortir, il ne le put.

– Vous permettez ? murmura-t-il, surpris.

Le mafioso ne broncha pas. Son regard passait à travers le serveur occasionnel.

– Dante, appela Vicino, viens un peu là !

Le garde du corps le rejoignit de l'autre côté de la table. Il semblait surpris mais pas inquiet.

– Don Boccario souhaite te poser quelques questions, fit Gian Franco. C'est à propos de « l'affaire » du pique-nique.

– Oui ? demanda le camorriste en se tournant vers le vieillard.

– Assieds-toi, mon ami, ordonna ce dernier de sa voix douce et chantante.

Il attendit que l'autre eut pris un siège avant de poursuivre :

– C'est toi qui avais préparé ce repas champêtre, n'est-ce pas ?

– En effet.

– A qui l'as-tu dit ?

– A personne ! se récria le Dante : tous les déplacements du Parrain sont tenus secrets !

Don Boccario joignit les mains en opposant ses dix doigts d'un air sentencieux.

– Puisqu'un guet-apens a été organisé, c'est que quelqu'un était au courant de la chose, nécessairement, tu es bien d'accord ?

– C'est évident, mais en ce qui me concerne je n'en ai soufflé mot !

– Pas même à la bonne ?

– Surtout pas à cette vieille cancanière ! D'ailleurs, elle prenait son jour de congé.

– Tu as bien une idée sur la manière dont la fuite s'est produite ?

Le Dante demanda à Vicino :

– Peut-être l'avez-vous dit à l'un des jeunes ?

Gian Franco se leva et vint le gifler à deux reprises.

– Il s'agissait d'une surprise que je leur préparais, imbécile !

– Tu es marié ? demanda le Sicilien.

– Non.

– Tu as une amie ?

– Oui, mais...

– Comment se nomme-t-elle ?

– Fiona Lambarelli.

– Adresse ?

– Via Florentina, 14.

– Téléphone ?

D'une voix blême, le Dante énonça le numéro de sa belle.

L'homme de Palerme le nota au dos d'une enveloppe sortie de sa poche, puis il fit claquer ses doigts et le Parrain de Gênes lui amena son portable. Sans parler, Don Boccario lui tendit le papier où il venait d'inscrire le renseignement.

– Tu as entendu ? Elle s'appelle Fiona Lambarelli, soupira-t-il.

Le Ligurien composa le numéro. Son impassibilité créait une tension insoutenable. Une sonnerie d'appel vibra et on décrocha presque immédiatement.

– Fiona Lambarelli ? demanda-t-il d'un ton neutre.

– Elle-même ; qui est à l'appareil ?

– Ne vous occupez pas de ça. Vous êtes bien l'amie de...

Il interrogea Vicino du regard. Celui-ci dit le nom de son homme de main que l'autre répercuta aussitôt.

– Pourquoi ? s'inquiéta la femme.

– Oui, ou non ? insista la voix morte de son correspondant.

130

– Oui, et alors ?

– Maintenant, écoutez : le Dante a organisé un certain pique-nique. Vous voyez ce que je veux dire ?

– Naturellement.

– Je vais faire appel à votre mémoire : cette sortie a eu lieu lundi, d'accord ?

– En effet. Pourquoi ?

– Le Dante vous en a-t-il parlé AVANT lundi ? Réfléchissez.

– Oui, assura la femme, il me l'a dit dimanche. Pourquoi ?

– Vous en êtes certaine ?

– Évidemment.

Le Gênois coupa la communication et se tourna vers Don Boccario pour lui donner le résultat de ce bref entretien, mais le vieillard avait déjà perçu la réponse, de même que Vicino et le Dante.

– C'est faux ! se récria ce dernier. Cette crétine se trompe !

Gian Franco exhala un long soupir ennuyé et se leva.

– Viens ! jeta-t-il à son maître Jacques.

– Je jure sur le sang du Christ et la mémoire de Sa Très Sainte Mère que cette idiote commet une erreur ! hurla-t-il. C'est une pute ! Une vermine !

– A cause de toi, ma femme est morte ! dit Vicino. Marche !

Il lui donna une bourrade dans le dos.

Sur un signe, le Parrain de France libéra la porte. Ils sortirent tous les cinq dans le couloir silencieux. Le Don venait d'allumer son cigare et, tout en marchant, soufflait sur le bout embrasé pour en accentuer l'incandescence.

Le cortège se rendit dans la chambre-cellule où, naguère, on avait retenu Nino. Le maître des lieux l'ouvrit et s'effaça pour laisser entrer le Dante.

Au moment de passer devant lui, leurs regards s'agrippèrent. Ce fut d'une extrême intensité. Le porte-flingue de Vicino esquissa une sorte d'acquiescement et pénétra dans la pièce. Il s'assit sur la couche étroite en murmurant :

– Vous direz à ma mère que j'ai pensé très fort à elle.

– Je le lui dirai ! promit Gian Franco.

Le Parrain de Palerme et celui de Gênes dégainèrent chacun leur pistolet fixé sous leur bras gauche. Comme il avait dû passer une frontière, Pietro n'était pas chargé. Ils se placèrent le long du lit. L'un pointa le canon de son arme sur l'oreille du camorriste, l'autre contre sa poitrine, à l'emplacement du cœur. Ils tirèrent presque simultanément.

Le Dante s'abattit sur le flanc.

– Il avait une belle voix, fit Vicino.

23

Le pare-brise avait tenu bon, mais le nez de Nino n'existait plus. On procéda à plusieurs interventions chirurgicales.

Chaque jour, à son chevet, où elle passait de longues heures à le contempler en lui murmurant des tendresses, Maria tentait de retrouver sous les épais pansements son visage « d'avant », cette figure d'archange polisson qui tant la faisait vibrer. Elle profitait de l'absence du personnel soignant pour le masturber ou prendre son pénis dans sa bouche.

Un jour de démesure sexuelle, elle posa son slip et le chevaucha fougueusement. Cette étreinte hospitalière fut bruyante. Au plus fort de leur frénésie, quelqu'un entra et se retira précipitamment à la vue, cependant charmante, de leur enlacement. Ils ne surent jamais qui les avait surpris. La jeune épouse rougissait devant chaque infirmière ou femme de service ; si l'un des internes lui adressait la parole, elle se mettait aussitôt à bafouiller.

En apprenant le décès prématuré de Dante, Nino afficha un grand scepticisme. Personne n'aimait le bigleux bourru, si fortement antipathique, mais le garçon ne croyait pas à son indiscrétion ; il se rappelait avec quelle énergie celui-ci courait, écumant, à l'assaut de la colline pour tenter de rattraper l'agresseur. Et surtout, il avait appris qu'il lui devait la vie.

– On a peut-être été vite à l'accuser ! assura-t-il.

Maria répondit que le Parrain était aussi infaillible que le pape et la discussion en resta là.

Il fut à la fois flatté et contrarié lorsqu'elle lui annonça que Vicino voulait les prendre à demeure. Certes, il s'agissait d'un insigne honneur, mais cette promotion allait compromettre une partie de leur liberté. Son épouse le rassura, lui expliquant qu'ils occuperaient un appartement situé au-dessus de celui du maître de la Camorra et que leur intimité n'en serait pas troublée. De toute manière, les vœux du chef avaient valeur d'ordres. Ils ne pouvaient que s'incliner.

Gian Franco décida que Nino devait faire un enfant à sa femme. L'envie de brûler les étapes le prenait. Ayant eu la révélation de sa paternité, il aspirait déjà à devenir grand-père. Maria le lui promit.

Un matin qu'elle s'était rendue tôt au chevet du blessé, on vint le chercher pour le conduire à la salle des soins. Elle demanda de l'accompagner et le préposé ne s'y opposa point.

Lorsqu'elle découvrit le nouveau visage de son mari, elle retint un cri de frayeur. Le nez saccagé brouillait les dominantes du visage. A la place de l'appendice régulier qui lui donnait un profil de statue grecque émergeait une sorte d'infâme tubercule plein d'asymétrie. La « chose » relevait du colimaçon. Elle brillait vilainement, telle la cicatrice d'une brûlure ; se constellait de zébrures bleuâtres, s'enflait en son milieu pour, au contraire, se pincer aux narines.

Cette figure dévastée emplit la jeune femme de répulsion et de chagrin.

Qu'en était-il de son jeune berger arcadien ? Il n'évoquait en rien ce qu'il avait été. Ce n'était pas à proprement parler un monstre, mais un être disgracieux inspirant la pitié.

Elle parvint à se contenir et le quitta sous le premier prétexte venu. Ne fit qu'une ruée jusqu'à son nouveau domicile.

Une fois rentrée, elle sanglota si fort que la bonne, alarmée, se hâta de prévenir Vicino. Il accourut, anxieux.

Maria se précipita dans ses bras et, toujours pleurant, lui révéla la mutilation de son mari. Le Parrain parvint à l'apaiser, lui fit valoir qu'un médecin d'hôpital n'atteignait pas au savoir-faire d'un chirurgien esthétique de réputation mondiale. On allait rechercher de toute urgence ce qu'il existait de mieux dans ce domaine. Nino irait à Rome, à Paris, voire à New York si nécessaire, mais retrouverait sa petite gueule d'apollon-voyou.

A cet instant précis on informa Gian Franco qu'un certain Adolf Hitler, recommandé par son neveu d'Amsterdam, désirait lui parler.

24

Le Parrain reçut le visiteur dans son bureau privé de fenêtre, après qu'il eut passé, sans le savoir, par l'arceau détecteur d'armes. La jeunesse de l'arrivant le surprit.

En ce jour ensoleillé d'automne, Adolf portait un pantalon beige, une veste sport à petits carreaux vert et marron, une chemise crème au col ouvert. Il avait récemment opté pour une coupe de cheveux raide et courte, mettant en évidence la mèche tant souhaitée par sa grand-mère. Une ombre de moustache soulignait son nez. Elle s'étofferait probablement au gré des rasages, mais figurait présentement à l'état de duvet juvénile. L'œil sombre et le visage carré exprimaient la hardiesse.

Vicino qui s'y connaissait en « natures » flaira immédiatement la détermination du garçon. Toujours avare de civilités, il ne tendit pas la main, mais lui désigna un siège.

— Vous vous appelez *réellement* Adolf Hitler ? fit-il sans ironie.

— Choisit-on un tel pseudonyme ? riposta Adolf.

« Touché ! » songea Gian Franco.

— Ça doit être lourd à porter ? demanda-t-il.

— Absolument pas, puisque c'est mon nom. Il n'est encombrant que pour les autres.

Force fut au camorriste de s'incliner devant l'esprit de son vis-à-vis.

– Mon neveu m'a annoncé votre probable visite.

– Me voici !

– Il m'a dit que vous auriez des pierres à vendre ?

– En réalité, elles appartiennent à une amie qui se méfie de son inexpérience.

– Il y en a beaucoup ?

Adolf sourit et dit :

– Davantage : brillants, rubis, émeraudes ! Toutes de cette qualité.

Il fouilla la poche de son pantalon, en sortit une poignée de petite monnaie qu'il déposa sur le bureau et touilla de l'index. Il y avait là des pièces autrichiennes, allemandes et italiennes. Il récupéra un énorme brillant parmi celles-ci et le tendit à son hôte.

– Vous n'avez pas de grands égards pour une aussi belle pierre ! s'exclama Vicino.

– Le diamant ne se raye pas, répondit Hitler, c'est lui qui raye les autres minéraux.

Une fois de plus, Gian Franco lui accorda un point.

Il ouvrit un tiroir, y prit une loupe de bureau pour étudier le brillant. Il émettait en l'auscultant de petits gémissements d'aise.

Vicino avait toujours été fasciné par les gemmes. Cette passion datait de sa jeunesse, alors qu'il travaillait comme chasseur dans un palace d'Amalfi. Une vénérable comtesse allemande, entichée de sa frimousse, l'avait hébergé dans son lit. Il s'y était, ma foi, vaillamment comporté. A l'issue de ce demi-viol, la vieillarde, salope jusqu'au bout, voulut procéder à sa toilette intime. Pendant qu'elle fourbissait son gland au-dessus du lavabo, le gamin saisit une superbe bague posée sur la tablette et l'avala. Ayant constaté le larcin, la douairière rameuta tout l'hôtel. Elle prétendit déposer une plainte à la police contre le jeune chapardeur, mais le directeur l'en dissuada, alléguant combien sa réputation en souffrirait. Les parents de cet enfant de quinze ans contre-attaqueraient à leur tour pour détournement de mineur. Vaincue, la dame aux sens débridés avait fui le palace.

L'histoire ne s'arrête pas là. Certes, on avait congédié Vicino, malgré ses farouches protestations d'innocence, mais le plus surprenant est qu'il ne retrouva jamais le bijou dont l'expulsion fut probablement différée. Il croyait le sentir parfois, au gré des ballonnements ou flatulences auxquels même les meilleurs d'entre nous sont assujettis.

— Vous demandez combien pour cet objet? fit-il, parvenu au bout de son examen.

— Un prix raisonnable, répondit Hitler.

— Cela ne veut rien dire! maugréa Gian Franco.

— Dans mon esprit, cela veut tout dire, se rebiffa le jeune homme. Écoutez, monsieur, il y a trois jours que je suis à Naples. Avant de me présenter chez vous, j'ai voulu savoir à qui j'allais m'adresser. J'ai appris que vous étiez, pour ainsi dire, le maître de cette ville!

— Vous n'avez pas eu envie de rebrousser chemin?

— Au contraire, je trouve l'aventure plaisante. Loin de m'intimider, votre personnalité me met en confiance et je vous demanderai d'établir vous-même la valeur de cette pierre.

— Vous semblez être un garçon aussi singulier que son nom, fit le Parrain.

Hitler scruta son interlocuteur.

— J'ai beaucoup d'admiration pour vous, assura-t-il. Je devine les embûches placées sur votre route. Les êtres de votre trempe sont en voie de disparition; un jour prochain, vous le savez, toutes les mafias ou camorras du monde seront balayées.

Le vieil homme écoutait, souriant, ce garçon au parler catégorique. Son calme, son énergie, le plongeaient dans une certaine perplexité. Pour la première fois depuis un demi-siècle, il trouvait face à lui un individu que son pouvoir laissait de marbre.

Il posa les mains l'une sur l'autre en un geste exprimant de sa part une profonde méditation.

– Monsieur Hitler, murmura-t-il de sa voix toujours essoufflée, avez-vous déjà supprimé des gens ?

– Oui, monsieur ! répondit l'interpellé, sans broncher.

– Beaucoup ?

– Deux. Jusqu'à présent.

Le Parrain eut un semblant de sourire désabusé.

– Je le sentais !

– Vous sauriez m'expliquer ce qui motive cette impression ?

– Il s'agit d'une vague sensation.

Ils firent un moment « pensées à part ». Le premier, Adolf réagit :

– Je vais vous laisser cette pierre afin que vous réfléchissiez, dit-il.

Cette déclaration interloqua Vicino.

– Mon neveu m'a dit que vous avez refusé de la confier à Van Deluyck d'Amsterdam ?

– C'était un boutiquier, pas un seigneur !

25

Adolf laissa une forte curiosité au Parrain qui ne put le chasser de son esprit.

Pendant le dîner les réunissant, Maria et lui, il se montra peu attentif à ce qu'elle disait. Il comprit distraitement qu'une infirmière-chef, avec qui elle sympathisait, lui recommandait un brillant chirurgien plastique de Milan, lequel modelait aux accidentés des visages dignes de Michel-Ange. On allait contacter ce démiurge et le presser de rendre au jeune homme sa figure initiale. Vicino approuvait en pensant à autre chose. Il appréciait l'hospitalisation de Nino qui leur ménageait ces tête-à-tête. Il devait convenir que l'époux « ne faisait pas le poids ». Charmant, serviable et courageux, il manquait cependant de cette lumière éclairant les êtres d'exception. Il resterait un élément positif de la Camorra, plein de fougue et d'audace, mais n'obtiendrait jamais cette habileté de prélat, ni cette détermination qui font les vrais chefs.

Lorsqu'ils eurent épuisé la question concernant la chirurgie esthétique, Vicino parla d'Adolf Hitler. Ce nom la fit éclater de rire. Une telle homonymie pouvait-elle exister ?

– Tout existe ! répliqua l'auteur de ses jours.

– Et en quelle langue vous êtes-vous entretenus ?

– Il parle parfaitement l'italien de Florence, assura Gian Franco; je crois qu'il y a fait plusieurs séjours afin d'étudier le dessin.

Elle perçut l'enthousiasme du Parrain, en fut troublée car il ne livrait jamais ses sentiments et peu ses impressions.

Maria voulut savoir à quoi ressemblait ce phénomène qui avait l'heur de plaire à un homme aussi hermétique. Gian Franco promit de le lui faire connaître lors de sa prochaine visite. Puis il poussa vers elle une petite boîte de carton jauni, semblable à celles qu'il ne se résolvait pas à jeter et accumulait dans un tiroir de son bureau.

La jeune femme la saisit sans poser de question et en ôta le couvercle.

Elle fut interloquée par le plantureux brillant.

– C'est l'Autrichien qui vous l'a procuré?

– En effet. Il aurait d'autres pierres à me proposer, affirme-t-il.

Dans un geste infiniment féminin, elle posa le diamant sur son annulaire gauche et mobilisa la lumière de la suspension.

– Je n'en avais jamais vu d'aussi gros, avoua-t-elle. Vous êtes sûr qu'il est vrai?

– Comme je suis sûr d'être napolitain!

– C'est magnifique, ce flamboiement!

– Je te l'offre!

Elle cessa de sourire au joyau et, apeurée, le déposa dans la boîte qui, à son origine, avait contenu un médicament.

– Non merci, Don Gian Franco, fit-elle, ce n'est pas possible!

– Pourquoi?

– Mais parce que je suis mariée!

– L'accepterais-tu de ton père?

– Sans doute.

Le Parrain claqua des doigts et fit signe à Maria de s'emparer du téléphone portable accroché à un dossier de chaise.

– Appelle le Commendatore !

Elle s'exécuta sans poser de question. Elle dut patienter avant d'avoir Fanutti en ligne.

– Papa ? lança-t-elle d'une voix tendre qui égratigna le cœur du Parrain.

Après s'être enquise de sa santé, elle lui passa Vicino.

– Comment te portes-tu, saltimbanque ? demanda celui-ci. As-tu déniché un nouveau monstre ?

– Un Gabonais dont le sexe mesure soixante-trois centimètres.

– Tu vas faire rêver les dames ! plaisanta le Parrain. Figure-toi que je veux offrir une pierre fine à Maria ; elle la refuse sous prétexte qu'elle ne peut tenir pareil présent que de son époux ou de son père. Consentirais-tu à la lui donner toi-même ?

– Sûrement pas, déclina le Commendatore.

Et il raccrocha, laissant son correspondant décontenancé et furieux.

– Il n'a pas voulu ? s'enquit la jeune femme.

– Il est jaloux.

– De vous ?

– Il souffre de l'affection que je te porte.

Elle voulut continuer sur la question, mais Gian Franco eut un geste pour signifier qu'il entendait changer de sujet.

Lorsque Adolf revint, Johanna l'accompagnait. Les hommes de garde les prièrent de patienter, l'un d'eux appela Vicino pour lui signaler la présence de la fille. Il s'exprimait en napolitain, dans un langage de quartier inintelligible pour qui n'est pas né dans le golfe de Naples.

– Fais-les entrer ! fut la réponse.

Cette fois-ci, il alla les accueillir jusqu'à la porte. Johanna portait une robe de lin, légère, et Hitler un blazer marine sur une chemise pervenche. Il avait noué une cravate à rayures et ce fut son premier motif de conversation.

– Pardonnez-moi, fit-il en pressant la main qu'aujourd'hui on lui consentait, hier je suis venu dans une tenue un peu désinvolte.

Il présenta sa compagne :

– Mlle Heineman, la propriétaire des pierres.

Le chef de la Camorra adressa à l'arrivante un sourire presque paternel, puis les pria de s'asseoir. Pendant que les visiteurs prenaient place, Vicino, fidèle à sa promesse, appela Maria par l'interphone.

Quelques minutes s'écoulèrent et elle entra.

Ce fut un instant décisif pour Adolf. A la vue de la jeune femme, il éprouva une intense sensation de chaleur tandis qu'une émotion inconnue le submergeait.

Il saisit la main tendue, s'inclina d'une manière qu'il sentait beaucoup trop germanique. Dans un seul regard, il sut la capter.

Quand il lâcha ses doigts, il n'eut plus qu'un but : se faire aimer d'elle.

Ils abordèrent sans différer la question du diamant.

– Si j'en crois mon expérience, déclara Vicino, cette pierre est de haute qualité. D'après ce que je comprends, elle ne possède aucun pedigree et c'est ce qui la rend dangereuse ! Vous avez pu vous en rendre compte à Amsterdam, mademoiselle ?

Prudente, Johanna acquiesça d'un faible signe de tête.

– J'ignore sa provenance, reprit l'Italien, mais je pressens qu'elle vous embarrasse. A mon avis, si le lot est important, il faudra le sacrifier au cinquième de son estimation, et encore !

Il la considéra avec une certaine bienveillance, ce qui ne correspondait guère à sa nature intraitable.

– Cela revient à dire qu'un diamant estimé à cent mille dollars ne vous en rapportera pas plus de vingt mille, vous me suivez ?

Elle ne répondit rien, se tourna vers Hitler pour quêter un conseil. Mais le garçon avait la tête ailleurs. Cette transaction commençait à l'énerver.

– A vous de voir ! jeta-t-il d'un ton presque hargneux qui la déconcerta.

Comprenant qu'il la peinait, il se reprit :

– Si votre projet vous tient toujours à cœur, un cinquième de la valeur totale vous permettrait de le réaliser...

Johanna Heineman réfléchit. Sentant une carence de son « conseiller », elle décida d'assumer seule son problème.

– Écoutez, dit-elle à Gian Franco, voilà ce que je vous propose : achetez-moi cette pierre à vos conditions et laissez-moi réfléchir en ce qui concerne les autres.

Le maître de la Camorra ne sourcilla pas.

– C'est votre choix, fit-il.

Il attira à lui un bloc de papier et se mit à le couvrir de petits chiffres noirs grouillant comme une fourmilière. Il s'interrompait pour réfléchir. Hitler trouva qu'il avait l'air d'un vieux Chinois aux prises avec son boulier.

A la fin, il écrivit une somme au bas de la feuille et poussa cette dernière en direction de l'Allemande.

– D'accord ?

Elle jeta un regard au papier, mais ne se perdit pas en vérifications. Un grand détachement l'habitait. Cet homme grisonnant, au teint de plomb, lui inspirait un sentiment d'horreur. Elle avait hâte de quitter sa maison, Naples, l'Italie, et de retourner aux U.S.A. Maintenant, elle savait que l'Amérique était devenue sa véritable patrie. Il suffisait de la soudaine indifférence d'Adolf à son endroit pour la dessiller.

En constatant son attirance pour la jeune Napolitaine, Johanna comprenait qu'il n'existerait jamais rien de plus entre eux qu'une sympathie qui, déjà, s'étiolait. Elle ne lui en voulait pas, convenait que c'était mieux ainsi et ne demandait qu'à l'expulser de sa vie et de son souvenir.

Vicino quitta la pièce de sa démarche nerveuse pour aller chercher l'argent.

– Vous êtes sa fille ? demanda Adolf.

– Non, répondit Maria.

– Cependant vous lui ressemblez ! ne put-il s'empêcher de dire.

La jeune femme sourcilla :

– Vous trouvez ?

Craignant de s'être fourvoyé, il eut un hochement de tête assez vague.

– Déduction passe-partout, fit-il avec légèreté. Je vous vois en compagnie d'un monsieur ayant l'âge d'être votre père, j'en conclus qu'il l'est !

Il rit brièvement, sans rencontrer d'écho.

Les deux filles s'ignoraient et les minutes accroissaient la gêne ambiante, c'est pourquoi le retour de Vicino apporta une détente bienfaisante.

Il tenait une grosse enveloppe de papier kraft qu'il déposa devant Johanna Heineman.

– Voici la somme convenue, déclara Gian Franco ; en dollars. Je précise que ceux-ci furent imprimés par la banque des États-Unis, soyez sans crainte. Vous m'obligeriez en les recomptant.

Mais la jeune Allemande secoua la tête et introduisit l'argent dans son sac de paille vernie.

Elle se leva aussitôt après.

– Merci, fit-elle ; comme je vous l'ai dit, je reprendrai peut-être contact avec vous.

Elle se dirigea vers la porte.

– Attendez-moi ! lui lança Hitler.

– Inutile de m'accompagner, ajouta-t-elle, glaciale ; je suis convaincue que vous avez encore beaucoup de choses à discuter avec monsieur... et mademoiselle.

Le Parrain l'escorta jusqu'à la porte et la confia à l'un de ses hommes assis dans le couloir.

Une fois seuls, Maria et le visiteur se dévisagèrent intensément. Il eut la surprise et la joie de constater qu'elle semblait aussi émue que lui.

– C'est étrange, n'est-ce pas ? balbutia Adolf.

– Très étrange, répondit-elle.

MILAN

26

Maria se rendit à Milan le surlendemain pour assister son époux qui subissait une nouvelle opération plastique. Pia Landrini, la mère de Nino, l'accompagnait ; les deux femmes prirent le train car la grosse couturière avait la phobie de l'avion depuis le jour où un bombardier U.S. s'était écrasé sur la maisonnette dans laquelle elle jouait à la poupée.

Le rapide comprenait un wagon restaurant, cela n'avait pas empêché la matrone de se munir d'un sac de toile orange, à fermeture Éclair, bourré de salami, gorgonzola, parme, aubergines à l'huile, anchois aux oignons.

Lorsqu'elle déballa ces denrées, une grande honte s'empara de Maria. Elle prétendit ne pas avoir faim et se renfonça dans un coin du compartiment, un livre à la main. L'ouvrage à la couverture criarde et au titre tapageur, racontait l'odyssée d'une jeune femme médecin engagée dans le conflit serbo-croate. Les péripéties de son aventure n'intéressaient guère la lectrice dont la pensée revenait obstinément à Adolf Hitler. Cet acharnement de sa mémoire la troublait jusqu'à lui causer un véritable malaise physique.

Après le départ de « la fille au diamant », tous trois s'étaient mis à deviser. Ce fut un entretien « à cœur ouvert » au cours duquel le jeune homme se livra complètement. Une intuition le poussait à se confier au vieux forban tortueux ; cet élan se trouvait renforcé par le sentiment que lui inspirait Maria.

Ils parlèrent longtemps. L'heure du dîner venue, Vicino invita son visiteur, ce qui ne fit, le vin aidant, qu'attiser les confidences de ce dernier. Le regard tendre et captivé de l'hôtesse accroissait son besoin de s'épancher. Jusqu'alors, il s'était muré dans une réserve pleine de défiance, et voilà que des vannes libératrices s'ouvraient.

Le Parrain l'écoutait, subjugué ; quant à Maria, elle subissait un envoûtement qu'elle ne connaissait pas.

« – Avez-vous des projets ? » insista Vicino.

« – Je n'ai encore que des aspirations », lui rétorqua Adolf.

« – De quel ordre ? »

« – Vivre une existence ne ressemblant à aucune autre. La vivre à en mourir et en mourir comblé. »

« – Croyez-vous que je puisse vous y aider ? »

« – J'en suis persuadé depuis le premier instant de notre rencontre. »

« – Il faut que je réfléchisse. Vous n'êtes pas napolitain, pas même italien, ce qui semble rédhibitoire dans notre univers. »

« – Justement ! intervint Adolf : je peux tenir un rôle que vous ne soupçonnez pas et qui serait déterminant. »

Songeur, Gian Franco demanda :

« – L'idée ne vous est pas venue de vous emparer des pierres de l'Allemande ? »

« – Elles me font trop horreur ! fit vivement le

148

jeune homme. Elles appartenaient toutes à des juifs réduits en fumée. »

« – Ne me dites pas qu'un garçon comme vous a ce genre de scrupule ! »

« – Je préfère cacher ma force et avouer mes faiblesses, répondit Adolf. Je n'ai pas besoin du butin des autres pour faire mon chemin. »

Sa certitude et sa fougue achevèrent de séduire Vicino.

« – La vie appartient à ceux qui la dressent, dit l'Autrichien ; à ceux qui l'affrontent sans peur. »

Bercée par le roulis du train, Maria ressassait ces fières paroles. Elle ne parvenait pas à comprendre comment son amour d'enfance pour Nino, si absolu, si passionné, avait pu cesser brusquement à la vue de sa défiguration, ainsi que cesse la lumière quand le fil conducteur est sectionné. Des années de ferveur, des moments d'intense jouissance s'étaient anéantis. Ne subsistait que l'image d'un homme aux traits ravagés, dont à présent la forte odeur de mâle l'écœurait.

A son côté, la mère Pia mangeait en produisant de vilains bruits. Elle la regarda absorber ses robustes nourritures en pensant que son époux était le fils de cette fruste commère ventrue. La couturière au menton pileux lui rappela Miss Lola, le clou des attractions paternelles. La barbe venait à cette matrone comme pour lui signifier la disparition irrémédiable de sa féminité.

Maria eut le sentiment qu'on l'observait. Relevant vivement la tête, elle aperçut Hitler, dans le couloir, adossé à la main courante. Loin d'en être stupéfaite, elle réalisa qu'elle s'attendait confusément à un tel sortilège.

Posant son livre, elle gagna le couloir.

– Tu n'as pas soif ? demanda sa belle-mère en extrayant une fiasque de chianti de son cabas.

Grand Dieu! Une telle question, à cet instant magique! Elle s'imagina en train d'entonner la bouteille devant ce garçon si délicat.

– Non, merci.

Il s'était discrètement éloigné de leur compartiment et continuait d'avancer jusqu'au wagon d'après. Elle le suivit, pétrifiée par une émotion capiteuse, encore jamais ressentie.

Dans l'énorme soufflet reliant deux voitures, il s'arrêta. Les plates-formes de jonction oscillaient sous l'effet de la trépidation. Adolf, un pied sur chacune d'elles, attendit qu'elle le rejoigne. Elle le fit lentement. Leurs bras s'entrouvrirent, il l'enserra de tout son être. Elle poussa un râle de bonheur. Cette fille qui avait donné la mort en plusieurs occasions redevenait une gamine affolée par le désir immense qui s'emparait d'elle. Leurs lèvres s'unirent. Ils s'entre-dévoraient avec violence, leurs bouches tout de suite ensanglantées. Immédiatement, l'Autrichien fut roide et sa partenaire prête à le recevoir. Jamais la virilité d'Adolf n'avait connu cette impétuosité.

Le train les plaçait en déséquilibre constant et les contraignait à des embardées rattrapées in extremis. Cela n'empêcha pas Hitler d'arracher le slip de Maria après l'avoir déchiqueté. Il la prit avec fureur à grands coups de boutoir. Leur accouplement, compliqué par les soubresauts du convoi se pimentait de telles saccades. Maria endura ces délices en exhalant un gémisssement continu qu'on eût pu croire de souffrance.

Au plus frénétique de l'étreinte, un ecclésiastique à col romain et complet gris, dont le revers s'ornait d'une croix, franchit le bref tunnel de liaison en balbutiant quelques mots d'excuse avec l'accent anglais.

Cette présence inopportune ne les troubla point. Ils auraient pu faire l'amour sur la place Saint-Pierre-de-Rome sans la moindre gêne.

Ils achevèrent donc, avec la même furia, ce qu'ils avaient si ardemment commencé, puis restèrent longtemps blottis l'un contre l'autre, les joues soudées.

Quand enfin ils se désunirent, Adolf ramassa la légère culotte de sa partenaire, en préleva un lambeau qu'il fourra en guise de trophée dans la poche supérieure de son veston.

– Jure-moi que nous ne nous séparerons jamais ! fit-il d'un ton pénétré.

– Je te le jure !

– Je vais m'occuper de ton mari ! décida le jeune homme.

– Tue-le, l'exhorta-t-elle. Fais vite !

27

Nino dormait mal car il lui était impossible de respirer par le nez. La dernière intervention qu'il venait de subir lui donnait la sensation d'avoir un trou béant au milieu de la face. A croire que son visage ne se composait que des yeux et de la bouche, comme sur une toile de René Magritte.

Par instants, le sommeil l'emportait, il s'assoupissait en émettant de vilains râles qui finissaient par le réveiller ; tout devait alors recommencer. Cette alternance de mauvais repos et de veille pénible sapait son moral. Ce garçon des rues souffrait de la vie hospitalière. Au lieu de prendre son mal en patience, une rébellion latente le mettait en transe. Mais, davantage encore que sa blessure, l'attitude de Maria le minait. Elle ne lui apportait plus cet amour fougueux qui le stimulait tant.

Assise à son chevet, elle se montrait désorientée ; pis : elle s'ennuyait, louchant sur sa montre, s'emparant d'un magazine, ou se perdant dans une songerie dont il était exclu. Il nourrissait mille craintes à propos de leur passion si radieuse naguère, et, croyait-il, inaltérable. Pour tenter de se rassurer, il présumait que son épouse supportait mal leur séparation, ne pouvant se résigner à cette existence bancale. Lorsqu'elle ne possédait pas tout, elle ne possédait rien.

Nino occupait une petite chambre médiocre où il avait le privilège d'être seul. Une ampoule bleue, imperceptible lorsqu'on venait d'éteindre les lumières, gagnait lentement en intensité et permettait de découvrir la sécheresse de la pièce : un placard mural, la porte de la salle de bains, deux fauteuils tubulaires au siège de plastique tressé, la fenêtre étroite...

Il remâchait des rancœurs, évoquant le Parrain qui aurait pu veiller à son confort. Mais ses largesses étaient ostentatoires ou n'étaient pas. Il se consolait en pensant que Vicino vieillissait très rapidement. Un jour, son titre serait vacant ; peut-être alors, Nino jouerait-il un rôle dans la Camorra en qualité de dauphin ?

La porte s'ouvrit doucement. Une garde de nuit entra, tenant un petit plateau supportant une grosse seringue, des tampons d'ouate, un flacon au bouchon de caoutchouc et un garrot.

– Le professeur a prescrit une injection de sédatif pour vous assurer un sommeil de bonne qualité, chuchota la fille.

Elle avait un accent assez marqué que Nino estima germanique. Elle déposa son petit attirail sur la table de nuit métallique, massa l'avant-bras du patient après la pose du garrot, et entreprit d'emplir la seringue. Elle n'aspira que de l'air dans la fiole, puisque cette dernière était vide. Puis elle palpa du pouce une veine en saillie et, d'un mouvement déterminé, enfonça l'aiguille en disant :

– Respirez profondément !

– Qu'est-ce que c'est, comme produit ?

– Un mélange d'oxygène et d'azote, répondit-elle.

La fatigue du patient fit qu'il ne réagit pas à l'énoncé de cette formule.

– Cela fait effet en quinze minutes, promit l'infirmière en retirant l'aiguille.

Elle étancha les quelques gouttes de sang résultant de la piqûre, réunit son matériel sur le plateau et attendit.

Nino lui sourit.

Effectivement, quelques minutes plus tard, son visage se crispa en se couvrant de sueur.

– J'ai froid, gémit-il.

– Connard ! répondit-elle.

Landrini eut un spasme et son cœur s'arrêta.

La garde se retira sans hâte, se débarrassa de son nécessaire dans un vide-ordures proche des ascenseurs et emprunta l'une des cabines. Elle s'examina complaisamment dans les miroirs garnissant les parois.

Adolf avait sacrifié sa moustache naissante ; il s'en consola à l'idée que la suivante en serait fortifiée.

Une fois dans le hall d'entrée, il récupéra son imperméable accroché à une patère et quitta l'hôpital après avoir adressé un petit geste de sympathie à la préposée de nuit.

Une bruine quasi vaporeuse ouatait les lumières. Hitler se dirigea vers une ruelle proche. Dans une poche de son vêtement de pluie se trouvait un plastique à poubelle roulé. Il le déploya, y fourra sa blouse, sa perruque, et reprit sa marche en direction de l'hôtel. Chemin faisant, il se défit du sac à ordures dans une bouche d'égout.

Il se sentait pleinement heureux, comme si donner la mort apportait un sens à sa vie.

Une fois dans sa chambre, il se retint de téléphoner à Maria car la chose eût été imprudente.

Il se coucha nu entre les draps et étreignit l'oreiller en murmurant des paroles lascives.

NAPLES

28

Le Gabonais engagé par le Commendatore répondait au diminutif de Bambou. Agé d'une trentaine d'années, il ne mesurait guère plus d'un mètre cinquante. Cet homme au torse carré, aux cheveux plantés très bas et aux arcades sourcilières proéminentes disposait, nous l'avons dit plus avant dans le livre, d'un sexe de soixante-trois centimètres. Cette mensuration, il convient de le préciser, sans porter atteinte à sa qualité de phénomène, était prise sous la verge, à la naissance des testicules.

Le sieur Bambou n'aurait jamais songé à exploiter cette largesse de la nature sans l'intervention du hasard.

Il travaillait comme maçon sur un chantier, quand une poutrelle de fer lui tomba dessus, brisant sa jambe gauche. Ses compagnons l'ayant dévêtu de l'hémisphère sud pour évaluer l'étendue des dégâts découvrirent alors la prodigieuse anomalie de l'Africain.

La nouvelle de ce pénis surdimensionné créa l'effervescence dans sa profession, son quartier et, finalement, toute la province où il habitait. Lorsqu'on ôta son plâtre, il fut assailli par les curieux (et principalement les curieuses) avides de contempler un déduit aussi exceptionnel. L'information atteignit les trompes d'Eustache d'un imprésario qui le prit aussitôt sous contrat. Entre actionner une bétonnière et déballer son phallus, il n'y avait pas à hésiter, la morale et les mœurs dussent-elles en pâtir.

C'est en suivant cette filière que Bambou se retrouva pensionnaire d'Aurelio Fanutti pour la plus grande prospérité de ce dernier.

Mais toute médaille a son revers. On n'est pas doté d'un membre aussi surprenant sans en faire subir les conséquences à autrui. Non seulement le Gabonais possédait l'outil, mais il éprouvait le besoin légitime de s'en servir. Comme on le devine, Miss Lola dut se dévouer. Dure épreuve pour son sexe imberbe ! Son employeur la dédommagea en augmentant ses émoluments mensuels de dix mille lires, ce qui permit à la déesse barbue d'envisager l'achat d'un grille-pain chromé à double compartiment, objet qu'elle convoitait depuis qu'une émission de la R.A.I. en avait vanté les avantages.

La vie à bord du théâtre ambulant se serait poursuivie vaille que vaille, de localité en localité, si une performance autre que sexuelle, de son artiste, n'avait laissé le Commendatore songeur. Bambou possédait le don de la lapidation. D'un jet de pierre, il tuait les chats, les chiens et même les oiseaux. Son adresse impressionna si fort Aurelio qu'il flaira un meilleur usage de cette singulière aptitude. Restait à assurer que son pensionnaire accepterait de prendre un homme pour cible. Le Gabonais y consentit volontiers.

Un matin où Fanutti le faisait répéter sur la rive déserte d'un torrent à sec, son téléphone portable retentit. Maria lui annonçait le décès de Nino. Elle le fit d'un ton calme, presque serein, qui impressionna son père davantage que la triste nouvelle. La jeune femme lui apprit que Landrini avait succombé à une crise cardiaque consécutive vraisemblablement à sa dernière intervention chirurgicale.

Interloqué, le Commendatore bredouilla son émotion, ses condoléances et ses regrets. Mais, à la réaction froide de sa fille, il sut que c'était de la salive perdue...

— Tu vas à Milan chercher le corps, je suppose, veux-tu que je t'accompagne ? proposa-t-il.

— Il n'a plus besoin d'escorte, objecta-t-elle. Quand on l'aura ramené, je te préviendrai. Ça va, ta récente recrue ?

— Je ne m'en plains pas.

Elle fit miauler un baiser dans l'émetteur et raccrocha. Aurelio rangea son portable et ramassa le chapeau servant de cible à Bambou. Il le replaça sur le piquet figurant le corps porteur du couvre-chef.

— On continue ! cria-t-il à sa sombre vedette.

29

Il est intéressant de constater que l'importance sociale de Nino Landrini reposait presque uniquement sur l'amour l'unissant à sa femme.

Lorsque les gens de la Camorra découvrirent à quel point sa fin prématurée la laissait de marbre, ils s'abstinrent de tricher au plan émotionnel et suivirent son char funèbre en parlant davantage du but marqué la veille par son frère Pio, que de sa disparition.

Le Parrain assista au service religieux parce que l'église se trouvait proche de son domicile. Il quitta celle-ci après l'absoute, par une porte latérale, encadré de sa garde prétorienne dont, depuis quelque temps, il renforçait les effectifs.

A l'issue des funérailles, Marie annonça qu'elle ne participerait pas au repas servi pour l'occasion, son état de santé le lui interdisant. Cette fable laissa supposer qu'elle était enceinte d'un enfant posthume, mais la jeune femme se moquait des réactions de son entourage. Désormais, cet être de feu et de passion ne vivait plus que pour son amant autrichien.

Elle réalisait, entre les bras d'Adolf, combien insignifiante avait été son union avec Nino, cet archange frelaté, qui ne se lavait les mains, ni avant de manger, ni après avoir baisé. Hitler, lui, se présentait toujours briqué et délicatement parfumé. Son raffinement se révélait sans limites, de même que ses initiatives amoureuses. Elle découvrait avec ravissement qu'un taureau fougueux, reste en deçà du plaisir, comparé à un amant subtil.

Par décence en regard de Vicino, ils se retrouvaient à l'hôtel du garçon, sur le front de mer. Les fenêtres de l'établissement donnaient sur le Castel dell'Ovo dont les murailles blondes défiaient la baie.

Ils ne fermaient pas les volets, non plus que les rideaux, laissant les croisées ouvertes pour jouir de la brise marine et des mouettes criardes malmenées par de courtes bourrasques. Pas une seule fois, au cours de ce délire charnel, Maria ne pensa à Nino, jeune locataire d'un vieux sépulcre familial. Des couronnes artificielles, remontant aux funérailles de son père, restaient pimpantes dans le mausolée des Landrini. La grosse couturière, foudroyée par le chagrin, hurlait près de sa machine à coudre inerte. Pio répondait à ses admirateurs dans une pizzeria proche du cimetière. Sa sœur Pia priait à ne plus en pouvoir dans son couvent.

Lorsqu'ils se furent aimés jusqu'à l'épuisement, ils demeurèrent unis par un bienfaisant anéantissement.

C'est alors que le téléphone sonna près du lit. Hitler décrocha et reconnut immédiatement la voix faible de Vicino.

– Cher ami Adolf, dit le Parrain, je souhaiterais vous rencontrer le plus rapidement possible.

– J'arrive ! promit l'Autrichien.

– Venez avec Maria, car c'est de vous deux qu'il est question.

Il interrompit net la communication. Ce qui n'était pas bon signe.

Pendant le trajet, Maria se montra inquiète. Cet appel prouvait que Gian Franco se tenait au courant de leurs moindres faits et gestes. Il régnait sur ses sujets en maître absolu. Adolf, lui, affichait une complète désinvolture. Il savait Vicino impitoyable, cruel à l'occasion, et capable du pire ; mais sa propre personnalité, il le sentait, était en mesure de s'opposer à celle du vieux forban.

Dans le taxi, il tint la main de sa compagne dans les siennes et lui chuchota des mots tendres qu'elle n'avait encore jamais entendus.

Vicino avait trois places d'élection dans son appartement : son bureau, la salle à manger, et ce qu'on aurait pu appeler son jardin d'hiver ; il s'agissait d'un élargissement du balcon, complètement vitré de verre dépoli à l'épreuve des balles. Il régnait là une touffeur de serre. On y cultivait des plantes géantes aux larges feuilles vernissées en forme de palettes. Quatre vieux fauteuils d'osier, garnis de coussins avachis, cernaient une table de rotin. Le tapis de jeu sur lequel Ada, la défunte épouse, faisait des réussites n'avait pas bougé, non plus que les cartes dans une boîte de nacre.

Pendant sa longue détention, cet endroit touffu manqua énormément au Parrain car, ces six mètres carrés constituaient son aire de liberté. Il venait y rêvasser, plusieurs heures d'affilée, le regard perdu dans des souvenirs insondables. Il sentait la vie s'échapper lentement de son corps, avec des phases d'arrêt, ou bien de brusques glissements ; cette conscience d'une fin en préparation ne le troublait pas. Il existait une complicité entre lui et sa maladie, qu'il était, avec son médecin, seul à connaître. Elle s'organisait, prenait tout son temps.

Gian Franco savait que son trépas s'opérerait lorsqu'il le faudrait, sans heurt ni drame. Il avait trop souvent infligé la mort aux autres pour redouter la sienne.

160

L'arrivée de Maria et d'Adolf mit fin à ses méditations. La jeune femme entra d'un pas incertain et le regarda avec crainte. Alors il lui sourit, pour la rassurer, tendit la main vers elle et, quand elle se pencha, la prit délicatement par la nuque.

– C'est beau d'aimer, n'est-ce pas? lui demanda-t-il.

Elle rougit mais ne put dérober une expression de bonheur.

– Asseyez-vous !

Il leur indiqua les places qu'ils devaient occuper : Maria à sa gauche, Adolf à sa droite.

– Le moment est venu de faire le point, déclara Vicino. Ainsi donc, tu es devenue folle de cet homme. Il a proprement supprimé ton époux et vous êtes libres jusqu'à la fin du monde. Bravo ! Personnellement je serais plutôt pour, car une fille comme toi mérite un homme comme lui. Cela dit, il convient de planifier la situation. Tu sais, Maria, qu'on est xénophobes dans notre milieu ? Demain, toute la Camorra saura, si elle ne le sait pas déjà, que, ton mari à peine enterré, tu vis avec un étranger. Ça n'est bon pour personne. Pour PERSONNE ! répéta-t-il avec vigueur.

Il la considérait avec amour. Jamais, au long de sa vie terrifiante, il n'avait éprouvé un sentiment de qualité. Il n'arrivait pas à se repaître de ses traits harmonieux, de l'éclat unique de son regard. Il se retrouvait puissamment en elle et se continuerait dans cet être gracieux.

– Vous allez devoir partir, tous les deux. « Nous » ferons courir le bruit que je t'envoie récupérer dans une maison de repos. D'ici quelque temps, tu reviendras te montrer, sans lui, naturellement, et puis tu repartiras. Nous raconterons ce qu'il faudra. Les gens sont des imbéciles ne demandant qu'à croire ce qu'on leur dit.

En proie à une émotion qu'elle ne pouvait contenir, Maria se jeta devant le Parrain et posa son front sur ses genoux. Il lui laissa épancher ses pleurs en caressant sa tête. Elle fut longue à retrouver son calme.

– Pourquoi êtes-vous si bon avec moi ? murmura-t-elle.

Le Don haussa les épaules et soupira :

– Devine.

VENISE

30

Ils vécurent près d'une semaine au *Gritti
Palace* de Venise, dans une ambiance féerique
Des fêtes mettaient la cité en liesse, il ne se passait pas un soir que des groupes de gondoles
enrubannées ne défilent sur le Grand Canal,
avec, en fer de lance, un ténorino accompagné de
mandoliniers. Les flambeaux se répercutaient
dans l'eau sombre, brouillés par la circulation des
vaporetti. Ces essaims d'embarcations noires, aux
proues de cuivre tranchantes, conservaient toute
leur magie.

Les amants coulaient leurs journées au lit, quit-
taient l'hôtel le soir venu et dînaient dans les bons
restaurants de la ville après avoir fait des emplettes
autour de la place Saint-Marc. Cela ressemblait à
un voyage de noces. Ils ne se lassaient pas de
s'aimer. Comme toujours, chez les êtres très épris,
ils nourrissaient la certitude que cet état de choses
durerait éternellement.

Une fin d'après-midi, pendant que Maria se préparait, Hitler fit le bilan de la situation et constata
qu'il arrivait au bout de ses ressources. Les dommages et intérêts perçus à Vienne, à la suite de son
algarade avec le photographe amateur, achevaient
de fondre. Loin de l'accabler, la perspective de
devoir se débrouiller le survoltait.

Lorsque Maria réapparut, il lui fit part du problème.

Ce n'était pas le genre de fille à s'en émouvoir.

– As-tu déjà volé ? demanda-t-elle.

– Pas encore, et toi ?

– Moi non plus ; mais ça ne doit pas être plus difficile que de tuer.

– Détrompe-toi, fit Adolf, les gens surveillent davantage leurs biens que leur vie !

Ils sortirent après avoir décidé de trouver de l'argent immédiatement. Tout naturellement, ils se dirigèrent vers Saint-Marc. Le ciel caressait des projets d'orages. D'énormes boursouflures sombres, frangées de blanc s'enchevêtraient au-dessus de l'Adriatique.

A l'heure des premières lumières, la foule s'épaississait sur la vaste place où plusieurs orchestres de brasserie sévissaient sans se gêner, car chacun moulinait des valses à peu près identiques. La horde des touristes se composait de gens très moyens, dont la plupart étaient en jean ou en short.

– Piètres pigeons à plumer, remarqua Hitler, je les trouve bien plus rabougris que ceux auxquels ils lancent des grains de maïs.

Maria en convint.

– D'ailleurs, nota la jeune femme, ces archers de la pellicule n'ont pas d'argent sur eux ; on les a tellement prévenus qu'ils risquaient de se faire détrousser !

Ils se tenaient enlacés, marchant à pas menus sur les larges dalles fienteuses.

– Braquer une banque serait hasardeux ! reprit Adolf. Je ne m'en ressens pas pour tourner un *remake* de *Bonny and Clyde*.

Ils envisagèrent différents coups que, tous, ils estimèrent mesquins. Leur conclusion fut que le larcin, sous sa forme classique, n'était qu'un expédient de romanichels. Ils rirent à l'idée de se faire mettre la main au collet comme des chapardeurs de sacs à main.

– Quoi, en fin de compte ? demanda-t-elle.

Il la devinait tendue derrière son air enjoué. Le début d'inquiétude de sa compagne l'excitait. Il mordilla le lobe de son oreille, et la sentit vibrer.

– Avant un quart d'heure, nous aurons trouvé la solution, promit-il.

Elle pensa qu'il plaisantait, mais sa détermination la troubla.

– Il faut obéir à l'instinct, expliqua-t-il.

– C'est-à-dire ?

– Stimuler notre odorat. Pourquoi les porcs et les chiens flairent-ils les truffes en terre ? Parce qu'ils en captent les effluves. Je dois être capable de renifler l'argent. Je te prends un exemple, mon amour : tu vois cette vieille *signora* qu'on aide à descendre de ce canot-taxi ?

– Tu crois qu'elle en a ?

– Chez elle, à coup sûr. Il s'agit d'une personne de la bonne société : son chapeau de velours noir en témoigne, de même que sa canne en roseau de Malacca, à pommeau d'ivoire.

Ils prirent la direction suivie par la vieillarde. Cette dernière claudiquait bas. Elle était coiffée d'une façon ridicule et portait une épaisse natte blanche, par-dessus son boléro d'astrakan.

Elle n'alla pas loin, s'arrêta devant la porte d'un ancien palais, gravit trois marches et fouilla son réticule. Sa clé s'y trouvait, rattachée au sac par un lacet de cuir. Elle eut du mal à l'engager dans la serrure. Une difficulté encore plus grande à la tourner trois fois car son âge la faisait trembler.

Enlacés, à deux pas d'elle, le couple s'étreignait pour ne pas sembler attendre. La porte céda aux instances de la vieille. Lorsqu'elle entra, ils pénétrèrent à sa suite, sans hâte.

La dame fut davantage surprise qu'alarmée par l'intrusion des jeunes gens.

– Qu'est-ce que c'est ? demanda-t-elle, affable.

– Vous êtes la *signora* Salarmi ? questionna Adolf qui venait de lire ce nom sur la plaque de cuivre.

– Nous appartenons à l'Office du recensement, intervint Maria, nous désirons savoir combien de personnes habitent cette maison ?

– J'y suis seule, répondit-elle. A la mort de nos parents, mes frères et moi avons divisé le palais en quatre parties. Celle-ci est la mienne.

– Des domestiques ?

– Une femme de ménage, le matin ; mais cela ne concerne pas vos services, n'est-ce pas ?

– En effet, admit la jeune femme. Pouvons-nous visiter ?

– Bien sûr. Vous désirez commencer par le bas ou par le haut ?

– Le haut ! précisa Hitler.

Ils s'engagèrent dans l'escalier de pierre. La *signora* le gravissait péniblement, émettant de menues plaintes qu'elle n'arrivait pas à étouffer. Ils la suivaient patiemment.

Quand ils atteignirent le tournant des marches, Hitler murmura :

– Je vais te montrer de quelle manière je m'y prends avec les reliques.

Ils doublèrent la propriétaire.

– Je n'ai plus vos jambes, fit l'hôtesse d'un ton d'excuse.

Adolf se retourna.

– Ce n'est pas grave ! assura-t-il.

Il leva la jambe droite jusqu'à ce que son pied fût à la hauteur du thorax de la dame, l'appuya lentement contre son sternum et poussa d'un coup sec. La malheureuse, affolée, chuta en arrière et survola plusieurs degrés avant de s'immobiliser ; au cours de sa trajectoire, elle perdit son dentier, lequel semblait surréaliste, seul dans l'escalier.

Maria contempla la scène d'un regard professionnel.

– Elle est certainement morte ! annonça-t-elle.

– Nous vérifierons en descendant, répondit-il.

Il n'eut pas besoin de chercher pour trouver la chambre à coucher. C'était la plus grande pièce du premier. Une couche pompeuse aux colonnes ventrues et ouvragées, un couvre-lit de satin vert, des bergères XVIIᵉ garnies de soie à fleurs, une quantité de petites tables et bonheurs-du-jour en marqueterie composaient l'ameublement. Les toiles fixées aux murs auraient provoqué les pires cauchemars chez une personne peu familiarisée avec cet univers. Toutes étaient de dimensions compatibles avec des palais et traitaient de sujets cataclysmiques : femmes broyées par d'énormes serpents ; dragons que domptait la crosse irradiante d'un évêque ; cieux intraitables s'ouvrant sur des Maudits mis en charpie. Le plus aimable représentait Adam et Ève chassés du Paradis terrestre par une cohorte de monstres que même Jérôme Bosch n'aurait pu concevoir.

L'Autrichien s'assit sur une chaise, au fond de la pièce, et se prit à la considérer d'un œil incisif. Maria respectait cette sorte de méditation. Parfois, il l'émaillait de brefs soliloques : « Les tableaux sont trop lourds »... « Le tablier de la cheminée aussi »... « Les cache-pots trop volumineux »...

Elle admirait sa concentration, ce regard lointain qui l'avait émue. Adolf n'était pas beau ; son charme venait d'ailleurs : de l'énergie et de l'intelligence marquant son visage. Il existait chez lui quelque chose « d'habité ». Il troublait et captivait ses interlocutrices.

Dans les établissements mixtes qu'il avait fréquentés, les filles réagissaient spontanément à sa personne. Elles n'insistaient pas parce qu'il les décourageait par son cynisme et sa froideur. Mais quand il s'attardait un instant à les contempler, à leur parler, alors elles fondaient. Ce fut le cas de Graziella, l'épouse d'Heineman, de Johanna, sa fille, qu'il envoûta dès leur rencontre ; c'était à présent celui de Maria. Seulement, pour la première fois, le choc fut réciproque et déclencha la passion. Lorsqu'une condisciple lui montrait de l'intérêt, une curieuse envie de l'en punir le saisissait. Il ne pardonnait pas l'amour qu'il inspirait. Et puis, Maria.... Une complète adhésion de l'âme et des sens. Elle lui était destinée de toute éternité.

Poursuivant son investigation mentale, il murmurait :

– Vieille Vénitienne... Mystère de carton-pâte... Une foutaise à système. Pas le tiroir secret, tout de même ! Ou alors, une cachette DANS la cachette !... Et proche du lit, on peut y compter !...

Il se leva et marcha en direction de la couche monumentale. Les quatre colonnes, renflées à leur base, mobilisèrent son attention. Il sortit un canif de sa poche, en frappa le premier montant. Cela rendait un son plein. Il interrogea l'autre pilier, obtint le même bruit mat.

« Simple vérification, reprit-il de sa voix intérieure. Ces colonnes-ci sont trop près des pieds ; trop loin du cœur. »

Il se rabattit vers la tête de lit. Hitler « sondait » la partie la plus large du pilier. Commençant par l'étranglement supérieur, il frappait en descendant.

Et ce fut le prodige escompté : le montant émit un son creux. Sans hâte, et toujours à l'aide de ses heurts secs et brefs, il circonscrit la zone évidée. Il eut tôt fait de constater qu'une feuille d'acanthe dévalant la colonne, s'entourait d'une imperceptible découpe plus mince que la lame d'un rasoir. Les yeux mi-clos, il analysait chaque sonorité. Ainsi put-il déterminer la place des gonds et du fermoir de ce coffre astucieux.

– C'est là ! annonça-t-il à sa compagne. Pas de serrure, mais un mécanisme fonctionnant sur pression d'un point clé. Eh bien, trouvons-le !

Le temps de l'énoncer, il le détecta. Cela ne produisit aucun bruit, simplement le motif fut davantage en saillie. Hitler exerça une légère pesée. Il n'eut pas à insister beaucoup : le vantail sculpté pivota, révélant une niche.

– J'aurais pu gagner un peu de temps en l'examinant de plus près, déclara-t-il. Regarde : à force de sollicitations, l'ornement est devenu plus luisant que le reste !

31

La niche contenait des bijoux que, prudents, ils négligèrent, deux cents pièces d'or émises par le Vatican au cours de différents règnes pontificaux, ainsi qu'une centaine d'autres originaires de France et d'Espagne. Comme chez beaucoup de vieillards, l'or gardait un grand prestige pour la *signora* Salarmi.

Ils les répartirent entre le sac de Maria et les poches de son amant. Après quoi, Adolf referma la cachette. Ils s'apprêtaient à redescendre quand il fut saisi d'une idée ; sans quitter sa maîtresse du regard, il se dévêtit.

– Ce lit à grand spectacle ne t'inspire donc pas ? demanda-t-il.

Dominant sa stupeur, elle se déshabilla également, et il la prit sur le somptueux couvre-lit damassé, l'aima avec un acharnement qui la fit hurler de plaisir. Ce fut tellement intense, tellement extrême, qu'au plus fort de l'orgasme, et pour la première fois de sa vie, elle perdit connaissance.

Profitant de ce que était inconsciente, il saisit la tête de Maria dans ses bras et, la pressant contre sa poitrine, murmura :

– Seras-tu toujours la seule ?

Avant de s'en aller, ils remirent le lit en état, s'assurèrent que la vieille était bien morte, guettèrent la rue par un judas pour attendre qu'il n'y passe plus personne. Puis, ils s'en furent dîner dans un restaurant prestigieux prôné par les guides touristiques.

Ils choisirent des hors-d'œuvre vénitiens et des seiches à l'encre servies avec des beignets de polenta ; en les savourant, ils burent un vin rare venant d'Ombrie.

Curieusement, de cette équipée sauvage, seule leur importait l'étreinte qui la concluait. Le reste était épisodique ; sans importance marquante. Malgré tout, quand ils dégustèrent les sorbets dont ils raffolaient, Adolf murmura, en caressant de sa main libre celle de sa maîtresse :

– Ce genre d'action ne saurait constituer un mode d'existence, Maria. Nous nous ravalerions vite au rang des délinquants minables si nous persévérions.

Elle fut impressionnée parce qu'il énonçait précisément sa propre pensée.

Il poursuivit :

– Être un membre de la Camorra, c'est tout autre chose. Tu agis comme un soldat et ne saurais être assimilé à un criminel, quand bien même les autorités te font la chasse. L'Organisation est détentrice de droits qu'elle s'arroge certes, mais sont accrédités par l'usage.

Elle l'écoutait avec ferveur. Sa voix chaude, à l'accent germanique, la pénétrait entièrement.

Il acheva son dessert et reprit :

– Je vais appeler le Parrain pour discuter du problème. S'il ne peut me prendre avec lui, je chercherai un moyen d'exercer notre don.

Le mot la troubla :

– Quel don, mon amour ?

– Celui de tuer. Il n'est pas donné à tout le monde. Presque tous les crimes sont motivés par la violence, l'amour, la haine, la jalousie, la cupidité.

Mais tuer sans passion ni animosité, tuer comme le boucher tue le bœuf, parce que cela s'inscrit dans la nécessité d'une tâche, donne à l'acte toute sa noblesse.

– J'adore t'écouter parler, dit Maria, ton vocabulaire m'ensorcelle.

– Rien ne t'empêche de l'acquérir.

– Je n'ai pratiquement pas fait d'études.

– Ce ne sont pas elles qui nous apportent le vocabulaire, ou si peu, mais « les » lectures ! Lis beaucoup et tu sentiras le langage venir à toi.

– Je lis beaucoup ! protesta-t-elle.

Il rit franchement.

– Des romans d'amour pour midinette : la petite secrétaire qui épouse un prince, ou l'infirmière dont le médecin-chef de l'hôpital tombe ardemment amoureux. Ce sont les grands auteurs que tu dois absolument pratiquer, ceux qu'on publie sans couverture illustrée : Dostoïevski, Goethe, Shakespeare, Balzac. Tu éprouveras quelques difficultés au début, mais très vite tu ne pourras plus t'en passer.

Ainsi parlait un jeune homme qui venait de massacrer une octogénaire.

Sachant que le Parrain veillait toujours très tard, il le fit appeler par Maria sur sa ligne confidentielle.

Vicino fut ravi d'avoir sa fille en ligne. Sa présence lui manquait ; il lui arrivait d'avoir les yeux mouillés quand il l'évoquait, seul dans son jardin d'hiver. L'absence de descendance avait assombri sa vie, aussi ce fabuleux présent, tard venu, le comblait-il.

Depuis qu'elle s'en était allée, il venait de plus en plus dans cet endroit à la forte odeur d'humus. S'y embaumait de ses souvenirs.

Rude avait été la route ! Combien de morts la jalonnaient ?

Il sourit en pensant qu'il ne pourrait jamais établir le bilan de ses victimes directes ou indirectes.

Sans doute aspirait-il plus ou moins consciemment à une forme de retraite, mais il savait la chose impossible. Il ne tenait que par une espèce de force centrifuge et volerait en éclats si elle venait à cesser.

– Sais-tu que tu es ma fille ? lui demanda-t-il à brûle-pourpoint, en proie à une intense pulsion.

– Oui, répondit-elle.

– C'est le Commendatore qui te l'a dit ?

– Non.

– Qui alors ?

– Nos doigts !

Machinalement, il considéra sa main gauche en évoquant celle de Maria.

– Et quoi, encore ?

– J'ai longuement réfléchi. Dites-moi...

– Je t'écoute ?

– La mort de votre femme...

Il la coupa sèchement :

– Tais-toi ! Dans notre monde, on n'aborde jamais ce sujet !

Elle se tut, effrayée par sa brusque violence ; puis reprit au bout d'un instant :

– Adolf souhaiterait vous parler, je peux vous le passer ?

– Évidemment !

L'Autrichien se saisit du combiné.

– Bonsoir, monsieur, fit-il.

Ce garçon possédait le pouvoir de calmer Vicino en lui insufflant une sorte d'allégresse.

– Nous avons besoin de vous consulter pour une chose importante.

Il relata les événements de la journée : la fin de leur pécule nécessitant une action de « réapprovisionnement », la manière prompte et efficace dont ils avaient fait face à la situation, les pensées douces-amères qui s'en suivaient.

Gian Franco l'écouta attentivement. Il comprenait son insatisfaction et la trouvait louable.

– Adolf, dit-il après une de ces périodes de silence ponctuant sa conversation, ce que vous me dites me plaît. Au moment de votre appel, je songeais à vous, à la suite d'une proposition qu'on vient de me faire. Rentrez demain à Naples, tous les deux, descendez à votre hôtel et prévenez-moi !

Comme à l'accoutumée, il raccrocha pour éviter les formules du savoir-vivre, et tout le superflu des échanges humains.

NAPLES

32

En regardant s'exercer Bambou, le Commendatore se disait que jamais son phénomène noir ne se
montrerait davantage performant au jet de pierres
qu'il ne l'était présentement. Il réussissait à
atteindre une hirondelle en vol ce qui, même au
fusil à balle, est une prouesse. Désormais, seule
l'occasion se faisait attendre.

Fanutti avait nourri quelque espoir, lors des
funérailles de Nino ; hélas, le vieux renard ne
s'était rendu qu'à l'église voisine ! Il restait terré
dans son gîte, commandant solitaire quittant rarement la passerelle.

Par ailleurs, il avait renforcé les effectifs de ses
gardes du corps. Il devenait de plus en plus malaisé
de l'approcher et, pour ses longs déplacements,
Vicino avait carrément troqué sa limousine contre
un fourgon blindé ayant servi à des transports de
fonds.

Le Parrain sentait d'où venait le danger, pensait
souvent à programmer la mort d'Aurelio, y renon-
çait en songeant à la peine qu'une telle décision
causerait à Maria. Même si elle « savait », elle
conserverait toujours une immense tendresse à
l'homme qui l'avait élevée et continuait de pleurer
sa mère.

Chacun de ces deux frères de cœur rêvait la

mort de l'autre sans parvenir à la concrétiser : l'un parce qu'il éprouvait des scrupules, l'autre parce qu'il n'en trouvait pas l'occasion.

Le Commendatore comprit qu'à moins d'un hasard improbable ou de circonstances très exceptionnelles, il n'atteindrait jamais son but ; c'est pourquoi il résolut, malgré le danger que cela représentait, de s'assurer une complicité intérieure.

Il existait, dans l'entourage de Gian Franco, un vieil homme, le plus âgé de toute la Camorra, apparenté à Fanutti. Il constituait « le sage » de la cour. Ancien avocat véreux, il se tenait au côté du Parrain depuis son accession au trône, l'avait abreuvé de conseils judicieux, tiré de bien des embarras. C'est pour n'avoir point voulu entendre ses cris d'alarme que Vicino s'était retrouvé en prison, aussi le crédit du bonhomme restait-il intact.

Ce personnage s'appelait Carlo Zaniti. Grand, voûté, le poil blanc ébouriffé, le regard sombre, vêtu comme un hobereau provincial, il occupait un appartement bourgeois du bord de mer. De ses fenêtres on pouvait voir Ischia. Personne ne savait son âge qu'il tenait secret par prudence davantage que par coquetterie ; aux rares personnes qui se risquaient à le lui demander, il répondait sèchement : « Plus ! » Et changeait la conversation. Par recoupement, Fanutti lui donnait quatre-vingt-cinq ans au moins.

Il lui téléphona, un soir vers dix-huit heures, sachant que le digne homme se mettait au lit très tôt après une collation frugale.

– Pardon de vous importuner, cousin, fit-il après s'être nommé, serait-il possible de se voir ? J'aurais des choses délicates à vous confier.

– Si la perspective de dîner d'une salade et d'œufs à la coque ne t'affole pas, viens partager mon repas ! proposa Me Zaniti, lequel tutoyait son parent, plus pour marquer leur différence sociale que par esprit de famille.

176

– J'arrive !

Prévoyant une invitation à l'improviste, le Commendatore portait un costume gris, une chemise au col et aux poignets amidonnés ; également une cravate suffisamment neutre pour paraître de bon goût.

Vingt minutes plus tard, il sonnait chez l'avocat, lesté d'un magnum de bourgogne dont il le savait grand amateur.

Les deux cousins se donnèrent l'accolade.

– Du chambertin ! s'exclama le maître. C'est bombance !

Sans plus attendre, ils passèrent dans la salle à manger où la bonne venait de dresser un second couvert et d'ajouter un ravier de petits cœurs d'artichauts à l'huile.

Comme Zaniti prenait un tire-bouchon dans le tiroir de la desserte, Aurelio intervint :

– Gardez cette bouteille pour une meilleure circonstance, cousin.

– Il y en aura probablement d'autres, mais sûrement pas de meilleures, flagorna l'avocat en vrillant la tige d'acier dans le liège.

Le bonhomme se disciplinait de façon à boire le moins possible, mais en priant le ciel de lui fournir des occasions de le faire.

Il goûta le bourgogne avec une mimique de prélat ; quelque chose qui ressemblait à du bonheur mit de la bonté dans ses yeux.

– Il est auguste ! déclara-t-il.

Il versa largement dans les deux verres.

– Depuis que ma virilité m'a quitté, mon sens gustatif s'est accru, reprit-il. Faible compensation, mais compensation tout de même. Hélas, je dois en user avec parcimonie. C'est triste d'être vieux, mon pauvre Aurelio : tes forces se retirent, tes facultés s'amenuisent, les plaisirs te sont chichement comptés. Tout ton être est désarmé, un peu plus chaque jour. Sers-toi d'artichauts, c'est ma brave Adelia qui les prépare : un délice. Pendant des années elle a essoré mes testicules avec gaucherie, mais bonne volonté ; je l'ai libérée de cette tâche ingrate récemment car il ne sortait plus de mon membre que de la fumée.

Le bonhomme se montrait plein d'entrain ; visiblement, la visite de son parent constituait une aubaine.

Bien que le repas fût léger, ils l'attaquèrent de bon appétit.

Les œufs expédiés, Zaniti fit venir du fromage : une mozzarella fumée, cloutée de minuscules lardons frits.

— Qu'as-tu à me dire de si important, cousin ? questionna brusquement l'hôte. Si nous terminons le magum avant que tu n'aies parlé, tu ne te rappelleras plus ce pour quoi tu es venu !

— Cela m'étonnerait, assura Le Commendatore.

Sans plus différer, il entra dans le vif du sujet.

— Il s'agit du Parrain, fit-il.

— Je le sentais.

— Ah oui ?

— L'instinct est le lot de consolation de ceux qui ne peuvent plus agir. Eh bien quoi, le Parrain ?

— Il vous a programmé, Carlo.

Zaniti ne tressaillit point, n'eut aucune mimique pouvant exprimer la surprise, ni même la crainte.

Il porta le fromage à sa bouche, le mastiqua lentement.

— C'est nouveau, ça ! fit-il quand il eut dégluti.

— Il semblerait que non. La décision a été prise pendant sa détention : il est convaincu que c'est à vous qu'il la doit.

— Foutaise ! Il sait parfaitement qu'il a plongé pour n'avoir pas suivi mes conseils, au contraire.

— Des idées s'installent dans les têtes, émit Fanutti. Il est certain qu'on pense beaucoup trop, en prison.

Il ajouta :

– Pour de toutes autres raisons, je dois également être d'une prochaine charrette.

– Tes sources sont sûres ?

– Il faut mieux agir comme si elles l'étaient, vous ne croyez pas ?

Le vieillard acquiesça.

– Vous pensez « faire quelque chose » ? s'enquit le forain.

– Que veux-tu que je fasse, cousin ? Je me suis toujours montré régulier avec Gian Franco. On ne fuit pas un homme avec qui l'on est loyal. S'il lance un contrat contre moi, eh bien, ma foi, cette mort en vaudra une autre. A mon âge, on ne fait plus la fine bouche.

Il avait l'air réellement serein ; Fanutti en fut agacé.

– Je ne partage pas votre résignation, soupira-t-il.

– Et comment comptes-tu réagir ?

– Prendre les devants.

– Hum, tu vois grand !

– Parce qu'il n'existe pas d'autre solution. Seulement j'aurais besoin de votre concours passif.

– Refusé !

– Vous préférez jouer l'agneau du sacrifice ?

– Un peu boucané, ton agneau, railla Zaniti. Simplement, n'ayant rien à me reprocher, je refuse d'adopter un comportement de coupable ; tu peux comprendre ça ?

– Mal, mais si telle est votre décision...

Il ne s'avouait pas vaincu.

– Ce que j'attends de vous n'a rien de compromettant. Cela consiste à prier le Parrain à déjeuner, ce qui vous arrive parfois.

– Un attentat ? ne put s'empêcher de questionner Zaniti.

– Même pas : un accident.

– C'est ce qu'il y a de plus difficile à accréditer.

– Un demeuré joue avec des gamins. Ils font un

concours de jets de pierres. Il existe un immense jardin privé à traverser entre l'avenue et votre appartement. Au moment où le Parrain passe par là, il prend un banal caillou à la tête et tombe foudroyé. Quoi de plus bête ?

Le vieux considéra son cousin avec curiosité. Une lumière étrange brillait au fond de son regard.

– Je vous croyais amis d'enfance ?

Le Commendatore hocha tristement la tête.

– Ce sont les amis d'enfance qui deviennent les ennemis les plus acharnés de l'âge mûr, assura-t-il.

33

La salle à manger du dernier étage, une petite pièce moyenne, tout en longueur, dominait le bord de mer. Elle portait le nom d'un célèbre ténor qui avait eu le bon goût d'y mourir l'année même où un grand écrivain français naissait. Depuis les larges vitrines, on découvrait la baie illuminée par les feux des bateaux avec, au premier plan, la citadelle fortifiée.

Le Parrain arriva le premier, flanqué de ses porte-flingues : quatre mafieux d'élite, vêtus de complets sombres gonflés à l'aisselle gauche. Deux de ces gentlemen s'installèrent dans l'antichambre, les autres à la table voisine.

Le maître d'hôtel, prévenu de l'illustre venue, attendait devant le bar et se précipita à la rencontre de Vicino.

Pendant qu'il déployait ses grâces, les gardes du corps procédèrent à un rapide examen des lieux.

– Donne-moi un jus de tomate avec beaucoup de citron et un trait d'angustura ! ordonna Gian Franco.

Comme on venait de le servir, les personnages attendus firent leur entrée, guidés par un groom en uniforme. L'un portait un costume bleu, en tissu léger chiffonné. Courtaud, massif, la cinquantaine dépassée, il avait une tignasse grise et buissonneuse, un nez large et velu, les paupières à ce point bouffies qu'on ne parvenait pas à capter son regard. Son compagnon, lui, était grand, blond, émacié, avec le nez busqué et des yeux d'acier. Contrairement à l'autre, il arborait une élégance compassée.

Ils serrèrent la main de Vicino avec l'indifférence marquée des boxeurs avant le combat et prirent les places qu'il leur désignait. Le Parrain fit signe au maître d'hôtel d'enregistrer leur commande. Il conseilla comme apéritifs à ses invités des « amers » italiens, mais ils préférèrent du scotch.

Quand ils furent servis, Vicino déclara :

– Depuis notre prise de contact, j'ai étudié votre problème, et pense avoir trouvé ce qu'il vous faut.

Le grand type maigre opina en silence.

– Il s'agit d'un couple, reprit le Parrain. La femme est italienne. Nous avons des attaches familiales, elle et moi. Lui est autrichien et, peut-être ne le croirez-vous pas, s'appelle Adolf Hitler.

– Qu'est-ce que c'est que cette histoire ? grommela l'homme au fort appendice nasal. Une plaisanterie ?

– Une réalité ! Le hasard a d'étranges caprices. Cela dit, rassurez-vous, il ne présente aucun point commun avec le sinistre Führer. Les jeunes gens dont je vous parle n'ont peur de rien et possèdent le visage de l'innocence. J'attire votre attention sur le fait qu'Adolf parle couramment l'allemand, bien entendu, puisque c'est sa langue d'origine.

– Nous pouvons toujours les voir ? fit l'homme blond à son compagnon qui opina.

Ils s'exprimaient en anglais pour parler à Vicino, lequel comprenait cette langue sans très bien la maîtriser.

Ce dernier adressa un signe au serveur :

– Demandez aux clients du 332 de nous rejoindre !

Il donnait ses ordres d'une voix lasse qui, curieusement, stimulait ses subordonnés.

Le couple apparut rapidement. Vicino s'efforça de le regarder avec les yeux des étrangers et convint qu'il produisait une bonne et forte impression.

Adolf portait un pantalon gris, un blazer noir, une chemise fumée où tranchait une « régate » aux rayures jaunes et noires. Il laissait pousser ses cheveux sombres, lesquels bouclaient joliment sur les tempes. Il avait l'air d'un très jeune homme, sorti d'un bon milieu; mais son côté aimable s'effaçait lorsqu'on croisait son regard intense et dur.

Près de lui, Maria rayonnait d'heureuse quiétude; la félicité de ses sens comblés se lisait sur ses traits. Elle avait passé un tailleur Chanel vieux rose, aux revers et aux poches gansés de velours noir. Depuis qu'elle partageait l'existence d'Hitler, elle consacrait davantage de temps à son apprêt. Son maquillage lui faisait un visage de star sans qu'elle apparaisse sophistiquée.

Les présentations furent d'un extrême laconisme :

– Les jeunes gens en question ! Ces messieurs ! dit Gian Franco avec un bref va-et-vient de la main.

Les quatre invités se saluèrent d'un hochement de tête. Vicino demanda à Maria de présider la table et désigna les menus.

– La langouste flambée est une spécialité du chef ! annonça le maître d'hôtel.

Ce fut un curieux repas. Les « étrangers » n'avaient mentionné ni leur nom, ni leur nationalité, mais Adolf ne tarda pas à les « situer » comme étant israéliens. Le plus petit le faisait songer à Ben Gourion dont il connaissait des photos. L'homme possédait l'assurance péremptoire de l'ancien leader. Il ne devait pas faire bon lui résister. Son acolyte à la mise recherchée évoquait un diplomate britannique.

– Je n'ai fait qu'effleurer le problème avec nos jeunes amis, prévint Vicino; je préfère que vous leur expliquiez vous-mêmes la situation.

Celui qui ressemblait à David Ben Gourion ne devait pas mâcher ses mots. Il grommela, la bouche pleine :

– Nous sommes en quête de spécialistes chevronnés et vous nous proposez des jeunes gens !

Une sourde colère le faisait trembler; on le sentait sur le point de quitter la table.

Vicino but une gorgée de vin.

– Ne jugez pas les gens d'après leur âge, fit-il. M. Hitler vaut mieux que certains briscards téméraires.

Adolf qui se contenait, posa soudain la main sur le poignet du sceptique.

– Écoutez, fit-il, cassant, je peux vous donner un aperçu de ce dont je suis capable, mais vous n'auriez pas beaucoup de temps pour l'apprécier puisque je vous propulserais sur la chaussée par cette baie. Et tout le monde, dans le restaurant, y compris votre ami, attesterait qu'il s'agit d'un suicide ! Prenez-vous le pari ?

Leurs regards se nouèrent.

À la fin, « Ben Gourion » rompit la joute et lui tendit la main.

– Il semble que je me sois trompé, fit-il, conciliant.

– Je le pense également, assura Hitler.

– Qu'espérez-vous de nous ? intervint Maria.

Le bonhomme s'adressa à son partenaire :

– Racontez, mon cher !

« L'élégant » accepta d'un signe de tête.

– Les mystères de l'Histoire sont généralement longs à être percés, commença-t-il. Certaines versions dûment accréditées perdurent, et puis un jour, un élément jusqu'alors inconnu fausse les données précédentes.

Il s'interrompit pour boire et reprit :

– Vous êtes jeunes, ce qui m'induit à vous poser une question : connaissez-vous la fin de votre tristement célèbre homonyme ?

– Il s'est suicidé dans le bunker de la Chancellerie ; après quoi, son cadavre a été incinéré avec les moyens du bord. Cela s'est passé le 30 avril 1945, répondit Adolf, comme s'il subissait un examen oral.

– Très bien ! complimenta l'homme au nez busqué. Mais des facteurs nouveaux ont été récemment découverts par certains services secrets.

– Israéliens ? interrogea le garçon.

Son interlocuteur n'apprécia pas la question :

– Peu importe. Nous savons maintenant qu'il existait à l'intérieur de l'ultime refuge du chancelier, un grand nombre de documents enfermés dans un sac tyrolien en daim.

– Il a disparu au cours des événements du 30 avril ? demanda Maria.

– Exact, mademoiselle.

– Et c'est ce sac que vous espérez récupérer un demi-siècle plus tard ?

– Plus exactement son contenu, admit le type aux cheveux gris, et également ceux qui s'en sont emparés, à supposer qu'ils soient toujours vivants.

– Vous détenez des indices ?

« Nez busqué » tira de sa poche intérieure quelques feuillets minces et soyeux, couverts de caractères d'imprimerie d'un noir brillant.

– Tout ce que nous savons est consigné là.

Hitler fit disparaître les documents avec une prestesse qui plut à ses clients.

– Si vous faites appel à des Italiens, c'est parce que vous supposez que vos hommes et leur butin se trouvent dans la Botte ? questionna-t-il.

– Vous lirez le rapport, éluda son interlocuteur.

– Je croyais vos services les meilleurs du monde, répliqua l'Autrichien d'un ton sincère.

« Ben Gourion » hocha la tête :

– Les exceptions confirment les règles. Maintenant, parlons des conditions.

– Je vous propose un coup de poker. Si nous échouons, nous ne vous demanderons rien ! Si nous réussissons, nous vous réclamerons beaucoup, et même davantage ! répondit Adolf avec un sourire de renard.

34

– Vous avez été en tout point remarquables, les félicita Vicino lorsqu'ils furent seuls : vous les avez impressionnés.

– C'était l'unique moyen d'avoir barre sur eux. Cela dit, il est évident qu'ils m'ont écouté parce que je leur étais présenté par vous, Don Vicino.

– C'est la première fois que vous m'appelez ainsi, fit le vieil homme.

– Sans doute parce que je me sens pleinement sous votre tutelle.

– Quel dommage que tu ne sois pas napolitain ! murmura Gian Franco.

– Je le deviens ! fit Adolf dans le dialecte du pays.

Le Parrain étendit la main afin de caresser la joue de son jeune interlocuteur.

– Peut-être est-ce San Gennaro qui t'envoie ? murmura-t-il.

– Qui sait ? répondit Hitler.

Il prit la dextre fripée et la porta à ses lèvres.

Après quoi il présenta à Don Vicino les feuillets laissés par les Israéliens.

– Il vous appartient d'en prendre connaissance d'abord, déclara-t-il.

– Non, garde-les, mon garçon : c'est « ton » affaire. Et puis, ajouta-t-il avec un sourire malicieux, je lis trop mal l'anglais.

Adolf coula les documents dans la poche intérieure de son veston.

– Je vous les transcrirai en italien, promit-il.

Le couple raccompagna le Parrain jusqu'à sa voiture, au milieu de ses gardes du corps.

Avant de le quitter, Gian Franco embrassa Hitler sur la bouche.

Puis il prit Maria contre lui et chuchota :

– Sois heureuse, ma fille : tu as trouvé un homme d'exception.

Ils regagnèrent leur appartement et Adolf se colla à la traduction. Il lisait l'anglais presque aussi rapidement que l'allemand. Lorsqu'il avait terminé un feuillet, il le tendait à sa maîtresse. Maria épluchait à grand-peine le document car elle n'avait de cette langue que des rudiments scolaires. Hitler finit sa lecture bien avant la jeune femme.

– Tu me résumes ? implora-t-elle.

– Un instant, si tu permets.

Il avança le bras, déboutonna son chemisier, le lui ôta ainsi que son soutien-gorge.

– C'est à tes seins que je veux raconter cette histoire, dit-il en la poussant dans un fauteuil.

S'étant agenouillé devant elle, il électrisa l'extrémité de ses exquises mamelles du plat de la main, en un geste circulaire, doux et régulier.

– Je ne vais pas pouvoir t'écouter longtemps, assura Maria en souriant.

– Eh bien, je reprendrai autant de fois qu'il le faudra.

Il attaqua son résumé, sur le mode plaisant, compatible avec les gestes qui le ponctuaient.

– Ces sacrés Juifs sont accrocheurs comme des poux de corps, commença l'Autrichien. Plus de quarante années ont passé depuis la chute du national-socialisme, et ils continuent d'enquêter ! Il leur faut « la vérité, toute la vérité, sans la moindre faille » ! Ainsi, concernant la fin du Führer dans le bunker de la Chancellerie, sont-ils parvenus à questionner les survivants. Le temps les décimant, ils s'en prennent à leurs proches. Souvent ces confidences du « deuxième rang » sont plus poussées, les narrateurs étant moins impliqués.

« Nos enquêteurs ont ainsi établi qu'au moment où le corps du Führer brûlait, deux hommes parvinrent à quitter le bunker par un conduit menant aux égouts. Ces types, l'un et l'autre sous-officiers de la Wehrmacht, se nommaient : Karl Hubber et Frantz Morawsky. Ils ont emporté avec eux le fameux sac tyrolien en peau. »

– On ne les a jamais revus ? demanda Maria, dont le garçon continuait de lui flatter les seins du bout de ses doigts humectés de salive.

– Jamais.

– Leurs familles ?

– A notre connaissance, le dénommé Frantz Morawsky ne possédait qu'une sœur anormale ; quant à Hubber, tous les siens ont été anéantis par le bombardement de Brême, l'un des plus terrifiants de la guerre.

Les attouchements élaborés de son compagnon excitaient Maria, laquelle avait de plus en plus de peine à suivre son récit.

Parvenant à refréner les ondes ardentes qui l'investissaient, elle demanda d'une voix mourante :

– Pourquoi l'Italie ?

Adolf interrompit ses manœuvres épidermiques.

– En effet, pourquoi « nos » clients se sont-ils orientés sur le Vésuve ? Pour une raison simple, mon amour. Récemment, une femme de Saviano a vendu un fond de grenier à un brocanteur itinérant. Dans le bric-à-brac se trouvait un sac tyrolien vert, passablement moisi, dont l'une des poches contenait les papiers militaires allemands de Frantz

Morawsky, ainsi qu'une enveloppe au nom de la Chancellerie, marquée d'un tampon indiquant « *Destiné au Führer. Strictement confidentiel* ».

« Le videur de galetas pensa que cet embryon de pièces pourrait intéresser quelque collectionneur et proposa " le lot " à un marchand de documents historiques, qui les lui racheta un prix dérisoire. La filière mystérieuse du hasard conduisit jusqu'à ce bouquiniste une personne en cheville avec nos nouveaux amis ; le destin est tissé de coïncidences, ce qu'en Italie vous appelez " La Providence ". »

Hitler avait poussé trop loin ses caresses : Maria n'était plus en mesure de suivre le fil du rapport.

Ils prirent l'heureuse décision de remettre sa lecture à plus tard et ce fut, dans la chambre du ténor disparu, *le plus charmant des remue-ménage*, comme l'a écrit un poète français.

Chacune de leurs étreintes différait de la précédente, à croire qu'elle se trouvait interprétée par d'autres protagonistes. Ils se lançaient dans le tumulte des sens, tels des plongeurs émérites dans la frénésie d'un torrent. L'acte charnel comportait peu de périodes languissantes. Chaque fois, ils se confrontaient à une démesure indéfiniment réinventée.

Harassés, ils s'endormirent enfin.

L'écriteau *Do not Disturb* restait presque en permanence accroché au pommeau de la porte.

Ils ne se réveillèrent qu'au milieu de la nuit, affamés et flottants. Le room service étant fermé, ils s'alimentèrent des nourritures d'attente, proposées par le petit réfrigérateur de leur suite.

Nus sur le tapis, ils poursuivaient au sol leurs ébats d'animaux. Grignotèrent des biscuits salés, puis des sucrés, croquèrent les chocolats et vidèrent chacun une demi-bouteille de champagne.

Seule la lampe de chevet les éclairait. Adolf la déposa sur la moquette et, à plat ventre, poursuivit l'examen des documents laissés par leurs sponsors (il avait choisi ce terme pour parler d'eux).

Maria restait assise en tailleur devant lui, l'admirant. Elle guettait les plus légers tressaillements de son visage et cherchait à les déchiffrer.

Sa lecture terminée, il se mit sur son séant, dos au lit.

– Je comprends pourquoi « ils » n'ont pas souhaité que nous parlions de ce rapport, fit-il : il ressemble à un filet de pêche plein de trous.

Patiente comme l'éternité, elle attendit qu'il s'explique. Mais il se souciait avant tout de ravauder le filet percé. Il réfléchissait, le regard fixe, les lèvres crispées; parfois un imperceptible hochement de tête révélait sa perplexité; elle le retrouvait « habité », comme il l'avait été chez la *signora* Salarmi à Venise.

Adolf parut brusquement réaliser la présence de sa compagne :

– Pardon : je suis en plein décodage.

Elle sourit, murmura :

– Continue.

– Inutile : mes pensées tournent en rond. Reprenons : l'apocalypse à Berlin. Hitler brûle, comme sa ville. Pendant qu'il part en fumée, les sous-officiers Hubber et Morawsky fuient, lestés d'un sac à dos. Ils se sont probablement habillés en civils, ou ont usé de quelque déguisement. Toujours est-il qu'ils parviennent à quitter la capitale.

« De leurs tribulations, nous ne savons rien; seule indication : ils atteignent l'Italie avec leur foutu sac. Au bout de combien de temps? Mystère. Comment échouent-ils à Saviano? Ce pays constituait-il le but de leurs pérégrinations ou ne représentait-il qu'une étape accidentelle? Je ne trouve aucune réponse à ces questions dans ce document. Il faut dire que presque un demi-siècle a passé. C'est peu pour les pyramides, mais c'est beaucoup pour une durée humaine. La femme ayant vendu le sac n'habite la maison que depuis deux ans : un viager !

« De leur propre aveu, les Israéliens ont été incapables de retrouver la trace des Allemands après la halte de Saviano, à croire que le Vésuve les a engloutis ! Ils ont tout mis en œuvre pour « recoller » aux fugitifs. Les documents qu'ils trimbalaient leur ont-ils permis de négocier leur salut auprès des Alliés en pleine reconquête ? Ont-ils été arrêtés et fusillés ? Les a-t-on jetés dans un cul-de-basse-fosse jusqu'à leur mort ? Énigme ! Il y en eut beaucoup pendant cette guerre ; peu furent résolues. »

Maria suivait la digression de son bien-aimé avec attention.

– S'ils avaient été arrêtés et fusillés, tu penses bien que nos sponsors l'auraient su ! Ils ne remueraient pas ciel et terre pour découvrir ce qu'ils sont devenus !

– Juste ! apprécia Adolf.

– Conclusion, enchaîna la fille du Parrain, les évadés du bunker savaient où se réfugier.

– Dans ce cas, pourquoi se sont-ils arrêtés dans ce petit patelin italien ?

Maria réfléchit :

– Sans doute s'agissait-il d'un détour incontournable. Ils avaient besoin de rencontrer quelqu'un, voire de prendre quelque chose, je ne sais pas... Ayant obtenu ce qu'ils voulaient, ils ont continué leur route.

Hitler tressaillit.

– Naples est un port, pourquoi n'y seraient-ils pas venus afin de s'embarquer ?

– Dans ce village situé à des kilomètres de la mer ?

– On devait y être plus en sécurité qu'en ville pour attendre le départ d'un navire.

L'objection l'ébranla.

– Tu as raison, admit-elle. Un bateau...

35

Plusieurs jours passèrent. Le Parrain téléphonait fréquemment aux jeunes gens. Il ne lui suffisait pas de parler à sa fille : il demandait à s'entretenir également avec Adolf.

Un après-midi, Vicino profita de l'absence de Maria pour lui confier un problème qui le tourmentait. Il était rarissime qu'il consulte autrui. Gian Franco savait mieux que quiconque gérer les moments délicats de son existence, partant du principe que toute confidence met en position de faiblesse.

Cependant, il n'avait pas hésité à prendre l'avis de celui qu'il considérait comme son gendre.

Hitler l'écouta, réfléchit et proposa :

— Voulez-vous que je m'en occupe ?

— Toi-même ? sursauta le maître de la Camorra.

— C'est abuser de votre confiance ?

Quelques instants s'écoulèrent avant que Vicino ne murmure :

— A ta guise, mon fils ; moi je joue les Pilate.

L'Autrichien dit encore :

— Seulement, je vais devoir agir seul, tout seul. Ne pourriez-vous mobiliser Maria pendant quelques heures, le moment venu ?

— Certainement. Je dois déjeuner chez mon ami Carlo Zaniti : il se fera un plaisir de l'inviter.

Depuis des jours et des jours, Aurelio Fanutti complétait l'entraînement de Bambou en lui faisant lapider des silhouettes grandeur nature ayant le visage de Vicino.

Pas une seule fois le Noir ne manqua la cible. A chacun de ses jets, il atteignait la tempe, légèrement au-dessus de l'oreille. Son patron lui constituait un stock de pierres meurtrières, triangulaires, aux arêtes aiguës. Bambou en possédait une pleine caisse, dont il avivait les angles à la meule, sous le regard ardent du Commendatore.

Un soir, l'acide sonnerie du portable retentit. Généralement, l'appareil restait muet, car peu de gens connaissaient son numéro qui ne servait guère qu'à Maria ; mais depuis son dramatique veuvage, elle communiquait de moins en moins avec celui qu'elle continuait d'appeler papa.

Fanutti dégagea le boîtier de sa ceinture pour prendre la communication.

Il reconnut aussitôt la voix de Carlo Zaniti.

Après quelques échanges creux relatifs à leur santé, l'avocat déclara :

– Je viens te lancer une invitation. Après-demain, Gian Franco déjeunera à la maison en compagnie de ta fille, ça leur ferait plaisir que tu te joignes à nous. Elle arrivera tôt ; si tu en faisais autant, vous auriez l'occasion de bavarder un peu avant le repas...

Fanutti décoda le discours et s'empressa d'accepter.

A l'heure convenue, il se présenta chez son ami et eut le bonheur d'y trouver Maria. Il la jugea grave et fermée, mais peut-être cette impression venait-elle de sa robe noire agrémentée de dentelle grise aux manches et au col ? Son maquillage, plus élaboré que d'ordinaire, lui donnait une expression sévère. Elle faisait vraiment veuve de fraîche date. Une simple chaîne d'or au cou accentuait sa dignité.

Leurs effusions manquèrent de chaleur. Dès lors, il comprit qu'elle était au courant de la paternité de Vicino.

Il se sentit infiniment démuni et seul ; seul à crever !

Les amers du maître ne ressemblaient pas à ceux des bars. Ils possédaient les chatoiements des vieux portos. Aurelio en but plusieurs à la file, espérant calmer le chagrin couvant dans son âme ; mais l'alcool l'exacerbait au contraire. La perspective de Bambou attendant le Parrain dans le square, auprès d'un petit tas de pierres, ne parvenait même pas à le distraire de son spleen. Il jugeait l'existence morne et sans espoir. Elle se dévidait comme le nylon d'un moulinet entraîné par son leurre au gré du courant. Bientôt il serait vieux, avec la cohorte des empêchements qui, immanquablement terrassent un individu saisi par l'âge.

– Tu m'as l'air bien sombre, Aurelio, remarqua Zaniti.

– J'ai de la solitude dans l'âme, reconnut le Commendatore.

Sa « fille » ne réagit pas. L'avait-elle seulement entendu ?

L'avocat voulut emplir une fois de plus le verre de Fanutti, qui refusa.

– Je vais être ivre avant le déjeuner, fit-il.

A cet instant on sonna.

« Les gardes viennent nous prévenir de l'accident », songea le montreur de monstres.

Avant de fomenter ce guet-apens, il avait réfléchi au sort de Bambou. Il ne doutait pas que, son meurtre perpétré, le « surmembré » serait pris à partie par les hommes du Parrain. Ceux-ci lui appliqueraient la loi du talion. Peu importait.

La servante arriva, escortée de Vicino.

En l'apercevant, Fanutti éprouva la plus sinistre déception de toute sa vie. De la colère aussi, à l'encontre de Bambou. Le Noir s'était dégonflé lamentablement. Sans le soutien de son maître, il cessait de fonctionner.

– Quelle bonne idée de réunir les gens que j'aime, cher Carlo! s'exclama Gian Franco en étreignant Maria, puis l'homme du barreau et enfin le Commendatore. Ça me fait du bien de quitter mon trou à rats. Ton appartement m'a toujours enchanté; il est si clair, si parfaitement décoré! Tu es niché entre la mer et le jardin d'Eden, c'est magnifique!

Il se montra d'humeur enjouée pendant tout le repas, s'exprimant d'abondance, plaisantant à tout propos. Son cancérologue venait de lui prescrire un nouveau médicament en provenance des U.S.A. qui, déjà, le régénérait.

Vicino semblait avoir oublié son altercation avec Aurelio et parlait sur un ton d'amitié, allant jusqu'à lui lancer des boulettes de mie au visage lorsqu'il le jugeait par trop distrait.

On discuta d'Andreotti, des voyages du pape, et de cent autres sujets défrayant l'actualité.

Maria se manifesta avec mesure, gênée de se retrouver avec deux hommes qui la considéraient l'un et l'autre comme leur fille.

Le dessert à peine pris, le Commendatore demanda la permission de se retirer.

Il retraversa le jardin où une statue de Diane lui ouvrait les bras.

Une obscure fureur l'animait contre Bambou. L'avait-il cependant assez chapitré, ce maudit *black*! Des sentiments racistes l'envahissaient.

Pendant le trajet du retour, il stimulait sa rancœur en se remémorant l'aisance presque joyeuse du Parrain, au cours du déjeuner. Rarement il ne l'avait vu en aussi bonne forme! A croire qu'il venait de signer un pacte avec le diable, ou avec la vie ?

Perplexe, il se demandait, en se dirigeant vers son mobile home, si le lanceur de pierres avait été assez malin pour rentrer seul. Son côté simplet l'inquiétait ; en outre, le Noir ne devait pas avoir grand argent sur soi pour fréter un taxi, ou tout simplement prendre un autobus.

Les abords de son « campement », situé pour l'heure dans la proche banlieue, étaient écrasés de soleil et donc déserts. Un taud de toile jaune protégeait la partie ouverte de la caravane.

Fanutti perçut, de loin, la musique du poste de radio que Miss Lola laissait presque toujours branché. Curieusement, il en fut réconforté.

Il éprouva quelque étonnement en découvrant les cellules de ses pensionnaires vides. Si l'absence de Bambou ne le surprenait qu'à moitié, celle de la femme à barbe, par contre, le troublait car elle ne s'éloignait jamais de son propre chef. Il décida d'aller changer de chemise, celle qu'il portait était trempée de sueur. Depuis quarante-huit heures, une recrudescence de l'été accablait la ville comme un dur mois d'août. Les nombreux amers bus chez l'avocat lui restaient sur l'estomac et une barre douloureuse meurtrissait sa tête.

Il fit coulisser la porte de son logement, s'immobilisa, cloué par la stupeur.

Ses « artistes » se trouvaient ficelés dos à dos sur deux sièges. L'étrange couple occupait entièrement le local. Le visage de la jeune fille n'était plus qu'une plaie vive car on avait mis le feu à sa barbe avant de la bâillonner avec du sparadrap. Son cou, ses joues, ses tempes tuméfiées, suintantes, achevèrent de soulever le cœur du Commendatore qui vomit dans le minuscule évier. Il n'osait regarder car l'expression de la suppliciée l'épouvantait. Il fit couler de l'eau sur ses déjections, davantage pour gagner du temps que par souci de propreté.

Finit par se retourner.

Les joues de Bambou étaient plus gonflées que celles d'Armstrong interprétant un solo de trompette. On avait enfoncé et tassé dans sa gorge une partie des cailloux de jet, en utilisant, comme pilon, le boîtier d'une torche électrique qui gisait sur le plancher. Le malheureux garçon portait encore une énorme bosse éclatée à l'arrière du crâne.

Aurelio respira profondément, puis quitta sa cellule sans songer à délivrer Miss Lola. D'un pas harassé, il sortit du véhicule. Retrouva son fauteuil de toile à l'arrière du camion, l'ouvrit dans une partie ombreuse et s'assit.

Après une longue méditation, il dégagea son portable et composa le numéro du Parrain. La voix d'un sbire répondit. Il se nomma, demanda à parler à Gian Franco ; on le lui passa sans qu'il eût à attendre.

– Aurelio ! clama joyeusement Vicino. Je suis content de t'entendre déjà, tu ne m'as pas paru très en forme, tout à l'heure ?

– Je tenais à te remercier pour le cadeau, coupa le Commendatore.

– Quel cadeau, vieux frère ?

– Tu le sais bien !

– J'ignore de quoi tu parles ; je te le jure sur la mémoire de ma défunte femme.

– N'invoque pas l'âme de quelqu'un que tu as fait tuer, fils de pute !

Considérant qu'il n'avait plus rien à ajouter, il raccrocha.

36

« Cette fois, j'ai vraiment signé mon arrêt de mort », songea Fanutti en toute sérénité. Il se rendait compte que le Parrain ne le laisserait pas survivre après pareille injure, même si personne n'en avait été témoin. Le code d'honneur de la Camorra ne pouvait tolérer une telle insulte sans réagir de la plus vive façon.

Cette perspective lui était indifférente. L'existence, désormais, n'aurait plus d'attrait pour lui. Cependant, il l'avait aimée, étant ce que l'on appelle communément un bon vivant. Il était l'homme des menus plaisirs, sachant jouir d'un rien : un rayon de soleil, les roucoulements de deux pigeons, un verre de chianti, les couleurs du soir, un filet d'eau dans un ruisseau presque desséché, le fessier ondulant d'une fille, tout cela lui mettait des touches de joie dans l'âme. A présent, sa vie obscurcie l'encombrait. Il se trouvait au-delà de la résignation, dans une zone morte.

Tout à coup, il réagit en pensant qu'il avait « oublié » de secourir Miss Lola. Liée à Bambou assassiné, la malheureuse défigurée à jamais, souffrait le martyre.

Il reprit son téléphone et appela la police.

– J'ai reçu un appel du brave saltimbanque, annonça Vicino à Hitler ; il m'a semblé en pleine détresse mais ne m'a pas raconté ses ennuis, en aurais-tu connaissance ?

– Vaguement, répondit Adolf qui goûtait l'humour du Parrain.

Ils devisaient seuls dans le bureau. La servante étant frappée par une méchante grippe automnale, Maria préparait le repas du soir, assistée de Paolo, l'un des porte-flingues de l'équipe qui manœuvrait aussi parfaitement la *pasta* que la gâchette. « A la *vongole* ! » avait demandé Gian Franco.

Le chef de la Camorra croisa ses mains diaphanes sur son bureau.

– Peut-être pourrais-tu me raconter ce que tu sais ? fit-il.

L'Autrichien inclina la tête.

– En regagnant sa roulotte, il aurait découvert ses deux pensionnaires ligotés dos à dos. Le Noir mort, la bouche pleine des cailloux destinés à ses lapidations ; la femme brûlée au troisième degré, parce qu'un mauvais plaisant avait mis le feu à sa barbe.

Le Parrain frottait ses mains placées l'une sur l'autre. Un indéfinissable sourire éclairait sa figure blafarde, sans parvenir à l'égayer.

– A-t-on le signalement de l'homme qui a fait cela ?

– Très confusément. L'individu circulait à vélomoteur. Il portait une combinaison et un casque noirs. Apparemment il est passé inaperçu.

Vicino secoua la tête doucement et resta silencieux un moment.

– Venons-en à toi, Adolf : tu n'as pas de permis de conduire ?

– Non.

– Mais tu sais conduire ?

– Quand il le faut...

– Tu me procureras des photos et je t'en ferai établir un. Mon chauffeur te donnera des leçons de perfectionnement : Aprilo a couru en formule 1, il y a dix ou quinze ans, c'est le meilleur volant de Naples.

Il avança sa main cireuse sur celle de son protégé.

– Tu réunis toutes les qualités pour devenir un véritable chef, déclara-t-il. Quel âge as-tu, déjà ?

– Dix-huit ans, Don Vicino.

L'autre ne put cacher son admiration.

– Mozart ! fit-il.

Le couple séjourna encore quatre jours à Naples. Aprilo s'employait six heures par jour à enseigner la conduite sportive à Hitler qu'il jugeait surdoué.

L'Autrichien faisait montre d'un total sang-froid et révéla des dons exceptionnels en cette matière. Il pilotait une Alfa gonflée aux reprises spectaculaires, tirant du véhicule un maximum de sensations et d'efficacité. Confronté à une circulation anarchique, il s'en donnait à cœur joie, stimulé par Aprilo.

– Fonce ! Fonce ! l'exhortait celui-ci, et n'aie pas d'états d'âme : la police connaît nos numéros et ses procès-verbaux sont écrits à l'encre sympathique !

Quand il revint de sa seconde leçon, Maria lui apprit le retour de Johanna Heineman à Naples. L'Allemande avait rendu visite au Parrain pour lui annoncer sa décision de vendre « le trésor de guerre » de son grand-père. Vicino étant absent, Maria lui avait demandé de laisser ses coordonnées. Adolf fut contrarié par cette réapparition inopinée. Il cédait à la tendance propre aux hommes de considérer l'éloignement comme le meilleur chemin de l'oubli.

– Elle ne m'a pas réclamé ? demanda-t-il.

– Non, mentit la jeune veuve ; mais souhaite-rais-tu l'inviter à dîner ?

– A quoi bon ? Ce n'est pas à moi qu'elle a affaire, mais au Don.

Son détachement calma la jalousie en éveil de Maria.

La résolution de Mlle Heineman ravit Gian Franco. Il gardait une nostalgie de ces pierres dévoyées, se reprochait d'avoir manqué de pugna-cité, mais en fin de compte, son apparente indif-férence se montrait payante.

Il appela la jeune fille à l'hôtel et convint d'un rendez-vous pour le lendemain. Elle s'y rendit, porteuse d'une émeraude somptueuse dont l'importance sidéra le Parrain.

Johanna lui parut changée depuis leur pré-cédente rencontre. Les jeunes filles sont étranges, qui vieillissent de plusieurs années en quelques semaines. Il la trouva mincie, le regard abattu ; toute sa personne exprimait les deuils tragiques qui l'avaient frappée, comme si son chagrin avait été différé jusque-là.

Ils parlèrent en tête à tête. Vicino préconisa de commencer par l'inventaire de l'ensemble. Cette perspective enthousiasmait peu la jeune héritière. Vicino proposa alors de le diviser en trois lots. Maria se rendrait à Munich, flanquée d'un de leurs experts, pour traiter l'achat du premier. Une fois la négociation menée à bien, on attendrait avant de passer à la seconde partie, puis à la troisième ; cette solution de vente fractionnée représentait une sécurité pour Fräulein Heineman, puisqu'elle ne risquerait jamais plus d'un tiers de son magot à la fois.

Elle accepta mais dit qu'elle préférait voir la transaction réalisée par Hitler plutôt que par la jeune femme, du fait qu'il connaissait déjà le stock.

Gian Franco braqua son regard perspicace sur celui de son interlocutrice. Il y découvrit qu'elle aimait Adolf et cherchait l'occasion de le revoir.

Il fit valoir qu'après les événements vécus en Bavière, il valait mieux qu'il n'y retournât point, bien que l'affaire fût classée. Par contre, on pouvait fort bien imaginer que les transferts de fonds s'opéreraient en Suisse, sous son contrôle. Elle se montra satisfaite de cette contre-proposition et ils tombèrent d'accord.

Adolf ne sut rien de la tractation. Elle ne le préoccupait d'ailleurs pas ; il consacrait toute son énergie à ce qu'il appelait « les documents nazis ». Il n'avait pas la moindre idée de ce qu'ils étaient, mais l'acharnement des Israéliens à les retrouver donnait à penser qu'il s'agissait d'une chose d'une extrême importance puisque, en 1989, la jeune nation juive cherchait encore à s'en emparer. Ils s'évertuaient, Maria et lui, à en deviner la nature. Quelle richesse « traditionnelle » pouvait être coltinée dans un sac à dos ? Quelle « invention », conçue plus de quarante ans auparavant, était encore susceptible d'exciter les convoitises ? Quel secret d'Etat aurait conservé un attrait si puissant ? La Terre avait tourné ; le monde de 1945 ne représentait plus rien de commun avec celui d'aujourd'hui. Ce défi historique l'obsédait. Il échafaudait les hypothèses les plus abracadabrantes.

Après avoir tenu conseil avec sa bien-aimée, il résolut d'aller passer quelques jours, seul, à Saviano. Maria mettrait à profit cette courte absence pour accompagner le Don à Londres où il devait consulter un éminent cancérologue. Afin de ne point trop se faire remarquer, Adolf acheta un attirail de peintre, estimant qu'il possédait suffisamment de talent pour donner le change. La veille de son départ, Vicino lui offrit un cabriolet Mercedes gris acier, intérieur cuir noir, particulièrement germanique, geste qui toucha vivement son disciple. La nuit précédant leur séparation, ils firent l'amour avec tant de fougue qu'ils purent à peine fermer l'œil.

La belle sanglota à l'instant de le quitter, retrouvant ce pathétisme bruyant des filles de sa race ; elle, habituellement si réservée poussait des plaintes, s'accrochait au cou d'Adolf, criait haut et fort sa passion.

L'Autrichien ressentait une horrible gêne à subir ces démonstrations en public. La scène avait lieu devant la porte du palace, pour la plus grande joie des chauffeurs de taxi agglutinés.

Soudain, les adieux déchirants tournèrent à la farce : la grosse Landrini, mère du mari défunt, mystérieusement prévenue de la liaison de sa bru après un deuil éclair se rua sur le couple enlacé, traitant Maria de « pute infecte », de « vomissure puante » et de bien d'autres injures honteuses mais joliment tournées. Elle cognait, griffait, mordait avec une telle rage que l'amoureux vint au secours de sa maîtresse en enfonçant violemment ses doigts en fourche dans les yeux proéminents de la houri. Les sbires du Parrain, venus chercher Maria, l'entraînèrent dans l'auto blindée et claquèrent la portière sur les premières phalanges de l'irascible matrone.

37

Le temps, toujours ensoleillé, lui permit de rouler décapoté, les cheveux et la cravate au vent. Devant lui, sur la droite, le Vésuve au double cratère se tenait sage dans l'azur. C'est tout juste si un léger nuage floconneux en couronnait le sommet.

La scène « napolitaine » qu'il venait de vivre le plongeait dans une sourde irritation. Discret, même dans l'outrance, il n'appréciait pas cette empoignade de viragos et sentait que son ardente maîtresse venait d'écorner leur bonheur. Trop intelligent pour croire à l'éternité des sentiments, Adolf convenait, avec résignation, que les fruits de la passion se gâtent comme les autres. Il se soumettait à cette fatalité avec mélancolie.

Il venait de parcourir une vingtaine de kilomètres lorsqu'il éprouva la sensation d'être suivi. Consacrant davantage d'attention à son rétroviseur, il détecta une grosse Fiat d'un jaune verdâtre, à une centaine de mètres derrière lui.

Hitler continua de rouler sans forcer l'allure puis, apercevant une station-service dans le lointain, mit son clignotant. Il avait fait son plein à Naples et se contenta de faire vérifier les niveaux. Du coin de l'œil, il surveillait le comportement de la Fiat : cette dernière semblait avoir continué sa route; mais lorsqu'il repartit, il ne tarda pas à l'apercevoir sur une voie de détresse.

Elle s'en dégagea aussitôt après son passage. Confirmé dans sa certitude, il sourit. Loin de l'alarme, l'incident l'amusait. Une telle découverte lui prouvait que les Israéliens entendaient surveiller ses faits et gestes de très près.

Une demi-heure plus tard, il quittait l'autoroute et pénétrait dans Saviano, filé à distance par son ange gardien obstiné.

Trouvant, à l'orée de la localité, un relais routier, Motel Agip, d'assez bonne apparence, Hitler s'y arrêta et retint une chambre jouissant d'une vue imprenable sur l'autoroute dont la circulation faisait grelotter les vitres. De sa fenêtre, il aperçut, sur le parking, la voiture à la couleur audacieuse. Il défit sa valise et rangea ses maigres effets dans un placard de bois blanc. Après quoi, il s'arma de son attirail de peinture.

A cette heure indécise de la matinée, la salle de café ne comportait que trois routiers occupés par une robuste collation, et un automobiliste solitaire (le sien) rêvassant dans la fumée d'un *cappuccino*.

Le jeune homme salua l'assistance d'un hochement de tête en gagnant le comptoir derrière lequel une gamine à tête d'orpheline s'activait sans bonheur apparent. Il opta pour un verre de vin blanc qu'il trouva trop sirupeux et confia aussitôt à la terre d'une plante verte ornant le zinc.

Une grande apathie régnait dans l'établissement, malgré la présence des camionneurs qui s'obstinaient à parler la bouche pleine. Adolf ne tarda pas à prendre le large, se demandant si « son homme » comptait le filer systématiquement ou s'il déciderait d'attendre son retour.

Il fut vite fixé. A peine dégageait-il son cabriolet que le type survenait. C'était un individu d'une quarantaine d'années, un peu enveloppé, au front dégarni. Ses cheveux d'un châtain tirant sur le roux frisottaient aux tempes. Il portait un complet de confection à carreaux dont les tons paraissaient aussi désastreux que celui de sa bagnole.

L'agacement qu'il lui causait décida Adolf à en finir le plus rapidement possible avec ce grotesque personnage. Il se dirigea vers le centre-ville et stoppa aux abords de l'église dans laquelle il pénétra. Hitler fit le tour de l'édifice.

Le lieu, enrichi de peintures naïves, le charma par la paix qui y régnait. Comme il était vide, le garçon escalada les degrés de bois conduisant à la chaire et s'assit sur un petit praticable servant à surélever le prédicateur.

Il connaissait l'impatience des hommes, les savait généralement inaptes à de longues attentes.

Une demi-heure s'écoula. La lourde porte grinça sur ses gonds. Adolf coula une œillade prudente entre les montants du petit lutrin mis à la disposition de l'orateur. Depuis bien des lustres, les « tribunes de Dieu » tombaient en désuétude car les prêtres parlent désormais aux fidèles depuis la table de communion, pour être exposés à la vue de tous les fidèles.

Il découvrit une vieille paroissienne, noire comme un insecte de l'ombre, perdue dans une interminable prière qu'elle ne devait interrompre que pour jacasser avec ses voisines. La brave femme lâcha sa salve d'oraisons, se signa avec ardeur et retourna à ses fritures. En partant, elle se heurta à quelqu'un qui entrait et murmura des excuses.

Un second regard apprit au garçon qu'il s'agissait de son suiveur...

L'arrivant se planta à l'orée de l'allée centrale pour avoir un plan général de l'église. N'apercevant personne, il entreprit de l'inspecter, stoppant au passage devant les deux confessionnaux, en quête d'une possible présence. Après quoi, il traversa le chœur pour gagner les issues du fond; mais l'une et l'autre étaient fermées à clé.

L'homme rebroussa chemin. Il s'immobilisa près d'un porte-cierges aux multiples branches. Les chandelles illuminèrent soudain le côté droit de son visage.

Hitler observait jusqu'aux expressions de l'individu. Il capta son sourcillement quand son attention s'arrêta sur la petite tribune octogonale.

« C'est un professionnel, songea-t-il : il va monter ! »

Comme si sa pensée enclenchait les décisions de son pisteur, ce dernier sortit du chœur et prit à droite pour gagner la chaire.

Adolf agissait sans avoir à décider ses gestes, programmés de toute éternité. Il se mit sur le dos, replia les jambes, ses talons touchant ses fesses, et attendit.

Bientôt, le poids de l'homme fit grincer l'escalier en torsade. Entre ses paupières mi-closes, Hitler vit surgir le buste du « chasseur ». Découvrant la silhouette inanimée sur le plancher, celui-ci stoppa net, guettant quelque frémissement révélateur. « Grimpe encore ! » l'exhorta intérieurement l'Autrichien. Toute sa volonté se concentrait sur cette invite. Adolf s'abstenait du moindre mouvement. Sa vie en dépendait. Il devenait marmoréen à force de tension.

Un temps interminable s'écoula. Il ressentait intensément la perplexité de son guetteur.

Soudain ce dernier tira sur l'une des jambes repliées de l'Autrichien. Le membre chut sur le côté, exactement comme s'il appartenait à un corps inconscient.

Rassuré, le « chasseur » acheva son ascension.

Il posait le pied sur l'estrade quand Hitler, qui n'en pouvait plus, poussa un cri rauque et projeta ses deux membres inférieurs dans le ventre de son adversaire. Il agit avec tant de violence que l'autre en eut le souffle interrompu et partit à la renverse.

Pendant les deux ou trois secondes que dura la

chute, Adolf pensa que les circonstances le vouaient « au meurtre en escalier ». Depuis l'infirmière de Munich, en passant par la dame de Venise, il réalisait une étrange série. Peut-être écrirait-il un jour quelque traité sur le rôle des marches dans l'accomplissement du crime parfait.

Il descendit rejoindre sa victime, arrêtée par la dernière ellipse, et qui tentait désespérément de se remettre d'aplomb.

– Ne bougez pas, dit-il aimablement, laissez-moi vous aider.

Curieusement, l'homme comme dominé, se plia à l'incitation.

Adolf le déplaça de manière à ce que sa nuque porte sur le nez d'un degré et appuya des deux mains sur son front. Il perçut le craquement sec et léger qu'il escomptait.

Satisfait, il enjamba le corps. Dans son mouvement, il avisa le holster garni d'un revolver dont sa victime était sanglée. Il le dégrafa, le roula serré et le glissa dans sa poche.

MUNICH

38

Johanna Heineman et Maria Landrini n'avaient pas encore commencé la discussion que le téléphone sonna. La jeune Allemande s'excusa et s'en fut répondre dans le petit bureau contigu. Elle eut la surprise de reconnaître la voix d'Adolf.

– Bonjour, lui dit-elle. Je suppose que vous voulez parler à votre amie ?

– Quelle amie ?

– La protégée de M. Vicino, celle qui vous fait les yeux doux.

– Elle est chez vous ? demanda Hitler, éberlué.

– L'ignoriez-vous ?

– Complètement.

Une bouffée de rage le saisit en découvrant le mensonge de Maria.

– J'ai l'impression que vos commensaux italiens vous font des cachotteries, mon cher, ne put s'empêcher de railler Johanna. Nous allions attaquer les bases d'un marché à propos des pierres.

Il soupira :

– Prenez garde ! Ces gens sont des bandits, et pas des bandits d'honneur. Je vous rappellerai plus tard.

– Vous aviez quelque chose de particulier à me dire ?

– De très particulier : je retenterai ma chance dans deux heures.

Elle raccrocha, troublée par le comportement d'Adolf dont elle jugeait la voix altérée, et alla rejoindre ses hôtes.

L'homme qui accompagnait Maria était un grand garçon à l'air sage, du type major de promotion. La peau mate, le regard embusqué derrière des vitres de myope, on aurait dit qu'il promenait un ennui congénital, mâtiné de mépris. Il pratiquait un allemand de fortune qu'il cherchait à placer dans la conversation alors qu'il parlait couramment l'anglais.

– Vous avez élaboré une marche de manœuvre ? demanda-t-il.

– On peut effectivement appeler les choses ainsi, confirma Johanna en souriant.

– Qu'est-ce qui vous amuse ? fit le jeune homme d'une voix maussade.

– Je souris de votre accent, reconnut-elle : il est charmant. Notre parler guttural acquiert, entre vos lèvres, des sonorités imprévues qui, pour un peu, en feraient une langue latine !

L'autre resta impassible.

– Nous vous écoutons, dit-il sèchement.

La jeune fille saisit un cahier aux feuillets non rayés.

– J'ai dressé la liste d'une première vente envisageable. Cela m'a demandé pas mal de temps et le concours d'un spécialiste.

Elle ouvrit le registre.

– La livraison que je vous propose est entièrement répertoriée là. Dix-huit pierres au total, classées selon leurs catégories : diamants, rubis, émeraudes ; leurs caractéristiques et leurs poids.

Dans le courant de son exposé, elle avait abandonné l'allemand pour l'anglais, sans que « l'expert » y eût pris garde.

– À titre d'échantillon, si j'ose dire, j'ai conservé ici ce très beau rubis.

Elle sortit de la poche supérieure de son corsage une pierre pourpre aux somptueux reflets orangés.

– De toute rareté, précisa Johanna : il provient de Birmanie.

Elle ajouta en souriant :

– Je fais mon éducation en gemmologie. Je sais ce que valent ces joyaux, dit-elle en présentant le cahier. Mais rappelez à M. Vicino que je les lui céderai comme prévu au cinquième de leur prix.

Le grand garçon avait quitté son air rogue et contemplait le rubis comme s'il était en transe.

Il le passa à Maria d'un geste de prélat accordant le saint chrême à un mourant.

– Quelle beauté, n'est-ce pas ? fit-il dans sa langue maternelle, indispensable pour exprimer des sensations absolues.

– En effet ! coupa Maria que ces démonstrations agaçaient. Vous êtes toujours d'accord pour que la transaction ait lieu en Suisse ?

– De plus en plus ; j'ai pris un C.F. dans une banque à Zurich, répondit Johanna. Je vous propose que l'opération se fasse dans la salle des coffres où je vous ferai pénétrer. Préalablement, nous aurons fixé la somme par téléphone. Vous m'apporterez des dollars et je vous remettrai les pierres. Je ne vous apprends pas qu'une vidéo filme en permanence cet endroit. Je serai escortée d'un spécialiste qui veillera à l'authenticité de vos banknotes. Voyez-vous autre chose à ajouter ?

Les Napolitains assurèrent que non et se retirèrent, impressionnés par la maîtrise de leur hôtesse.

La grande maison vide n'intimidait pas Johanna. Elle ignorait la peur ; peut-être parce qu'elle manquait d'imagination ?

Lorsqu'elle eut escorté ses visiteurs à la grille, elle rentra sans hâte, s'arrêta devant des massifs de roses tardives pour les respirer.

Une excitation la soulevait à la perspective de recevoir un nouvel appel d'Adolf. Depuis leur brusque séparation, à Naples, elle ne parvenait pas à l'oublier et fantasmait sur l'étrange garçon qui avait ruiné son foyer.

Ni sa perversité, ni sa violence sournoise ne la guérissaient de lui. Plus le temps fuyait, plus son souvenir s'intensifiait.

Quand il rappela, elle se trouvait adossée dans l'angle d'un canapé, le téléphone entre les jambes, sa main étreignant le combiné.

Elle décrocha avant qu'eût cessé la stridence de la première sonnerie.

– Le champ est libre ? questionna la voix ironique.

– Complètement.

– Les tractations sont en bon chemin ?

– Apparemment.

– Donc, l'hôpital israélien serait pour bientôt ?

– Je ne crois pas.

– Changement de programme ?

– Radical.

– Je peux savoir ou c'est top secret ?

– La vérité est que je m'en moque.

– Allons bon. Pourquoi ce revirement ?

– Je n'ai plus les mêmes motivations, Adolf. Le bien, le mal, me sont devenus des notions arbitraires.

– Il existe des raisons à cette conversion ?

– Une seule ?

– Qui est ?

– Vous !

– Expliquez-moi ?

– Depuis que nous ne nous voyons plus, je sais que je vous aime. Non, ne dites rien ! Ne riez pas ! Je ne vous débite pas une histoire à l'eau de rose. Lorsque... *tout cela* est arrivé, je me suis sentie anéantie. Perdre des parents qu'on aime est sûrement une très rude épreuve. Mais perdre des parents que l'on ne connaît pratiquement pas, que l'on attend jour après jour, année après année, en nourrissant l'espoir d'une réunion définitive, ça c'est affolant, ça donne le vertige. Au cours de ce long cauchemar, je n'aurai rencontré qu'un seul être à qui me raccrocher : vous !

« J'ignore si Kurt Heineman était mon père, si vous l'avez tué pour sauver ma mère ou par simple désir de meurtre. Je ne me demande pas si vous fûtes son amant par plaisir ou par cupidité. Pour moi, une seule chose importe : je vous aime ! Personne n'y peut rien : pas même vous ! »

Elle se tut, haletante. « Mon Dieu, songeait-elle, comment ai-je pu me livrer de la sorte à un simple morceau de plastique, sans un regard pour me guider ou m'intimer le silence ! »

A l'autre bout, Hitler restait silencieux. Elle ne percevait même pas le bruit de sa respiration. Réfléchissait-il à la déclaration qu'elle venait de lui faire ? La gêne lui ôtait-elle toute possibilité de se manifester ? S'il n'éprouvait rien pour elle, que pouvait-il ajouter à son aveu ? Dans quel formidable embarras l'avait-elle précipité ?

Il finit par prendre la parole :

– Si je vous ai téléphoné ce soir, c'était pour vous tenir le même langage. Nous étions à l'unisson sans le savoir. Un violent sentiment de rejet vis-à-vis de l'existence. J'aurais pu vivre complètement notre rencontre, jouir de vous à corps perdu. J'ai résisté parce que cela me paraissait impossible. Aussi, et surtout, parce que je ne crois pas à la perdurance de l'amour. Comme pour notre vie, sa fin est programmée dès son commencement. Privé de vous, je me suis follement lancé dans une liaison avec la Napolitaine. J'y ai trouvé de l'ivresse et infiniment de plaisir ; et puis, au premier incident, le charme s'est rompu.

« Ce que je croyais être de la passion s'est spontanément mué en haine. Amer, désemparé, quelle a été ma première réaction? Me tourner vers vous! Non pas pour vous proposer la place encore chaude d'une autre, mais pour vous offrir un peu d'avenir, Johanna. »

Quand il cessa de parler, elle fit avec élan :

– Comme je t'aime, mon amour!

Leur communication dura plus d'une heure.

Lorsqu'ils eurent raccroché, Adolf la rappela dix minutes plus tard, et de nombreuses autres fois encore au cours de cette nuit déterminante.

NAPLES

39

Tout en peignant cette placette de village où les fleurs le disputaient aux vieilles pierres, Hitler se remémorait l'étreinte qu'ils avaient vécue, Maria et lui, au domicile de la *signora* Salarmi. À l'évocation, cette scène perdait son côté « hard ». Il y songeait comme à une fornication satisfaite à l'improviste.

Il avait dressé son chevalet dans un angle pour mieux capter le romantisme du lieu. Une fontaine festonnée de limon verdâtre produisait un bruit nostalgique qui l'émouvait. Quelle réminiscence tentait-il de faire resurgir ?

Son aquarelle venait bien ; c'était une matière présomptueuse, à la merci d'un geste de trop, toujours irrattrapable. Il la bloqua dans la boîte et partit boire un café à l'*albergo* voisin. Les rares clients ne parlaient que du mort de l'église.

Hitler commanda un *cappuccino*. Pendant qu'on le lui préparait, il s'empara du journal passablement trituré par les habitués, au point d'être transformé en loque de papier. La mort de son suiveur figurait en première page sous le titre : « *Un tueur de la Camorra découvert sans vie dans l'église de Saviano.* »

La nouvelle le sidéra et lui causa un malaise aigu. Il était abasourdi par sa méprise. Depuis le départ de Naples, il considérait son « ange gardien » comme un élément de l'équipe israélienne. Pas un instant il n'avait imaginé qu'il puisse être dépêché par Vicino.

Il ferma les yeux pour mieux s'isoler avec sa rancœur.

Quand il eut avalé le café, il retrouva le cours normal de ses pensées et prit connaissance de l'article.

La prieuse solitaire avait témoigné et certifié à la police que l'église était totalement déserte à l'arrivée du dénommé Busetti. Une chose troubla Hitler : il semblait transparent, nulle part on ne le remarquait. Cela résultait-il de son jeune âge ? Il se sentait tellement adulte malgré ses dix-huit ans ! Presque vieux ! Mais pour la foule, il était un garçon embarrassé des filaments de l'enfance. Sa grande maturité restait imperceptible aux autres.

Il régla la consommation et retourna à son matériel.

Peindre calma son irritation. Une exubérance violine s'échappait d'une grille voisine ; il ne connaissait pas ces fleurs. Elles possédaient les tons de la glycine, mais ses grappes ne pendaient pas et montraient une rigueur géométrique.

– C'est joli, ce que vous faites, dit une jeune femme derrière lui.

Il la reconnut. C'était pour lier connaissance avec elle qu'il avait organisé cette mise en scène : elle habitait la bicoque basse, aux volets bleus, où s'étaient réfugiés, jadis, les deux types de la Wehrmacht.

– Vous pensez ?

– Quand je vois ma maison sur votre tableau, je la trouve beaucoup plus belle qu'en naturel.

– Vous avez tort : elle possède un charme fou, une poésie pleine de tendresse.

Elle sembla déroutée, hocha la tête et fit :

– On finit par ne plus se rendre compte de ce qui nous entoure.

Il la jugea plutôt ordinaire, mais non dénuée d'un certain attrait.

– Vous avez des enfants ? demanda-t-il.

Elle sourit :

– Quarante-deux !

Comme il ne comprenait pas, elle ajouta :

– Je suis institutrice ; mais personnellement je n'en ai pas. Mon mari s'est tué à moto huit jours après nos noces...

– Il y a longtemps ?

– Deux ans.

Il se sentit autorisé à formuler une banalité :

– Vous allez vous remarier bientôt, car si Dieu vous a accordé la vie, c'est pour que vous la transmettiez.

Ce lieu commun, loin de la choquer, parut cadrer avec ses intimes perspectives.

– Il faut laisser passer du temps, réfléchit-elle. Ici, les gens n'aiment pas les veuves pressées.

La réflexion lui rappela l'empoignade de Maria avec la grosse couturière.

– Les gens, maugréa Adolf, finissent toujours par se soumettre aux circonstances ; c'est de la folie que d'accorder de l'importance à leur opinion.

Elle acquiesça, troublée par ce discours un peu élaboré.

– Je dois aller préparer mon repas, assura-t-elle.

Elle allait partir, se ravisa :

– Vous n'êtes pas italien ?

– Autrichien.

– On dit que c'est beau, le Tyrol ?

– Chaque pays est beau, affirma-t-il, soit parce qu'il est le nôtre, soit parce qu'il est ailleurs.

Elle ne saisit pas très bien sa réflexion, mais se crut obligée d'en rire.

Une heure plus tard, elle ressortit de son logis. Adolf nota qu'elle avait changé de chemisier et mis du rouge à lèvres. Elle traînait des remugles de friture surmenée.

– Seconde mi-temps ! annonça-t-elle. Montrez comme votre dessin a avancé. Oh ! oui : drôlement ! Ça fait mieux que prendre tournure... Vous êtes très coté en Autriche ?

– Pas encore : je suis jeune, vous savez.

– Vous pensez rester ici longtemps ?

– Jusqu'à ce que mon aquarelle soit terminée.

– Je sors à quatre heures, vous l'aurez finie ?

– Si l'inspiration m'a à la bonne, probablement.

– Parce que j'aimerais bien la voir telle qu'elle sera sur un mur, par la suite.

Elle l'attendrissait. Une femme-gamine ! Naïve et fraîche !

– Il me vient une idée ! s'exclama Hitler. Ce soir, après votre feuilleton télévisé, allez vous promener sur la route menant au Vésuve. Je vous attendrai au volant de ma voiture.

Elle fit scrupuleusement toutes les objections qu'on pouvait attendre d'une récente veuve soumise à une telle proposition, avant d'accepter.

Elle se rendit au rendez-vous à bicyclette. Un porte-bagages assorti d'une corbeille d'osier donnait à penser que l'institutrice faisait des courses. Elle prit la direction de Pompéi, comme il le lui avait recommandé, et aperçut bientôt un cabriolet Mercedes sur le bas-côté. Ne soupçonnant pas que le jeune peintre pût posséder ce genre de bolide, elle allait le dépasser quand une main sortit de la portière.

– San Gennaro ! s'exclama-t-elle en bloquant ses freins, elle est à vous, cette auto ?

– Montez, elle deviendra également la vôtre.

Il sortit dévisser la roue avant de la vieille bécane pour insérer le vélo dans le coffre.

Quelques voitures passèrent sans leur prêter attention.

Quand il eut fini, il lui tint la portière ouverte et la ferma ensuite d'un geste moelleux.

– Où m'emmenez-vous ? questionna-t-elle avec une ombre d'inquiétude.

– On pourrait aller dîner à Salerno, répondit Hitler. Vous aimez les produits de la mer ?

– Je ne sais pas, balbutia-t-elle, dépassée par l'événement.

Elle connut la plus belle soirée de son existence. Adolf la conduisit dans le meilleur restaurant de la ville, ils eurent droit à une table donnant sur la baie. D'inspiration touristique, la cuisine n'en était pas moins excellente. Fidèle à sa promesse, il lui fit savourer des coquillages, suivis d'un homard flambé avec, pour conclure, de la *mozzarella* tressée et des *sfogliatelle*, le tout arrosé de champagne français dont les fines bulles la firent éternuer. Elle en but passablement, ce qui empourpra ses joues et perturba quelque peu son élocution.

Pendant la seconde partie du dîner, il lui caressa la main et, au dessert, l'embrassa avec retenue. Cette fille seule se trouvait en manque et devait constituer, au lit, une belle affaire.

Pourtant pareille perspective ne l'émoustillait pas. Sa pensée allait à Johanna. Lors de son ultime appel téléphonique, elle lui avait fait promettre de ne plus le contacter avant qu'elle n'en prenne l'initiative. Elle semblait tenir à cette résolution et il l'accepta. Seul accroc à cet accord : il fit l'acquisition d'un portable, dont il confia le numéro au répondeur de la jeune fille.

Ils furent les derniers clients à quitter le restaurant. La lune éclairait la côte d'Amalfi. Hitler se sentait plein de mélancolie. Il savait ce mal incurable ; ni l'action, ni l'amour ne sauraient l'en guérir. « Question de glandes », songeait-il pour se gausser de ses états d'âme.

Sur la route du retour, il engagea sa main droite dans le décolleté de sa compagne.

– Comment m'avez-vous dit que vous vous appeliez ? murmura-t-il.

– Sofia, fit-elle ; ce n'est pas gentil de ne pas vous en souvenir.

– Le champagne, s'excusa Hitler.

– Que font vos parents ?

– Rien ! Ils sont morts.

– Pardon.

– Ne vous excusez pas, ce n'est pas votre faute.

– Un accident ?

– Exactement.

– Comme mon mari.

– On a bien fait d'arroser ça, railla le jeune homme.

Ce genre de cynisme la dépassait. Elle insista :

– Que faisait votre père ?

– Devinez ?

– Médecin ?

– Vous brûlez : il était boucher... Un coutelas au lieu d'un scalpel, ça revient au même.

Elle répéta, surprise :

– Boucher. Je n'y aurais pas pensé.

– Si vous saviez à quel point c'est répugnant, le froid de la viande, ferme et flasque à la fois. Et puis cette odeur qui semble ne pas en être une...

Il se tut pour évoquer de nouveau Johanna. Où se trouvait-elle ? Que faisait-elle ? Il étudia ses pulsions secrètes. La convoitait-il ? Il l'imagina dans ses attitudes suggestives et se demanda ce qu'il ressentirait, là, brusquement, si la jeune Allemande était en porte-jarretelles de dentelle noire, sans slip, avec un pied posé sur une chaise. Il devinait son sexe rose, légèrement entrouvert par sa posture. Il s'agenouillerait auprès d'elle pour la lécher doucement.

Hitler ne put pousser la scène au-delà de ce lapement parce qu'il n'arrivait pas à imaginer l'expression de la jeune fille. Serait-elle débordée par un flux sexuel ? Ou bien garderait-elle l'étrange vigilance qu'on sentait constamment en elle et qui la mettait hors de toute atteinte ?

Quand ils furent de retour à Saviano, Sofia dormait profondément, la joue appuyée sur l'épaule du conducteur. Son sommeil paraissait d'aussi bon aloi que ses pensées.

Il l'éveilla avec le regret d'interrompre ce total abandon.

Elle sursauta en reconnaissant sa petite maison aux volets bleus dans le faisceau des phares.

– Quelle heure est-il ? s'affola l'institutrice, comme si elle eût été attendue.

Il n'en avait qu'une idée approximative.

– Je vous laisse descendre. Ne fermez pas votre porte ; le temps d'aller garer la voiture un peu plus loin et je vous rejoins.

– Oh ! non, supplia-t-elle, c'est tout à fait impossible !

Sa protestation était trop catégorique pour être sincère. En deux petites minutes tissées d'arguments péremptoires, il obtint son consentement.

La maisonnette n'avait de charme qu'à l'extérieur. En réalité, elle offrait au-dedans une banale décrépitude. Les pièces avaient été peintes voici fort longtemps, dans des tons sombres qui attisaient leur tristesse. Le mobilier chiche et bancal, les abat-jour à perles, les images pieuses aux murs, le chapelet fixé à la tête du lit, tout, ici, racontait une résignation depuis toujours acceptée. Seuls, un poste de télévision et une étagère de bois blanc, chargée de livres neufs, mettaient une petite note de confort intellectuel dans cet univers délabré. Elle tira le vieux verrou grinçant et posa la joue contre sa poitrine.

– Je dois vous avouer quelque chose, chuchota Sofia.

Il attendit, surpris mais non inquiet.

– Je ne peux pas en ce moment ! lui confia-t-elle.

Il mit quelques instants à comprendre et se sentit soulagé.

– Cela ne fait rien, répondit-il, héroïque à bon compte ; c'est ta belle âme que j'aime !

Elle l'embrassa, reconnaissante et déçue.

40

Le tee-shirt, d'inspiration française, représentait le Vésuve en train d'expectorer une abondante fumée sombre. On avait écrit sous le dessin : « Fume ! C'est du belge ! » Mais le personnage qui l'arborait n'était pas en mesure d'apprécier ce joyau d'humour. Petit, portant une barbe de dix jours, le nez veineux, les lèvres croûtées de vin et de tabac, l'œil fripon, il semblait en attente d'un passant argenté.

Les mains fichées dans les poches arrière de son jean, il tournait lentement autour de la caravane sous le regard exaspéré du Commendatore.

– Écoute, Francesco, fini par maugréer le forain, tu vas me l'user à force de l'admirer. Dans un cas pareil, deux questions seulement se posent : te convient-elle ? Et, es-tu en mesure de me la payer ?

Le petit homme avait travaillé comme clown, une ou deux décades auparavant. Ses prestations n'allaient pas au-delà de matinées enfantines. Puis un jour, son père avait défunté en lui laissant quelques biens, et il s'était mis à son compte. Sans véritable vocation, il avait préféré faire travailler les autres et encaisser la recette.

La réflexion sarcastique du vendeur le stimula. Il articula un prix nettement plus élevé que celui auquel Aurelio s'attendait. Ce dernier se hâta de tendre la main et l'autre topa.

Le reste ne fut plus que littérature.

– J'ai su ce qui est arrivé, murmura Francesco. Comment va Miss Lola ?

– Au pavillon des grands brûlés à l'hôpital de Rome.

– Sa barbe repoussera ?

– Penses-tu ; elle a la gueule cramée au troisième degré.

L'autre fit la grimace.

– C'était une belle artiste, assura-t-il.

– Elle possédait davantage de poils que de talent, ironisa Fanutti, mais elle en avait beaucoup.

Une amertume proche du désespoir assombrissait sa voix d'ordinaire claironnante.

– Que comptes-tu faire, à présent ?

Le Commendatore sourit :

– Si je te le disais et que tu ne le répètes pas, ça pourrait te conduire en prison ; je préfère ne pas en parler.

Francesco revint chercher le véhicule le jour même en compagnie de son fils aîné, paya rubis sur l'ongle, et demanda si la Vespa arrimée à l'arrière était comprise dans le prix, comme l'est la chaloupe avec le navire.

Aurelio répondit par l'affirmative.

Ses bagages personnels se trouvaient déjà entassés dans la vieille automobile qu'il venait d'acquérir.

Il regarda s'éloigner le convoi d'un œil froid.

41

Hitler aimait dormir seul. Partager la couche de quelqu'un l'insupportait. L'exception avait été Maria. Avec la Napolitaine, il avait savouré de se coller à son corps jusque dans l'inconscience du sommeil. Il s'était repu de sa chaleur animale, de son odeur de jeune femelle; mais cette bestialité grégaire ne traduisait-elle pas une recherche du ventre maternel? Son couple parental l'avait profondément déçu, sans qu'il en eût conscience. Gens frustres, dépourvus d'intelligence, il les avait subis plutôt qu'aimés.

Richard, son père, vivait par le travail et pour l'argent. Il rudoyait sa femme, son enfant et ses employés, vociférait au lieu de parler, buvait trop de bière, mangeait trop de viande, troussait les servantes de ses grosses pattes assassines et prônait les mérites du chancelier Adenauer. Les bulletins scolaires de son hoir l'intéressaient peu et il méprisait sa constitution chétive.

Sa mère vivait dans l'ombre du tyranneau, s'efforçant de l'admirer et, partant, de l'aimer. Son enfant la déconcertait parce qu'il appartenait « à une autre race ». Par instants, il posait sur elle un regard qui lui faisait détourner le sien et la laissait silencieuse, sotte et démunie.

Le jour où ses géniteurs fracassèrent leurs existences dans des bouteilles d'Heineken, Adolf apprit la nouvelle avec indifférence.

Il ne pleura pas, ne proféra aucune parole émouvante. Le soir venu, il s'enferma à clé dans sa chambre pour assister à une énième diffusion télévisée de *Citizen Kane*, son film-culte.

L'institutrice ronflait bruyamment, portant le comble à son agacement. Il risqua quelques menues recettes préconisées en pareil cas, telles que siffler ou de pincer les narines du dormeur, mais cette maigre thérapie ne déclenchait que de brefs répits.

Excédé, Hitler quitta la couche de sa demi-conquête et passa au salon ; un fauteuil déglingué l'accueillit.

Il songeait qu'il avait agi uniquement pour ce moment : être à pied d'œuvre dans la misérable maisonnette où, un jour de 45, deux militaires du Reich étaient venus chercher refuge après une fuite périlleuse de quelque deux mille kilomètres !

Quel asile pouvait-elle fournir à de tels fuyards ?

Au cours du dîner, il avait questionné Sofia sur les gens ayant habité la bicoque précédemment. Elle ne lui avait pas appris grand-chose. Cette masure appartenait à une tante de son mari qui, à leur mariage, la lui avait vendue en viager.

Naturellement, les Israéliens s'en étaient donné à cœur joie pour fouiller l'endroit. S'ils s'avouaient vaincus et passaient la main, c'est qu'ils ne nourrissaient plus grand espoir.

Pareille conclusion stimula Hitler. Chez cet être énigmatique, l'esprit de détermination s'exerçait quand le renoncement réduisait les autres.

Après tout, l'histoire du sac tyrolien avait refait surface très récemment, parce que la petite veuve avait liquidé les pouilleries de son grenier.

L'envie lui prit de s'y rendre.

Partant de la cuisine, une échelle de meunier y

conduisait. Il l'escalada, se trouva devant une porte basse, disjointe, fermée par un loquet de fer.

Dans sa partie la plus élevée, la toiture descendait à un mètre cinquante du plancher, ce qui obligeait de circuler plié en deux. De toute évidence, on avait apporté un semblant d'ordre au galetas en empilant caisses et cartons le long des murs. Sofia avait vendu au brocanteur tout ce qui était quelque peu négociable. Une ampoule suspendue à un fil répandait une piètre lumière.

Hitler commença son exploration par un angle et se mit à tourner autour du grenier.

Les premiers cartons contenaient des livres de comptes aux couvertures de toile noire passablement blanchies par la moisissure du temps. Ils concernaient le commerce d'un certain Anselmo Curatti, négociant en grains et fourrages. Le premier registre commençait en 1928, le dernier finissait en 1953. D'après ces documents, il semblait que l'exploitant avait son entreprise à Mondali, une localité proche de Saviano. Adolf se demanda comment un homme gérant une exploitation pouvait se contenter d'un logement aussi indigent.

Il passa aux autres caisses qui recelaient un bric-à-brac de souvenirs : photos loqueteuses, papiers personnels. Tous avaient trait à la famille Curatti. L'explication la plus plausible était que le *signor* Anselmo, attaché à sa maison natale ne l'habitait point, mais y logeait quelque vieillarde familiale. L'institutrice lui en dirait probablement davantage. Il acheva son exploration, sans découvrir d'éléments intéressants.

Assis en tailleur, il continuait de s'abîmer dans une trouble réflexion. Les deux fuyards débarquent dans cette bicoque. Ils savaient pouvoir y trouver refuge. Pourquoi ? Probablement parce que l'un des deux hommes possédait des liens, soit familiaux, soit d'amitié, avec ses habitants. Combien de temps resteront-ils terrés dans ce coin perdu ? Aucune réponse ne peut être avancée. Que deviennent-ils ? Ont-ils fui par la mer, vers un autre continent ? En tout cas, ils abandonnent le fameux sac avec, à l'intérieur, les papiers militaires de Morawsky. Parce que ceux-ci sont compromettants ? Ou *parce que l'homme en question n'en a plus besoin ?*

Depuis le galetas, Adolf percevait les ronflements de sa jeune hôtesse ; ils emplissaient la maisonnette.

Une intuition l'avertissait qu'il détenait, à son insu, une information capitale. Il ne devait pas s'exciter, moins encore s'impatienter.

Il éteignit l'ampoule, ferma la porte grinçante.

Une fois en bas, il arracha la page de garde d'un livre, dessina un cœur sous lequel il écrivit : *A plus tard, petite fée.*

Et retourna chercher sa voiture dans la nuit fraîche.

Il était plus de quatre heures quand il parvint à son hôtel. L'établissement brillait encore de tous ses feux et trois musiciens sévissaient malgré l'heure tardive, pour faire valser les lambeaux d'une noce à bon marché. Les bouteilles de vin s'accumulaient sur les tables. Des vieillardes édentées s'obstinaient à danser entre elles avec des rires de gorgones ivres. Adolf décrocha sa clé au tableau et gagna rapidement l'étage.

Il fut surpris d'apercevoir de la lumière sous sa porte, confronta le numéro indiqué sur le mur avec celui de la plaquette de cuivre qu'il tenait. Indécis, il toqua. Une voix forte lui cria d'entrer. Il s'agissait bien de sa chambre, il reconnut son bagage sur la claie chargée de recevoir les valises. Deux hommes s'y trouvaient. L'un dormait tout habillé sur le lit, son chapeau sur la poitrine. L'autre fumait dans le fauteuil, les pieds sur la table. Hitler identifia aussitôt les occupants : des gardes du corps de Vicino.

– Salut, fit-il sans s'émouvoir ; quelque chose ne va pas ?

– Plusieurs, répondit le fumeur en ramenant ses jambes sur le sol.

Il s'empara de son téléphone privé et composa calmement un numéro.

Quand on décrocha, il murmura brièvement :

– Di Borgo ! « Il » vient de rentrer, on arrive !

Son acolyte s'était réveillé. Il se leva, coiffa son feutre et lâcha un gros pet sans joie.

– Je peux savoir ce qu'il se passe ? demanda Adolf.

Di Borgo écrasa sa cigarette dans un cendrier.

– C'est pas notre affaire ; on vous expliquera.

– Je prends ma voiture ?

– Inutile ; quelqu'un vous ramènera.

Une brume automnale ouatait la nuit ; les lumières ressemblaient à des taches sur un buvard. Le compagnon de Di Borgo pilotait sagement. Il mâchait du chewing-gum qui crissait sous ses dents. Avant de prendre place, Hitler avait hésité entre l'avant et l'arrière ; ses mentors paraissant sans opinion sur la question, il opta pour l'arrière.

Malgré le léger brouillard, le trajet fut rapide, la route dégagée permettait de réaliser une moyenne confortable. En moins d'une demi-heure, ils atteignirent l'immeuble du Parrain. Depuis la rue, l'Autrichien vit que le jardin d'hiver était éclairé.

Effectivement, c'est dans cet espace à l'odeur de Toussaint que Vicino l'attendait. Il portait une robe de chambre de velours pourpre matelassée, garnie d'un col châle noir qui accroissait son aspect maladif. Sa mine jaune, désastreuse, impressionna vivement l'arrivant.

– Qu'y a-t-il ? questionna le garçon, certain qu'on allait lui apprendre un malheur.

– Maria a eu un terrible accident, annonça Gian Franco d'un ton à peine audible.

Hitler s'assit en face de son hôte.

– Expliquez-moi !

– Elle revenait de Munich en voiture.

Adolf eut la présence d'esprit de feindre l'étonnement.

– Je la croyais avec vous, à Londres ?

– En réalité, elle était en Allemagne, chez la fille aux pierres précieuses.

Les traits d'Hitler se durcirent.

– Et puis ? interrogea-t-il âprement.

– Au retour, alors qu'elle roulait sur l'autoroute, entre Munich et Innsbruck, sa direction s'est rompue ; elle a défoncé le garde-fou et a percuté un poids lourd survenant sur l'autre voie.

– Morte ? demanda Adolf.

– Non, mais dans un état critique.

– J'y vais. Où est-elle ? fit-il en se levant.

– Reste ! lui enjoignit sèchement Vicino, tu ne peux rien pour elle. J'ai affrété un avion privé et Mᵉ Zaniti est parti à son chevet. C'est un homme intelligent et d'une grande expérience, il prendra les dispositions qui conviendront.

Hitler se résigna avec d'autant plus de soumission qu'il était heureux de pouvoir couper à pareille corvée.

– L'expert que j'avais dépêché avec elle a été tué sur le coup, reprit le Parrain : la glissière de sécurité l'a décapité.

– Je peux savoir pourquoi vous m'aviez tu ce voyage à Munich, Don Vicino ?

– Maria me l'avait demandé, non pour te faire des cachotteries, mais parce qu'elle était jalouse de l'Allemande.

– C'est ridicule !

– La jalousie d'une femme aimante ne l'est jamais, répondit son interlocuteur.

Il coula un regard intense à son visiteur. Une

toux sèche lui vint ; la quinte fut longue et pénible. Des halètements rauques déchiraient sa poitrine.

– Je peux faire quelque chose ? s'inquiéta le garçon.

– La mort s'en occupe, souffla Gian Franco.

Il expectora dans sa pochette de soie, respira le plus largement qu'il put et se renversa contre le dossier du fauteuil pour essayer de calmer son oppression.

– J'ouvre une fenêtre ? risqua Hitler.

– Non ; par contre, branche l'air conditionné : le bouton vert, là-bas, à droite...

Un courant frais ne tarda pas à passer dans la pièce vitrée, agitant les larges palmes des plantes tropicales. Ce zéphir artificiel ranima le bonhomme.

– Vous ne voulez pas que je téléphone pour avoir d'autres nouvelles ? proposa Adolf.

– Laisse : les hôpitaux détestent qu'on les tanne avec la santé des gens qu'ils ont en charge.

Voyant que son hôte reprenait bonne tournure, le jeune homme demanda :

– Trouveriez-vous incongru que nous abordions un autre sujet ?

– Parle ! soupira Vicino.

– Il s'agit d'un de vos hommes qui me suivait et que j'ai supprimé assez proprement dans l'église de Saviano.

– Bon Dieu ! C'est toi ! s'exclama le malade. On m'a rapporté ça, et je n'ai pas pris garde au nom du patelin.

– Voulez-vous dire que ce type opérait à votre insu, Don Vicino ?

– Comment peux-tu penser que je mette un contrat sur toi ? Je t'aime comme un fils ! Tout cela est grave, mon garçon, terriblement grave. En apprenant la fin de Busetti, j'ai cru qu'il s'agissait d'une affaire privée ! Mes camorristes ne sont pas des enfants de chœur ; ils ont leurs inimitiés et rancunes personnelles. Mais si c'est toi que l'on surveillait, ça prouve qu'on magouille dans mon dos.

De plus en plus revigoré, il ajouta :

– Tu vas m'aider, Adolf ! Il est temps de faire le ménage !

MUNICH

42

Johanna Heineman se sentait en proie à une anxiété qui lui gâchait la vie.

Depuis que Maria Landrini était repartie en Italie, flanquée de l'expert en pierres précieuses, elle n'avait plus de nouvelles de « sa rivale ». Elle se demandait si la voiture sabotée avait joué son rôle. Pour cette délicate besogne, elle avait fait appel à Hans, le chauffeur de son père. L'homme s'adonnait pleinement à son vice : l'alcool ; il appréciait ce chômage doré, buvant jusqu'à tomber et n'interrompant ses libations que pour culbuter des filles de joie. Il était d'autant plus libre que Johanna avait fait don des reptiles au vivarium de Munich.

Un matin, *Fräulein* Heineman vint sonner à sa porte alors qu'il n'avait pas eu le temps de dessoûler complètement. Son pyjama constellé de taches ignominieuses laissait apparaître un sexe peu amène.

La force de Johanna résidait dans sa franchise sans détour. Elle exposa en toute candeur à leur ancien employé qu'elle avait besoin de « trafiquer » la direction d'une voiture. Hans consentit à opérer ce travail comme s'il s'était agi d'une réparation et non d'une détérioration.

Lorsque la jeune fille lui en donna le signal, il accourut dans la propriété des Heineman où elle avait prié ses visiteurs de ranger leur véhicule. En moins d'une heure, l'ivrogne accomplit sa mission, prenant soin de laisser quelque fiabilité passagère à l'arbre de transmission.

Deux jours s'étaient écoulés et Johanna baignait dans une incertitude croissante.

Elle tentait fréquemment d'appeler Adolf au numéro qu'il lui avait laissé, mais la liaison Allemagne-Italie ne s'établissait pas sur son portable et se perdait dans des enregistrements internationaux.

De guerre lasse, elle finit par téléphoner au Parrain.

Son cœur faillit éclater quand elle reconnut la voix de l'Autrichien.

– Adolf ! fit-elle d'une voix d'orgasme.

Vicino se trouvant très près de lui, Hitler sut conserver une impassibilité prudente.

– Chère mademoiselle Heineman, dit sobrement le jeune homme, êtes-vous au courant de la terrible nouvelle ? Maria Landrini a eu un grave accident de voiture en Autriche en revenant de chez vous.

Comme sa correspondante ne répondait pas, il poursuivit :

– A la suite d'une mauvaise manœuvre, elle a franchi le rail de sécurité de l'autoroute et s'est jetée sous un poids lourd. Enfoncement du thorax et double fracture du crâne, son état est alarmant.

Johanna ressentit dans le tréfonds de son âme un sentiment bizarre ressemblant à de la reconnaissance. Elle bredouilla quelques mots proches des condoléances et, avant de raccrocher, déclara à Hitler qu'elle souhaiterait être tenue au courant de la situation.

Puis ses idées se coordonnèrent. Elle se félicita de ce que l'accident se soit produit en Autriche ; de la sorte les journaux allemands n'en parleraient

pas, si bien que Hans ignorerait toujours les conséquences de son sabotage.

Du coup l'existence lui parut chatoyante. Elle se
mit à envisager des possibilités d'avenir. Un changement fondamental s'était opéré en elle. L'oie
blanche sortie de la luxueuse pension américaine
se transformait rapidement en un être déterminé
qui, progressivement, faisait foin de ses anciens
préjugés.

Ainsi avait-elle abandonné son grand projet
d'hôpital en Israël pour, avant tout, se constituer
une fortune qui la mettrait à l'abri du besoin. Elle
aspirait à l'amour et rêvait de s'abandonner totalement dans les bras d'Adolf.

Ce fut au milieu de cette euphorie qu'elle reçut
un appel téléphonique de *Frau* Schaub, l'ancienne
secrétaire de son père. Elle conservait de cette
femme un souvenir mitigé. Chargée, épisodique-
ment, de suppléer ses parents, lors de voyages
éclairs aux États-Unis, cette personne, un peu pincée, la glaçait.

Elle l'avait revue aux obsèques discrètes des
siens, et une ou deux fois encore à la liquidation
des bureaux de Kurt Heineman. Depuis lors elle
n'entendait plus parler d'elle, c'est pourquoi cette
reprise de contact la troubla.

– Pourriez-vous me recevoir, mademoiselle
Johanna ? demanda-t-elle presque sans préambule.

– Naturellement. Quand voulez-vous ?

– Le plus rapidement possible.

– Si c'est à ce point urgent, venez !

Vingt minutes plus tard, *Frau* Schaub sonnait à
la grille.

La jeune héritière la jugea quelque peu vieillie,
peut-être parce que l'arrivante se montrait trop
désinvolte avec la teinture de ses cheveux et son
maquillage réduit à un méchant trait de rouge sur
ses lèvres minces ? Sa toilette traduisait également
un certain renoncement. Elle portait un tailleur

raide et sombre qui l'assimilait aux gardiennes des camps féminins de jadis. Johanna s'interrogea sur l'âge qu'elle pouvait avoir ; elle ne s'était jamais posé la question. Aujourd'hui, elle la créditait d'une cinquantaine trop facilement consentie.

La jeune fille lui trouva l'air méchant. Était-ce la conséquence d'une existence devenue morose ? Elle proposa du café. L'autre déclina, assurant qu'elle venait d'en boire.

– Eh bien, je vous écoute ? fit Johanna.

– Pour débuter, je dois vous faire une confidence, dit la visiteuse d'un ton cassant : pendant plus de vingt ans j'ai été la maîtresse de votre père.

Les mâchoires de Johanna se crispèrent.

– Je n'ai pas à recevoir vos confidences, déclara-t-elle. La vie privée de mes parents ne concernait qu'eux.

L'autre la fustigea d'une œillade acérée ; la jeune Heineman se sentit haïe avec violence.

– Ce préambule pour vous faire comprendre que je suis au courant de choses qu'une secrétaire ignore la plupart du temps.

– Je m'en doute.

– Je sais, par exemple, que Kurt détenait un trésor en pierres précieuses.

– Comme dans les contes de fées ! ironisa Johanna.

– Les joyaux des contes de fées sont surnaturels, alors que dans ce cas particulier, il s'agit de bijoux ayant appartenu à des israélites, bassement dépouillés aux sombres heures de l'hitlérisme.

La jeune fille hocha la tête.

– Chère madame Schaub, je n'entends rien à votre roman.

– Il est simple et triste : pendant la guerre, votre grand-père paternel a dirigé la Gestapo dans une ville belge. Il a abusé de ses pouvoirs pour s'emparer de biens juifs qu'il a ramenés chez lui. Bon père, avant de mourir il a révélé la cachette du butin à son fils. Je ne crois pas insulter la mémoire de Kurt en vous assurant que c'était un faible, aux mœurs incertaines. Dans un moment d'extrême abandon – j'espère me faire comprendre –, il m'a révélé son secret. L'homme déborde de confidences dans le plaisir, ma chère, vous verrez. Pour l'amener à parler, il ne convient pas de le torturer mais de le faire jouir !

Elle libéra un rire aigrelet qui donna à Johanna envie de la gifler.

– Quelle curieuse démarche vous entreprenez là, murmura-t-elle. J'avoue ne pas saisir à quoi elle correspond ?

– Parce que vous êtes candide, mon enfant, persifla l'ancienne secrétaire. Un trésor est dissimulé dans cette maison, à l'insu de sa propriétaire. Il peut y dormir encore des lustres avant d'être découvert. Moi, je vous permets de mettre la main dessus. Ce qui revient à dire que je vous apporte la fortune. J'estime avoir droit à une part du gâteau, ma belle. Logique ?

– Votre histoire est rocambolesque, déclara Johanna. Qui pourrait la croire ?

– Vous, puisque je vais vous en fournir la preuve !

– Mon père vous a montré l'endroit ?

– Presque.

– Presque, ça ne signifie rien. Les choses existent ou non !

– La cache se trouve dans les communs, trancha la femme avec autorité. Un dimanche après-midi, après nous être aimés comme des tigres sur le tapis, là-bas, il s'est absenté un bon moment. Quand il est revenu, il m'a offert ce saphir.

Elle avança sa main blanche dont les rides, impitoyablement, prenaient possession. Une belle pierre y brillait entre des griffes d'or.

– Il est très beau, murmura l'héritière. Papa devait beaucoup vous... apprécier.

238

– Peut-être m'aimait-il, tout simplement ?

– Pourquoi pas ? Vous dites qu'il vous a fait l'amour sur ce tapis. Où était ma mère pendant cette fougueuse étreinte ?

– En traitement à l'hôpital Schakenhauser. Que pensez-vous de ma proposition ?

– Je vais vous décevoir, répondit la jeune fille, mais je continue de ne pas croire à votre trésor.

– Cherchez : vous trouverez !

– Et quand ce serait vrai, pourquoi partage-rais-je mon héritage avec vous ?

– Parce que ces richesses sont le résultat de pillages !

– Vous insultez les miens ! se rebiffa Johanna.

– Je dis la vérité !

– Sortez, madame !

Elles s'affrontèrent longuement. L'une comme l'autre était très pâle ; dans leur visage blafard, leur regard flamboyait.

L'ancienne collaboratrice d'Heineman finit par se lever. Elle gagna la porte ; au moment de passer le seuil, elle se retourna.

– Les pulsions sont toujours mauvaises, dit-elle d'un ton neutre. Réfléchissez. Je vous rappellerai demain à midi. Peut-être tomberons-nous d'accord ? Dans le cas contraire, je parlerai de cette affaire à des personnes qu'elle intéressera.

43

Comme elle le lui avait annoncé, *Frau* Schaub
rappela Johanna avant le douzième coup de midi,
le lendemain. Elle avait la voix mielleuse et faussement enjouée :

– Avez-vous réfléchi à ce que je vous ai dit, ma
chère petite ?

– Beaucoup, assura la jeune fille.

– Et à quelles conclusions êtes-vous parvenue ?

– Si ce magot existe et que nous mettions la
main dessus, je suis d'accord pour vous en céder
une part.

– J'étais convaincue de votre loyauté, ma chère !

– Seulement je ne serai pas disponible
aujourd'hui car j'attends des amis. Il faudrait
remettre nos recherches à demain.

– Nous n'en sommes pas à un jour près. Quelle
heure voulez-vous ?

– Quinze heures vous irait-il ?

– A merveille.

Elles interrompirent la communication, satis-
faites l'une de l'autre.

NAPLES

44

– Alors, comment est-elle ? demanda le Parrain à Carlo Zaniti.

Le vieil avocat portait un pardessus de vigogne malgré la douceur de l'arrière-saison, car il prétendait que l'air pressurisé des avions lui était fatal. Il descendait d'un jet privé en provenance d'Innsbruck et se montrait enchifrené.

– Pas des mieux, répondit-il en faisant la moue.

– Parle net, gronda Vicino : elle va s'en tirer ou pas ?

– D'après les médecins, elle a une chance sur dix de se rétablir complètement. Les autres possibilités vont d'un long coma avec issue fatale, à un réveil assorti de lésions cérébrales ; vous le voyez, le diagnostic est extrêmement pessimiste.

Gian Franco opina. Il se tenait à son bureau, les coudes écartés sur le meuble, la tête rentrée dans les épaules ; vieux, amer, seul.

Au bout d'une grise méditation, il s'enquit :

– Elle est toujours intransportable ?

– Il ne faut pas la bouger pour le moment. J'ai pris des dispositions pour qu'un spécialiste romain des traumatismes crâniens aille la visiter demain matin, peut-être nous en apprendra-t-il davantage ?

– Tu as bien fait, Carlo, tu es un sage, c'est

pourquoi je t'avais envoyé auprès d'elle. Crois-tu qu'elle ait besoin d'une présence chère ?

Le vieillard fit la moue :

– Elle se trouve dans une totale inconscience ; il vaut mieux la laisser récupérer, en admettant que cela soit possible. Mon opinion est que nous devrons la rapatrier aux premiers signes positifs ; là-dessus, je vais aller me coucher car je me sens « grippoteux ».

Il se retira en réprimant des éternuements.

Zaniti avait accordé quelques jours de congé à sa gouvernante pendant son voyage, c'est pourquoi il fut surpris, en pénétrant dans son appartement, de le voir éclairé.

Économe sans être ladre, il ne tolérait pas le gaspillage. Il referma soigneusement la porte, mit le crochet de sécurité, et s'en fut suspendre son pardessus à la patère du hall. Après quoi, il entra dans le salon.

Deux hommes l'y attendaient : le Commendatore et un petit être chafouin, à la tête simiesque, aux oreilles rabattues vers l'avant. Il souriait large, ce qui était fâcheux car il ne devait lui rester qu'une demi-douzaine de dents. Zaniti ne le connaissait pas. Il s'immobilisa dans une attitude de qui-vive accentuant son âge.

– Salut ! fit Aurelio. Violation de domicile, ça va chercher dans les combien avec un bon avocat ?

Le vieillard ne répondit pas à la boutade.

– Et meurtre avec guet-apens ? continua l'ancien forain.

Là, le bonhomme réagit :

– Quelle comédie viens-tu me jouer, Fanutti ?

– Ce n'est pas une blague. Pour employer un langage grandiloquent, vous m'avez bassement dénoncé au Parrain, ce qui a causé la mort de ma vedette. Le plus formidable pénis d'Europe, mon cher ! Une pièce unique d'histoire naturelle ! Je me

242

suis permis de vous condamner à mort. Mais comme, hélas, je n'ai aucune aptitude pour l'assassinat, j'ai demandé le concours du charmant garçon ici présent. Il arrive de Palerme où il passe pour un expert ès exécutions. Il fait, avec une seule corde, mieux que Niccolo Paganini avec quatre.

Il adressa un signe à son pittoresque compagnon.

Ce dernier déboutonna sa canadienne et sortit d'une poche dorsale un cordon de nylon enroulé. Il se mit à le développer sans hâte et prépara un nœud coulant.

L'avocat assistait à ces préparatifs d'un air anéanti. Le Commendatore songea que beaucoup de gens sur le point d'être suppliciés ont cet effroi résigné.

– Aurelio, balbutia-t-il, tu ne vas pas le laisser faire !

Fanutti sourit :

– Ne pas le laisser faire ? Mais je le paie pour ça ! J'ai toujours éprouvé une indicible répulsion à l'idée de supprimer personnellement un individu ! Gian Franco s'est-il assez gaussé de cette faiblesse quand nous étions jeunes !

Puis, s'adressant à son acolyte :

– Tu vas le pendre à l'espagnolette d'une fenêtre ?

– C'est tellement plus rapide que de l'accrocher au plafond. Un jour, un gros type que j'avais suspendu à la place de son lustre m'a fait tomber vingt kilos de plâtre sur la gueule.

Il s'approcha du vieux et, d'un geste rafleur, lui ôta son nœud papillon. Me Zaniti réagit et tenta de le repousser. D'une manchette très sèche sur la glotte, l'exécuteur le tétanisa.

– Ne compliquez pas les choses, conseilla-t-il, en lui passant la boucle au cou, c'est dans votre intérêt.

Il attacha l'autre extrémité du cordon à la fermeture de la croisée, saisit ensuite les chevilles de l'avocat et les tira fortement à lui. Le corps du bonhomme se mit en arc de cercle. Ses bras remuèrent de façon dérisoire.

– Seigneur ! fit Aurelio en se signant.

Comme hypnotisé, il voyait se congestionner la face de leur victime. Zaniti clapait à vide, ses yeux s'exorbitaient. De profonds soubresauts agitaient sa maigre carcasse.

Le bourreau suivait les phases du supplice d'un regard averti.

– Ça ne va plus être long, promit-il.

Il attendait patiemment, attelé aux jambes de Zaniti, à la fois grave et indifférent.

Bientôt, les spasmes s'espacèrent jusqu'à cesser totalement. Seule, sa bouche s'ouvrait désespérément, comme celle d'un poisson au fond d'une barque.

– Nous arrivons au bout de nos peines, annonça le folklorique personnage ; nous avons franchi le point de non-retour.

Il fut seul à rire de sa boutade.

MUNICH

45

Frau Schaub habitait un coquet appartement de trois pièces, dans un quartier aisé de Munich. Les fenêtres donnaient sur le parc d'une congrégation religieuse d'où l'on entendait sans cesse bourdonner un harmonium. Loin d'assombrir sa vie, ce lieu de méditation lui apportait un sentiment de détente perpétuellement renouvelé.

Elle avait été brièvement mariée à un alcoolique qui ne s'était jamais trouvé suffisamment à jeun pour lui faire des enfants. L'homme s'en était allé, de sa propre initiative, au moment où elle entamait une instance en divorce. Depuis ce jour bienvenu, elle menait une existence à peu près heureuse, douillette en tout cas, ce qui constitue pour beaucoup l'antichambre du bonheur.

Longtemps, elle avait lié sa vie à celle d'un caniche royal qui lui prodiguait des caresses à la demande ; cependant elle aimait mieux celles des hommes. Le besoin d'amour charnel la prenait à fréquences régulières. Dotée d'un corps fort comestible et d'un visage qui savait se faire avenant, elle débusquait sans peine des partenaires épisodiques. Certains la comblaient, beaucoup la décevaient mais, à tout prendre, elle préférait cette liberté aux liens toujours trop serrés du mariage.

Au lendemain de sa visite à Johanna, elle promenait, comme quotidiennement, un chiffon à poussière sur ses meubles danois en bois blond, lorsqu'un coup de sonnette la fit tressaillir.

Elle se débarrassa de sa blouse à rayures roses et blanches, et découvrit en ouvrant la porte un garçon brun, de taille moyenne, qui lui souriait à pleines dents.

– Madame Schaub ?

Elle crut avoir affaire à un démarcheur pour produits vendus à domicile et perdit toute affabilité.

– En effet ; pourquoi ? opposa-t-elle d'une voix rogue.

– Je viens de la part de Mlle Heineman.

Elle fut désagréablement surprise de voir surgir une tierce personne dans ses tractations avec Johanna. D'autant que le visage du visiteur lui rappelait très vaguement quelqu'un.

Elle le pria d'entrer, le guida jusqu'au living et lui désigna le coin salon.

– Asseyez-vous.

Il remercia d'une inclination de buste et prit une chaise.

– Vous devinez l'objet de ma visite ?

– Pas le moins du monde, fit-elle prudemment.

Le jeune homme coula une main dans la poche de son veston ; lorsqu'il l'en retira, des pierres précieuses étincelaient entre ses doigts.

– Elles sont superbes, n'est-ce pas ? demanda-t-il en ponctuant d'un sourire triomphal.

Aguichée comme une pie, la mère Schaub se pencha pour admirer les gemmes et les prit dans sa main.

– Vous les avez trouvées, balbutia-t-elle.

– La preuve !

– Il y en a beaucoup ?

– Deux fois ça.

Elle réagit, lui coula une œillade sauvage :

– Vous mentez ! Kurt m'avait parlé d'une pleine cassette !

– Parce que c'était un vantard ; une grande gueule !

Elle se mit à détailler Adolf attentivement.

– Attendez ! Mais je vous reconnais ! Vous êtes le petit pédé dont il s'était entiché et qui l'a tué ! Qu'est-ce que vous trafiquez de nouveau à Munich, misérable lopette ? Après les parents, vous vous en prenez à la fille ?

Hitler eut un sourire lointain.

– Ne jugez pas trop vite, madame.

– Filez !

– Sans que nous ayons parlé ? Johanna m'a chargé de conclure un marché avec vous, je suis son représentant. Elle a besoin d'être assistée : l'affaire est délicate.

Le regard du visiteur était devenu pensif, tel celui du serpent guignant le rat sur lequel il va fondre.

– Puisqu'il en est ainsi, murmura-t-il, rendez-moi les pierres.

Elle secoua négativement la tête et, dans un geste puéril, cacha sa main dans son dos.

– C'est étrange que, parfois, des vieilles salopes comme vous prennent l'allure de petites filles, remarqua le garçon.

Il plaça un shoot d'une rare violence dans le ventre de Mme Schaub. La douleur de la secrétaire fut si intense qu'Adolf put aisément lui ouvrir la main pour récupérer les joyaux.

Quand il les eut replacés dans sa poche, il expédia derechef son pied dans l'abdomen de la femme et gagna la cuisine où il apercevait un escabeau de métal suspendu à un crochet. Il l'amena près de la baie vitrée du living.

Sa victime geignait et ne parvenait pas à reprendre son souffle. Il s'accroupit, ouvrit la large fenêtre, recula pour mieux concevoir la suite de son opération punitive.

Perfectionniste, il s'empara du spray resté sur un

meuble, pour en imprégner la fausse peau de chamois. Puis il ôta l'une des chaussures d'intérieur de la femme, sorte de pantoufle de soie bordée de fourrure synthétique.

– Eh bien, je crois que ça devrait aller, amorça-t-il.

On percevait des chants religieux avec, en arrière-fond sonore, la rumeur de la ville. Hitler n'avait jamais été sensible à la musique liturgique. Il la jugeait morbide et « déviationniste ».

– Savez-vous ce qu'il s'est passé aujourd'hui ? dit-il. Figurez-vous que Mme Schaub nettoyait ses vitres, en bonne ménagère qu'elle était. Hélas, elle fit un faux mouvement et tomba de son escabeau. Le hasard voulut qu'elle passât par la fenêtre. Vous imaginez ? Un cinquième étage, ça ne pardonne pas !

Soudain, dans un mouvement de judoka, il la saisit, toujours suffoquante, par la taille, l'arracha du sol en une traction d'haltérophile et la précipita à l'extérieur.

La durée de la chute lui parut interminable. Enfin il y eut un choc bête et flasque.

Hitler eut l'impression que l'univers marquait un imperceptible temps d'arrêt.

Avant de se retirer, il coucha l'escabeau sur le tapis en l'orientant de façon convaincante.

46

Par prudence, il avait été décidé qu'il se montrerait le moins possible à Munich. Johanna l'attendait, à deux rues de là, au volant d'une voiture de location, pour le ramener à l'aéroport.

Comme ils y arrivèrent plus de deux heures avant le départ de son vol pour Naples, via Rome, elle alla se garer dans le parking souterrain où ils choisirent une travée isolée.

En fille de caractère, elle ne lui posa aucune question sur ce qui venait de se passer et lui-même n'en souffla mot. Elle l'interrogea, en revanche, à propos de ses projets immédiats, car au cours de leur nuit nourrie d'appels téléphoniques, Hitler lui avait narré son ingérence dans la Camorra. Il lui répondit qu'il enquêtait toujours sur les deux militaires allemands disparus et qu'une intuition laissait espérer une piste. Par contre, ajouta Adolf, un vent de fronde soufflait sur la « Famille »; il semblait que le Parrain, malade, était contesté, et peut-être en grand danger. Elle le conjura de prendre garde. Il serait tellement absurde qu'il connût un mauvais sort à cause d'un médiocre gangster de province. Il la rassura.

Pour finir de purger ses inquiétudes, elle voulut tout savoir concernant l'état de santé de Maria.

– Davantage que critique ! répondit-il.

– En éprouvez-vous quelque chagrin ?

– Pas le moindre. Les emballements physiques ne laissent aucune trace.

Comme elle insistait, il la fit taire d'un baiser vorace, à ce point ardent et prolongé qu'elle en geignit de plaisir.

– Caressez-moi ! demanda Hitler.

La main droite de la conductrice s'avança jusqu'au pénis triomphal de son compagnon. Il la laissa faire connaissance avec son membre, puis l'en détourna pour l'amener à ses lèvres et baiser ses doigts.

– Je pourrais vous prendre dans cette voiture, dit-il, puisque nous en avons autant envie l'un que l'autre ; mais je veux que nos premières amours soient des noces.

Et il but ses larmes.

Dans l'avion d'Alitalia qui le ramenait, il fit le point sans l'avoir décidé, par le jeu des enchaînements de pensées.

Il était tout juste un homme et pourtant il se mettait à tuer avec une indifférence absolue. Il savait que plus il avancerait dans l'existence, plus il balayerait les gêneurs de sa route. Il agissait avec une sorte de discernement équivalent à du talent. Par exemple, l'exécution de l'ancienne collaboratrice de Kurt s'était opérée dans la plus parfaite aisance.

L'alerte munichoise neutralisée, il allait devoir aider le Parrain à se maintenir sur le trône de Naples, sachant qu'il aurait peut-être besoin de lui pour résoudre le mystère du sac tyrolien. L'acharnement des services israéliens à pourchasser des documents (il optait pour des documents) vieux d'un demi-siècle prouvait qu'il s'attaquait à un secret d'État.

250

Sous son hublot, le ciel floconneux se confondait avec les sommets alpestres. A le voir se dévider majestueusement, il ressentait une illusoire sensation de puissance. Pareil à ce Jet, son destin le conduisait vers des itinéraires insondables.

Les nues l'orientèrent sur l'engloutissement final. Image d'enfance : Dieu au ciel, le Démon sous terre, pays du feu !

De l'idée de mort, il passa directement à la brave *Mutti* qui préparait la sienne, se promit de lui téléphoner en arrivant. Il se reprochait de la laisser sans nouvelles alors qu'en lui consacrant trois minutes de sa vie, il la rendrait heureuse pendant un mois.

Une confuse torpeur disloqua sa capacité d'évocation. Dans un kaléidoscope vertigineux, il se demanda si Maria vivait toujours, si Sofia avait encore ses règles et ce que faisait Johanna à cet instant.

NAPLES

47

A Rome, il prit un vol pour Naples ; de là, un taxi le conduisit à Saviano où les tenanciers de l'auberge parurent soulagés de le revoir, bien qu'ils eussent sa superbe voiture en gage.

Avant de quitter la localité, il passa chez l'institutrice ; comme elle se trouvait au travail, il lui laissa un nouveau message tendre promettant de promptes retrouvailles.

Son bref voyage à Munich l'avait dynamisé. Une fois encore, il évoqua son père, le rude boucher à l'encolure de bœuf, qui n'avait jamais connu de problèmes métaphysiques. Certains soirs, il l'entendait s'agiter sur sa mère. Ses geignements de goret et les grincements du sommier mettaient Adolf en rage. Ses parents lui donnaient le diminutif de « Dolfi », cela ajoutait à la haine qu'ils lui inspiraient.

Lorsqu'il fut de retour chez le Parrain, la servante lui apprit que Vicino tenait une assemblée extraordinaire avec son état-major. Il s'abstint de troubler la séance et attendit dans le jardin d'hiver dont le charme de Toussaint séduisait ce qu'il y avait de morbide en lui. Il aimait cette senteur douceâtre d'humus. Elle l'amenait à des évocations de choses « invécues » dont il appréciait le charme vénéneux.

Il patienta près de deux heures, regardant mourir le ciel dans le haut de la verrière insensible aux balles.

Enfin, il se produisit un remue-ménage maîtrisé. Des hommes prenaient congé à voix cérémonieuses. Les traînards se mirent à chuchoter ; ce sont toujours les « fayots » qui ont le plus grand mal à s'éloigner des puissants. Puis un silence suivit, feutré, comme chez les vieux tabellions.

Au bout d'un temps qui parut interminable à Hitler, le Parrain surgit.

– On me dit que tu es arrivé depuis des heures, Adolf ! Pourquoi ne nous as-tu pas rejoints ?

– Je n'appartiens pas à la Camorra.

– Pour moi si, mon garçon. Les deux tiers des hommes qui viennent de partir ne possèdent pas tes qualités.

– La réunion s'est bien passée ?

– Ils sont tous à me lécher le cul en me prodiguant des serments d'amour, mais la plupart ont un poignard dans leur manche.

Il semblait si las, si triste, que l'Autrichien en fut remué.

– Je suis là, risqua-t-il.

Le Don avança la main jusqu'à l'épaule du jeune homme.

– Le sort est étrange, soupira-t-il : tu es encore un enfant ; tu viens d'ailleurs, et voilà que tu me proposes ton aide. Tu ignores combien ils sont envieux, tous ? Aux aguets ! Tu les inquiètes déjà. Avec moi tu t'appuies à une colonne qui ne tient pas debout !

Ce vieux chef presque déchu apitoya Adolf.

– Négociez votre succession, suggéra-t-il. Proposez votre pouvoir avant qu'on ne vous l'arrache, ainsi resterez-vous, pendant un certain temps du moins, l'allié de celui qui vous remplacera.

– Tu es de bon conseil, Hitler, le complimenta Vicino ; ce serait dommage qu'il t'arrive malheur avant que tu aies donné le meilleur de toi-même. Cela dit, sais-tu qu'on ramène Maria demain par avion sanitaire ?

Adolf feignit un grand bonheur.

– A-t-elle repris connaissance ?

– Je n'en sais trop rien. En tout cas, elle doit aller mieux puisqu'ils la laissent partir. Si nous buvions un « amer », histoire de fêter la nouvelle ? proposa le Don.

– Volontiers.

Le bonhomme sonna la domestique pour lui demander la bouteille et ces verres à liqueur ridiculement petits que les Italiens affectionnent.

Ils en prirent plusieurs à une cadence rapide. Lorsqu'ils eurent le feu aux joues, Adolf demanda à son interlocuteur s'il connaissait les Judas de la « Famille ».

– Je sais qui est le meneur, affirma-t-il.

– En ce cas je le mettrai à la raison.

– Il s'agit d'un coriace !

– La chasse n'en sera que plus intéressante, répondit l'Autrichien. Vous voulez me donner les coordonnées de cet homme ? Il faudrait également que vous me parliez de ses habitudes. Plus j'en saurai sur son compte, mieux je pourrai l'atteindre.

Il fit subir au Parrain un interrogatoire détaillé auquel Vicino répondit de son mieux.

Quand Hitler eut rassemblé la documentation qu'il souhaitait il questionna :

– Au cours de cette réunion générale, ce type se trouvait sous votre toit et vous ne lui avez pas parlé de sa traîtrise ?

– Non, fit Gian Franco ; il faut toujours laisser Judas en tête à tête avec lui-même car il ne mérite pas d'autre interlocuteur.

– Jusqu'à ce jour vous le croyiez loyal ?

– Il l'était parce qu'il devait gravir des échelons. Et puis l'individu s'épanouit, il prend du ventre, ce qui lui cache sa queue, et il se met à rêver de puissance.

Le Parrain fit signe à Adolf d'emplir une fois encore les minuscules verres.

– Toi, reprit le malade, quand tes dents se mettront à pousser, je serai sous terre, ce qui t'évitera de me trahir.

Comme l'Autrichien allait protester, il le fit taire d'un geste.

– Ne t'indigne pas, mon garçon. Tout le monde berne tout le monde. J'ai doublé des gens qui en avaient vendu d'autres. L'essentiel est d'apercevoir la mauvaise herbe à temps et de l'arracher. Le présent nous unit et je n'ai plus d'avenir, nous pouvons donc, sans arrière-pensées, profiter de notre amitié. Là-dessus, je vais demander à la cuisine qu'on me prépare un potage de fines pâtes et, quand je l'aurai avalé, j'irai me coucher. Peut-être essayerai-je de lire quelques pages des Évangiles. Non que je croie à ces belles aventures, mais elles me rappellent l'époque où j'avais encore ma foi et mon pucelage intacts.

Lorsque Adolf se pencha pour l'accolade, le Parrain, du pouce, traça une croix sur son front.

48

Angelo Angeli, que Vicino considérait comme le principal ligueur des éléments attachés à sa perte, soufflait fort du nez, ainsi que ces hommes qui s'obstinent à vouloir parler en faisant l'amour. C'était un gaillard d'un mètre quatre-vingt-dix, auquel les cheveux en brosse donnaient une impression de casque romain.

Sa poitrine d'athlète forain s'accommodait mal des vestons trop ajustés par son tailleur. Depuis qu'il ne fumait plus, il mâchait en permanence des bûchettes de réglisse en oubliant de les ôter de sa bouche lorsqu'il embrassait quelqu'un.

Angeli père lui avait laissé un important négoce de vins que gérait son épouse, une petite femme à morphologie de mulot. Angelo s'occupait des affaires de la Camorra et apportait sa grande compétence à la « Cause ».

Ce géant avait pris une maîtresse, Éva, qui lui donnait beaucoup d'agrément et lui dépensait pas mal d'argent. Il s'agissait d'une superbe brune, transformée en blonde jusqu'en ses recoins les plus intimes. Elle pratiquait le yoga et le régime dissocié, portait des toilettes de chez Armani ou Versace, roulait en Alfa Romeo et possédait la collection d'éventails anciens la plus rare d'Italie.

Cette conquête coûteuse assurait la gloire d'Angelo Angeli aussi brillamment que son plaisir.

Généralement, il visitait sa vamp en fin de journée, à l'heure où la plupart des hommes retrouvent leur foyer.

Il l'honorait bruyamment, mais sans en appeler aux initiatives capiteuses qui font le charme des bons amants. Après quoi, il regardait les infos de la Rai Uno et rejoignait sa maison pour s'y gaver de la cuisine préparée par sa belle-mère, dont il avait été le « camarade de lit » avant que d'épouser sa fille.

Ce soir-là, comme tous ceux qui l'avaient précédé ou qui allaient le suivre, cette force de la nature regagna son logis avec cette satisfaction que donnent à l'homme fruste des testicules bien essorés.

Rendue neuve par son bidet aux jets nombreux, la belle Éva commença à sortir la tenue qu'elle comptait mettre pour passer la soirée avec un ami égyptien plus riche que nécessaire. Elle opta pour une robe de soie abricot et un boléro de renard roux, les étala sur son couvre-lit encore chiffonné et s'installa à sa coiffeuse afin de se peindre en guerre.

A peine venait-elle d'entreprendre cet ouvrage d'art que l'on sonna copieusement.

Déconcertée par cette visite, elle passa une robe de chambre avant d'aller à la porte.

La jeune femme habitait un ravissant appartement dans une urbanisation moderne conçue de manière à ce que chaque locataire puisse ignorer les autres. Elle actionna l'œilleton électronique et découvrit sur son large paillasson monogrammé un jeune homme, habillé avec une recherche peu latine.

Elle se hâta donc d'ouvrir à cette proie en puissance et lui dédia un sourire éclatant. Adolf prétendit venir de la part d'Angelo Angeli, lequel avait oublié son porte-documents chez son amie et souhaitait le récupérer d'urgence.

La donzelle assura ne pas se rappeler que « Lolo » ait eu quelque chose à la main en arrivant.

Par acquit de conscience, elle fit des recherches qui les conduisirent dans la chambre à coucher. N'ayant rien trouvé – et pour cause –, elle s'assit sur la couche tumultueuse en prenant l'une de ces poses lascives du cinéma en noir et blanc qui prédisposaient les jeunes spectateurs de l'époque à des éjaculations sans anicroches.

En grande technicienne de l'amour, elle « ensorcela » le messager par un regard lubrique et un bout de langue promené savamment sur ses lèvres entrouvertes.

Hitler se rapprocha d'elle, avec un étrange sourire. Il mit un genou sur le lit et, de la main gauche, écarta les pans du peignoir rose saumon.

– Tu as envie, petit coquin ? roucoula la brune aux cheveux d'or.

Il acquiesça, puis, d'un geste doux mais péremptoire, la fit se renverser. Elle obéit en ouvrant ses longues jambes de star au rabais.

Un court instant il la caressa. Elle gémissait déjà, comme il est recommandé aux femmes de le faire quand on les taquine à cet endroit. En fait, l'Autrichien entendait simplement ramener sur le côté le mince entrejambe de son slip. Débarrassé du puéril obstacle, il introduisit simultanément son index et son médius dans une fente qui avait connu mieux.

Sa main droite, gantée de caoutchouc, sortit de sa ceinture le revolver récupéré sur le camorriste de l'église. Il s'appliqua à engager le canon loin dans le sexe maintenant béant de miss Éva.

– Qu'est-ce que tu me fais, vaurien ?

– Du bien ! répondit-il en actionnant la détente.

Le bruit de la détonation fut atténué par la chair emprisonnant l'arme.

Hitler contempla sa victime avec curiosité. Elle avait seulement poussé un cri rauque. Sa physionomie exprimait une indicible souffrance. Adolf tira une seconde fois. Elle répéta le même cri et ne tenta pas de remuer ; sans doute ne le pouvait-elle plus.

Il voyait son visage se crisper. Elle devenait minérale, d'un blanc tirant sur le gris. Il eut à cœur de vider le chargeur entier. Une balle la traversa de part en part et se ficha dans le bois de la table de nuit.

Quand l'arme se tut, Hitler l'abandonna dans le ventre de sa victime.

La pièce sentait la poudre. Un nuage à l'odeur de chair brûlée se formait autour du cratère de son sexe.

Le garçon recula. Il vérifia sa main gantée, puis ses vêtements : pas la plus petite éclaboussure !

Il regarda longuement la fille d'un air pensif. Sans plaisir malsain, ni curiosité, comme un scientifique étudie le résultat d'une expérience. Il pensait confusément aux accouplements nocturnes de ses parents.

Sa besogne n'était point terminée.

Adolf avait décidé de frapper fort. Pour éteindre un puits de pétrole en flammes, il convient de produire un souffle d'une ampleur telle que le feu soit dompté instantanément.

Ayant soigneusement repéré les points clés de son parcours, il se rendit sans hésiter dans le quartier où s'élevaient les entrepôts d'Angeli. Ceux-ci se situaient entre quatre rues. Sur l'artère principale se trouvaient les bureaux et les services d'embouteillage, sur le côté opposé, l'habitation du concierge.

Renseignements pris, ce dernier, un veuf, ancien

sous-officier de carabiniers, habitait seul, si l'on excepte la compagnie d'un énorme chien sans race définie, pratiquement aveugle et atteint d'incontinence.

Adolf se coiffa d'un képi posé à l'arrière de la voiture volée pour ce coup de main et s'en fut toquer à la fenêtre du gardien.

Les ronflements qu'il percevait à travers les volets cessèrent. Il frappa derechef. Assez rapidement, la tête hirsute du dormeur s'intégra dans un entrebâillement des persiennes.

– Il semblerait qu'un type se soit introduit dans vos entrepôts, fit l'Autrichien ; j'ai prévenu mes collègues, ils ne vont pas tarder. Ouvrez le portail, qu'on ne perde pas de temps.

L'homme fit fonctionner le système de déverrouillage du double vantail.

– Faisons vite ! intima Hitler en pénétrant dans l'entreprise.

Le concierge actionna la lumière blafarde du dépôt et s'aperçut que son visiteur n'avait de militaire qu'un képi peu identifiable.

– Mais dites, attendez voir ! s'exclama-t-il.

Ses cheveux gris et drus ressemblaient à une grosse touffe de crin. Il avait les pommettes furieusement ridées, chose surprenante, car c'est la partie du visage cédant le moins rapidement aux déprédations de l'âge.

– Attendre quoi ? questionna Adolf en lui assénant de toutes ses forces un coup de pilon de buis à la base du crâne.

Le garde s'effondra avec une instantanéité qui déconcerta le garçon. Sur les pavés de la vaste cour, il paraissait minuscule.

Malgré la nuque brisée, l'agresseur fit bonne mesure en continuant de le frapper. Hitler opérait avec une minutie, de manière à ce que son travail ne le souille point.

Certain que le concierge était mort, il pénétra

dans l'entrepôt et, partant du fond, actionna les vannes de vidange des cuves. Bientôt d'enivrantes senteurs lui prirent la tête. Il s'obstina à libérer le chianti contenu dans les immenses citernes, se félicitant d'avoir chaussé des bottes de caoutchouc pour le second volet de sa mission, car il pataugeait dans le vin.

Il ne quitta les lieux qu'après avoir fait dégorger le dernier récipient.

Sa nuit fut longue. Il se défit de sa deuxième tenue pour enfiler un jean et un blouson de toile. Il ne lui restait qu'à rouler jusqu'à Castellobella où Angelo possédait une aimable maison de famille au milieu des vignes.

Il y bouta le feu.

Le lendemain, il apprit par les médias que la mère Angeli y habitait et avait brûlé dans l'incendie.

49

Elle percevait un fort ramage d'oiseaux lui rappelant les fins de jour, en été, lorsque les arbres se chargent de ces fruits ailés que la pénombre rassemble.

Maria ignorait où elle se trouvait. Elle était terrassée par un sommeil pesant, lequel essayait de l'entraîner dans d'insondables profondeurs. Elle fut tentée d'y plonger. Il lui aurait suffi de fermer les yeux et de s'abandonner à cette langueur béate. Pourtant, un début de volonté lui enjoignait de lutter, de ne pas céder à la douceureuse tentation des renoncements extrêmes.

Elle se sentait parfaitement elle-même, mais privée de toute connection. Elle surgissait lentement au sein d'un univers inconnu, naïade sortant de l'onde dans un bond vertical. Chose étrange : au lieu de l'angoisser, ce grand vide lui procurait une impression de bien-être infini.

Un glissement. Une femme vêtue de blanc vint planer au-dessus d'elle, la scruta, lui caressa le front et émit quelques sons. Deux silhouettes d'homme s'inscrivirent de part et d'autre de sa personne.

Elle éprouva une confuse sensation de « déjà-vu ». Ces êtres proféraient des mots puisque leurs lèvres remuaient, mais elle ne comprenait pas ce qu'ils disaient.

Ces présences troublèrent sa félicité et elle ferma les yeux.

Son message fut perçu car, lorsqu'elle laissa de nouveau errer son regard, les trois visiteurs n'étaient plus auprès d'elle.

Elle ressentit du soulagement.

— Comment la trouves-tu? demanda Vicino à Adolf.

— L'essentiel est qu'elle réagisse; sa sortie du coma permet tous les espoirs.

Deux gardes du corps attendaient le Parrain dans le grand couloir peint en jaune. Les quatre hommes gagnèrent la sortie. Leurs pas résonnaient à peine sur le revêtement plastique du sol.

— Crois-tu qu'elle nous reconnaîtra un jour? fit Gian Franco.

— Sans aucun doute, affirma Hitler. Elle revient du néant : il faut lui laisser le temps de récupérer.

— Tu sauras être patient, Adolf?

— Ce qui importe, c'est qu'elle vive, répondit-il prudemment.

Parvenu au parking de l'hôpital, le Don demanda à l'Autrichien ce qu'il comptait faire.

— Si votre emploi du temps le permet, j'aimerais parler un peu avec vous.

— Viens !

Ils montèrent dans la Mercedes blindée et se laissèrent conduire en silence. A présent, ils se méfiaient de tout et de tous, ne se permettant des discussions confidentielles qu'une fois claquemurés dans l'appartement.

Tout à coup, comme ils atteignaient un carrefour du centre, le chauffeur pila sec.

— Eh bien? gronda Gian Franco.

En guise d'explication, l'automédon désigna un marchand de journaux à trois mètres d'eux.

– Vous voyez ce que je vois ? demanda-t-il.

Vicino chaussa ses lunettes et considéra l'éventaire, entièrement drapé d'un quotidien du soir dont la manchette hurlait :

« *Règlement de comptes dans la Camorra* »

NUIT ROUGE POUR UN MEMBRE INFLUENT DE LA COSA NOSTRA.

– Va l'acheter ! ordonna le Parrain sans émotion apparente.

L'homme d'escorte obéit. Il revint avec deux exemplaires, car il en avait acheté un pour lui.

– Tu as bien fait de le prendre en double, dit le Don d'une voix neutre, ainsi le *signor* Hitler pourra lire en même temps que moi.

Vicino n'avait pas terminé l'article en arrivant à destination.

Il prit place dans l'ascenseur, à lui seul réservé, tenant son journal chiffonné sous le bras. Ses lunettes, oubliées sur son nez, lui composaient un regard globuleux de batracien. Il s'abstint de toute expression de connivence avec Adolf. Mais dans son bureau, il déclara en s'abandonnant entre les bras de son fauteuil :

– Tu es unique !

Le garçon sourit sans orgueil. Il contemplait avec enjouement les sous-titres émaillant le compte rendu de ses méfaits... Les délirades de la presse du sang l'amusaient toujours ; il considérait les journalistes de faits divers comme des poètes du sensationnel.

Le Parrain acheva posément sa lecture. Il ne s'était débarrassé ni de son chapeau, ni de son pardessus léger. Par instants, il se raclait la gorge et expectorait dans son mouchoir à carreaux.

Lorsqu'il eut totalement achevé de lire l'article, il ôta enfin ses lunettes et pinça l'arête de son nez.

– Ton comportement donne froid dans le dos. Seigneur ! Tu as accompli tout cela en une nuit !

– Ce n'étaient pas les travaux d'Hercule, répondit Adolf.

Après un instant de réflexion, le chef de la Camorra déclara d'une voix ferme :

– Je veux que tu assures ma succession.

– Vous savez bien que c'est impossible, vous me l'avez dit vous-même. Il n'y a qu'aux U.S.A. qu'un homme venu d'ailleurs peut se hisser aux premières places. Mais je n'ambitionne pas la vôtre, Don Vicino. Je sens que mon avenir n'est pas ici, d'ailleurs je ne me sens pas d'avenir.

Gian Franco se signa large.

– Ne parle pas ainsi. Personne n'est en mesure de prévoir son destin, sauf s'il est atteint d'un mal incurable, ce qui n'est heureusement pas ton cas.

Le jeune homme eut un mystérieux sourire.

A ce moment-là, le téléphone retentit. Le Don décrocha.

Il ne s'annonçait jamais : son silence manifestait sa présence. L'interlocuteur se mit à parler. Il l'écouta, sourcils froncés, les yeux ouverts sur ses pensées intimes.

– *Grazie!* fit-il en conclusion.

Il raccrocha et se tourna vers Adolf.

– Le vieux Carlo Zaniti est mort, annonça-t-il. Sa gouvernante l'a retrouvé pendu en rentrant de vacances.

– Un suicide ?

– Est-ce qu'on se suicide à son âge !

50

En passant devant l'école, il vit que c'était la récréation. Des grappes de marmots se bousculaient en poussant des cris qu'Adolf trouva plus stridents que ceux des écoliers autrichiens. Sofia les surveillait en compagnie de deux collègues ; les trois femmes adoptaient des attitudes de commères de village : bras croisés haut, une jaquette de lainage jetée sur les épaules.

Sans trop savoir pourquoi, il fut ému par la jeune enseignante. Il lui découvrit une beauté sans afféterie. Dans son univers familier, elle perdait son expression inquiète de timide craignant constamment de ne pas être à la hauteur des circonstances. Il eut, un bref instant, la tentation de se montrer, la repoussa et continua sa route qui, précisément, le conduisait chez elle.

Hitler put, sans grand mal, pénétrer dans la bicoque par la porte vitrée de la cuisine. Des coings s'alanguissaient dans un compotier de faïence ; ils dégageaient avec force leur mélancolique odeur. De l'index, il caressa l'imperceptible duvet les enveloppant. Ces fruits au goût râpeux lui mirent inexplicablement du vague à l'âme car ils lui rappelaient la maison de *Mutti*. Une fois de plus, il se reprocha de laisser la vieille femme sans nouvelles. Pourquoi entretenait-il comme à plaisir ce louche remords ?

Il passa dans la chambre à coucher qui sentait l'eau de Cologne. La pièce reflétait une sorte de chasteté naturelle et de religiosité. Des gravures pieuses se morfondaient dans des cadres sombres. Une seule était païenne. Elle représentait un animal fabuleux, aux yeux exorbités, aux pattes griffues, aux dents carnassières, lové au premier plan d'une cité moyenâgeuse. Le monstre guignait un innocent troupeau de moutons pâturant à proximité. Entre l'image et le cadre on pouvait lire, en petits caractères : « *Le Dragon de Cracovie* » *de Sébastien Münster. 1550.*

Adolf oublia le dessin pour procéder à une exploration minutieuse de la chambre, toujours taraudé par l'arrière-pensée que quelque chose de particulier s'y trouvait. Il aimait ces prémonitions qui l'induisaient à se croire « marqué d'un signe ».

Il chercha en quoi cette œuvre vieille de cinq siècles le dérangeait. Les bondieuseries napolitaines faisaient partie des lieux ; il existait sûrement les mêmes dans tous les logis de Saviano, voire de l'Italie du Sud. Ici, l'on vivait du crime et de la religion. Amour et mort étaient complémentaires. L'Autrichien comprenait parfaitement ce pays échevelé qui le séduisait par son côté fou, si différent de la Germanie.

En désespoir de cause, il revint à la gravure. Pourquoi se trouvait-elle dans cet humble logis ?

Et puis il eut un trait de lumière : l'un des deux militaires de la Wehrmacht échappés du bunker était, son nom l'indiquait, d'origine polonaise. Il avait séjourné dans cette maison. Qu'il y ait laissé des traces de son passage semblait logique.

Hitler décrocha *Le Dragon de Cracovie*, le retourna pour en examiner l'encadrement. Celui-ci remontait à plusieurs décades. Le carton servant de support se piquetait de moisissure. Il se sentait en proie à un sentiment bizarre, pareil à celui qu'éprouve le sourcier lorsque son pendule réagit.

Il hésita peu : explora les autres pièces et choisit, dans le salon, une image sainte ayant à peu près les dimensions du sous-verre qu'il venait de prendre. Il la fixa au clou qui supportait le Dragon, sachant combien l'accoutumance gomme l'acuité visuelle, des mois passeraient avant que Sofia s'aperçoive de la substitution.

Il se retira en dissimulant le Dragon sous sa veste.

Ayant gagné sa chambre d'hôtel, il s'y enferma et entreprit de désencadrer la gravure. Il constata alors qu'il s'agissait d'une simple carte postale grand format. Quelques lignes figuraient à l'emplacement réservé à la correspondance. On les avait écrites en polonais, langue qu'ignorait le jeune homme. L'adresse portait comme libellé : *Artur Sowa – SAVIANO – Italia.*

Perplexe devant ces mots qu'il ne pouvait comprendre, l'Autrichien réfléchit.

L'idée lui vint de téléphoner à l'ambassade de Pologne à Rome. Il fut en ligne avec plusieurs interlocuteurs avant d'obtenir quelqu'un parlant polonais. Lorsqu'il l'eut trouvé, il dit être journaliste et avoir besoin d'une traduction de quelques lignes concernant un fait divers. Il épela les mots tracés sur la carte pour qu'ils fussent clairs. La personne en ligne les déchiffra au fur et à mesure :

Comme vous le voyez au dos, le Dragon est arrivé à destination. Il vous remercie et moi je vous bénis.

Apparemment, ce message ne signifiait pas grand-chose, il lui accorda cependant beaucoup d'importance.

Il resta plus d'une heure allongé sur son lit, entièrement vêtu, les bras en guise d'oreiller. Une foule de réflexions l'assaillaient, qu'il accueillait avec sang-froid.

Par instants, il éprouvait le besoin de faire une pause afin de stimuler ses impressions.

Après cette méditation baignant dans ce que les photographes nomment « un flou artistique », le garçon se leva, se recoiffa et gagna la mairie de Saviano.

Comme dans la plupart des petites communes, celle-ci n'ouvrait pas en continu, mais seulement trois fois la semaine et encore à des heures fantaisistes. Par grande chance, sa visite s'inscrivait dans l'un de ces créneaux.

Un sexagénaire maussade le reçut, qui savait la vie précaire et les humains peu conformes à ce que l'on pouvait espérer d'eux. Il devait se raser à regret, avait le poil dur, l'œil enfoncé et une forte moustache belliqueuse. Il portait une veste de velours côtelé sur une chemise écossaise raidie par la crasse.

Il examina le jeune homme avec défiance, ayant tendance à considérer tout étranger en ennemi réel ou potentiel.

Cet être peu altruiste attendit que son visiteur parle. La cigarette pratiquait une brèche rousse dans l'impétueuse moustache grise.

– Vous êtes le *sindaco* ? demanda Adolf.

Le vieux bonhomme acquiesça sans joie, comme s'il regrettait sa charge municipale.

– Je suis clerc de notaire à Vienne, Autriche, je cherche des renseignements concernant deux militaires allemands qui ont séjourné à Saviano en 1945. Cela vous dit quelque chose, monsieur le maire ?

Le premier magistrat de la commune explora sa mémoire.

– Évidemment, vous deviez être très jeune à l'époque ? ajouta Hitler.

– J'avais vingt ans, soupira l'homme.

– Donc vous étiez déjà adulte. Vous vous rappelez ces hommes ?

Son interlocuteur acquiesça.

– Nous ne savions pas qu'il s'agissait d'Allemands; ils se prétendaient polonais.

– L'un deux l'était en effet.

– Je vois duquel vous parlez. Il était prêtre.

Le garçon sursauta :

– Vous en êtes certain ?

– Il se rendait à la messe tous les matins, souvent d'ailleurs il la concélébrait.

– Et son compagnon ?

– Lui sortait peu : il paraissait malade et portait toujours un pansement au front; il se déplaçait difficilement, avec une canne.

– Où logeaient-ils ?

– Chez un certain Sowa, également d'origine polonaise. Il habitait une petite maison, non loin d'ici; il y exerçait le métier de cordonnier. Il était estropié d'une jambe, ou avait un pied bot, je ne me souviens plus. Il louait la masure à Anselmo Curatti, le minotier de Mondali qui l'avait habitée un temps, avant de faire fortune pendant la guerre.

– Très intéressant, monsieur le maire, fit Adolf avec chaleur. D'autres sont venus vous questionner à propos de ces gens ?

– Oui, il paraît. Je me trouvais à l'hôpital pour une saleté de phlébite. Mon adjoint les a reçus. Seulement, il a tout juste trente ans et n'a rien pu leur dire.

L'Autrichien fut satisfait de la nouvelle.

– Vous n'êtes pas en mesure de préciser le temps que les deux hommes ont passé à Saviano ?

Le *sindaco* haussa les épaules.

– A l'époque, je travaillais à Naples et je baisais toutes les femmes qui passaient à moins de dix mètres de moi; alors vos Polaks, vous pensez !

51

Le Parrain avait à cœur de toujours offrir une monumentale couronne aux funérailles de ses victimes. Celle qui précédait le char funèbre de la mère d'Angelo Angeli devait être portée par deux hommes. On lisait, en lettres d'or sur ruban bleu :

A une mère irremplaçable.
G.F. VICINO

Le camorriste Angeli marchait derrière le convoi, soutenu par son beau-frère. Il ne chancelait pas pour apitoyer la galerie, mais parce que, du jour au lendemain, il se retrouvait sans maman, sans maîtresse, sans gardien et sans stocks. Un pareil faisceau de calamités survenues en l'espace d'une nuit, faisait de lui une sorte de paria, de maudit. Certaines gazettes glosaient sur le meurtre hors série de la belle Éva. Un quotidien du matin publiait la photo d'un pauvre hère en train de laper le vin à même le trottoir, devant les entrepôts. Un autre prophétisait le très proche départ d'Angelo pour une contrée qui lui serait moins inhospitalière.

Médusée, la ville regardait défiler l'enterrement en se signant, non pas pour saluer la dépouille d'une chrétienne, mais pour conjurer le mauvais sort s'attachant à pareils événements.

Les gens du cortège restaient silencieux, conscients de traverser à gué une passe dangereuse. On connaissait la détermination du Don, mais son long séjour en prison avait quelque peu écorné sa légende. Une riposte à ce point terrifiante pétrifiait tous ceux qui, de près ou de loin, vivaient de la Camorra.

La partie religieuse se déroula à un rythme rapide. Le chanoine présidant aux destinées de la paroisse avait dépêché un jeune clerc de l'église, empêtré dans ses oraisons.

Ce fut au cimetière que « la surprise » se produisit. Au moment de la bénédiction du cercueil opulent, il s'opéra un certain remue-ménage ; les assistants s'écartèrent comme la terre sous la puissance du soc et Gian Franco Vicino apparut, flanqué de sa garde prétorienne. Contrairement à la coutume, il ne portait pas de vêtements noirs, mais un costume gris clair à fines rayures marine et n'avait ni chapeau, ni cache-col.

Il s'avança d'un pas ferme jusqu'à la bière, s'inclina et, nanti du goupillon de service, l'aspergea copieusement. Après quoi, il se dirigea vers Angeli et l'étreignit.

– Quelle tristesse, Angelo ! fit-il à la cantonade. Que le Seigneur tout-puissant apporte le calme dans ton cœur et ton esprit. Je voudrais te dire à quel point je me sens près de toi dans l'épreuve. Laisse toute amertume et va en paix.

Sa voix grave et pénétrée impressionna si fortement l'auditoire que la plupart des assistants se signèrent. Certains eurent la larme à l'œil.

Hitler suivait la cérémonie à distance, perdu parmi les mausolées baroques. Il réagissait à ces lieux grandiloquents auxquels il n'était pas habitué, si loin des cimetières de chez lui. L'air léger lui apportait les paroles de Vicino et il ne pouvait qu'admirer l'aisance du Parrain. Un virtuose à sa manière.

A son hôtel de Naples, le concierge qui appréciait ses fréquents et généreux pourboires lui annonça qu'il avait une visite.

– Je suppose que cette personne vous attend au bar du haut, fit-il après un regard dans le hall ; elle est arrivée depuis longtemps.

Adolf prit l'ascenseur jusqu'au dernier étage. A l'exception d'un groupe japonais monosyllabiste, l'endroit était désert.

Il descendit alors à son appartement qu'il ouvrit avec sa carte magnétique. La radio fonctionnait dans la partie chambre à coucher. Le plus charmant des spectacles l'y attendait : Johanna, entièrement nue sur le vaste lit compassé.

Son premier sentiment fut l'admiration : il la trouva superbe. Elle représentait le prototype de l'Allemande aux formes parfaites, chez qui la santé est le complément obligatoire de l'esthétique. Sa deuxième réaction fut de gêne. Comment cette pensionnaire venue des États-Unis enterrer ses parents, pouvait-elle s'abandonner dans des poses pour magazines frelatés ?

L'amour poussait-il les femmes à se dévergonder histoire de mieux s'offrir ? Devaient-elles ôter leur âme en même temps que leur culotte afin de rendre plus intense le don de leur corps ?

– Je ne pouvais plus attendre, murmura-t-elle.

Elle remonta ses jambes avec tant d'impudeur qu'Adolf détourna la tête pour refuser la vue de ce sexe délicatement entrouvert.

– Prenez-moi ! implora-t-elle. Vous m'avez transformée. Avant vous, je rêvais ma vie en fille raisonnable, maintenant je trouve dérisoire les principes bourgeois.

« Mon Dieu, pria Hitler, faites que je sois en mesure de la satisfaire ! »

Il enfouit sa figure entre les jambes qu'elle ouvrait, l'écartela à l'en faire crier, mordit comme un carnassier cette chair rose et neuve, prête à saigner.

Et qui saigna.

52

Depuis la fermeture définitive de son « théâtre », le Commendatore ressemblait à ces chevaux de mine, tractant des charrois dans l'obscurité et abattus lorsqu'ils parvenaient au bout de leur exténuation.

Il avait réintégré son logement où il ne mettait plus les pieds depuis le mariage de Maria. L'endroit sentait le renfermé et la cage à oiseaux car, jadis, « sa fille » y élevait des perruches.

Quand il en poussait la porte, des idées sombres l'assaillaient. L'un de ses oncles, veuf, s'était pendu un soir en rentrant dans un logis identique à celui-ci. Suicide de paysan. Les cordes sont aussi familières aux gens de la terre qu'aux marins. Peut-être en arriverait-il là à son tour ? Cette auto-exécution ferait pendant à celle de Zanuti.

Il considérait la mort comme une interminable veillée d'hiver, noire et froide.

Fanutti marcha, le dos rond, dans la bise qui se levait en sifflant. Il se rendait dans une *trattoria* proche pour y absorber une *zuppa di verdura* et du *pecorino sardo* à l'huile piquante.

C'était le second soir qu'il y dînait et il éprouvait déjà une sensation d'accoutumance. Elle préfigurait ce qu'allait être sa vie dorénavant : une succession d'humbles habitudes.

Au moment où il atteignait l'établissement, deux brefs coups de klaxon sollicitèrent son attention. Il avisa la Mercedes du Parrain arrêtée sur un stationnement prohibé. La face de carême de son « ami » était visible à l'arrière.

Le garde du corps quitta le gros véhicule pour s'approcher d'Aurelio.

– « Il » veut vous voir, annonça-t-il avec la brièveté coutumière aux seconds couteaux de l'Organisation.

Fanutti ne répondit pas mais traversa la rue. Le porte-flingue lui ouvrit la portière.

Le Commendatore monta à bord du véhicule.

– Salut ! fit-il. Ton carrosse sent de plus en plus le produit pharmaceutique.

Le Parrain resta silencieux.

– Eh bien, on ne démarre pas ? soupira l'ancien forain.

– Aurelio, chuchota Gian Franco, je ne veux pas te tuer, si ce n'est, peut-être, avec une horrible nouvelle : Maria est morte en fin d'après-midi.

Fanutti parut ne pas comprendre. Il tourna la tête vers son ami d'enfance.

– Qu'est-ce que tu entends par là ? demanda-t-il.

La gaucherie de la question décontenança Gian Franco.

– Voici une douzaine de jours, elle a eu un accident de voiture, en Autriche, qui l'a plongée dans le coma. Son état s'améliorant, je l'ai fait ramener à Naples par avion sanitaire. Sans être vraiment optimistes, les médecins estimaient qu'elle pouvait s'en sortir ; et puis elle est morte tantôt d'un arrêt cardiaque...

– Tu ne m'as pas fait prévenir ! murmura le Commendatore. Tu m'as volé ses derniers jours !

– Elle était dans le coma.

– Elle, mais pas moi ! J'aurais pu me pencher sur son visage, baiser ses paupières et ses tempes, là où poussaient des cheveux fins et doux qui sentaient encore le bébé... Elle était ta fille, crois-tu ? Mais as-tu connu ses premiers dessins, ses premières tresses, ses jupettes retroussées ? Tu ne l'auras jamais entendue gazouiller des mots incompréhensibles que chacun interprétait à sa façon.

« Elle a eu un accident en Autriche, dis-tu ? C'est toi qui l'y avais envoyée, naturellement ! Elle est morte par ta faute, Giani, parce que tout ce que tu approches s'anéantit. Tu ressembles de plus en plus au squelette à la faux. Tu décimes sans pitié ; peut-être même avec plaisir. Et tu ne sors de chez toi que pour enterrer tes victimes. J'ai payé un gredin pour supprimer ton traître d'avocat, ce sera le seul meurtre de ma vie car je découvre combien la vengeance est une chose dérisoire qui ne solutionne rien. »

Il sortit de la voiture, mais continua de parler depuis la rue.

– Notre durée humaine se termine, reprit-il ; qu'en aurons-nous fait, mon tendre ami ? Rien, puisque nous ne laisserons pas d'enfant dont les veines charrieraient notre sang. Deux mulets, voilà ce que nous sommes ! Deux mulets, Gian Franco, deux mulets...

Il claqua la portière avec le pied, alla s'asseoir sur la bordure du trottoir, plaça ses poings sur ses yeux et se mit à pleurer à gros sanglots.

Il avait dévasté son sexe en la mordant bestiale-
ment, mais cette blessure la comblait de bonheur.
Son tempérament germanique appréciait la féroce
caresse. Pareille voie de fait lui apparaissait
comme la concrétisation de noces sauvages, à la
mesure de leurs amours.

Sa souffrance la rendant momentanément inapte
à l'étreinte, baisers et attouchements dans d'autres
zones leur apportaient d'estimables compensations. La carence sexuelle que redoudait Adolf ne
s'étant pas produite, le jeune homme se livrait à
des débordements plus intenses encore que ceux
qu'il devait à Maria. La mort de cette dernière
l'avait déconcerté, bien que prévisible.

L'enterrement de la jeune femme fut moins
grandiose qu'on pouvait le craindre ; les pleureuses
se montrèrent plus sobres et la peine plus sincère.

Le Commendatore n'y assista pas ; pendant son
déroulement, il se taillada les veines du poignet
gauche. Il échappa à la mort mais se sectionna un
tendon. Cela lui causa une fâcheuse incapacité de
la main que l'assurance accepta de prendre en
charge par la suite.

La présence d'Adolf aux funérailles resta dis-
crète. La mère de Nino y était venue pour injurier
la dépouille de sa bru ; au dernier moment elle

s'abstint, le Parrain lui ayant promis qu'on la plongerait, tête première, dans un chaudron d'huile bouillante si elle causait le moindre esclandre.

A l'issue de la cérémonie, Hitler avertit Vicino qu'il entendait quitter Naples un certain temps pour se consacrer à l'enquête relative aux deux militaires. Il en avait pris l'engagement auprès des agents israéliens et jugeait le moment bien venu pour tenir parole.

Non seulement le chef de la Camorra ne chercha pas à le faire changer d'idée, mais trouva cette décision opportune.

Ils s'étreignirent fortement, sachant parfaitement qu'ils ne se reverraient jamais.

CRACOVIE

54

L'avion à hélices de Crossair atterrit à l'heure prévue malgré le fort vent contraire qu'il avait affronté pendant la seconde moitié du voyage.

L'aéroport de Cracovie ne pouvait accueillir de Jets à réaction ce qui, pour les habitués des vols longue distance, lui donnait un vague d'aspect aéro-club.

En fond de piste, des appareils militaires au rancart paraissaient avoir abdiqué toute velléité de reprendre les airs un jour et commençaient à rouiller sous leur peinture gris-bleu.

– Nous voici à pied d'œuvre, fit Hitler à sa compagne.

Avant de quitter Naples, il avait vendu le fringant cabriolet Mercedes offert par le Parrain, et fait aménager son passeport car on lui avait assuré qu'il se ferait lyncher en Pologne avec un tel patronyme. Le bricolage du document n'avait pas nécessité un travail important. ADOLF HITLER était devenu, à peu de frais, RODOLF HILLER. Un jeu d'enfant pour le faussaire chevronné auteur de la falsification.

L'avion se rangea entre deux appareils. Malgré la proximité de l'aérogare, un bus y conduisit les passagers. Il faisait doux. Le vent soufflait en brèves rafales, malaxant les oiseaux et les feuilles mortes loin de la piste, là où des boqueteaux de bouleaux blancs assouplissaient la rectitude de l'horizon.

Des policiers jeunes et rogues contrôlaient les passeports. L'un d'eux étudia celui d'Adolf et le lui rendit d'un geste mécanique.

Dans la salle d'arrivée, aux dimensions modestes, un individu blond et massif brandissait une pancarte portant son nom d'emprunt. Il s'agissait du taxi dépêché par l'hôtel. Les grands yeux clairs du chauffeur, dénués d'expression, erraient sur les gens sans paraître les voir. Le couple s'avança. L'homme salua. Comme Adolf et Johanna lui tendaient la main, il baisa cérémonieusement celle de la jeune fille ; après quoi il s'occupa de leurs bagages : une valise et un sac à roulettes. Hormis quelques mots d'anglais, il ne parlait que sa langue, limitant ainsi la conversation pendant le trajet.

Hitler avait retenu une suite à l'hôtel *Francuski*. Son guide de voyage le donnait pour un établissement de charme à l'atmosphère « vieille Europe ». Il s'en dégageait une ambiance mélancolique de bon ton. L'architecture intérieure, le papier tapissant les murs et le mobilier, appartenaient à une époque depuis longtemps révolue, sans pour autant être fanés. L'ensemble était sombre et figé, le personnel rare et discret, le silence rigoureux, la lumière tamisée.

– Comment trouves-tu ? demanda Adolf à Johanna.

– D'une gaieté exubérante, plaisanta-t-elle ; toutes les conditions semblent réunies pour que nous fassions l'amour.

Et elle se jeta à son cou. Elle savait qu'il aimait la prendre en soudard, debout contre un mur ou bien à genoux sur le plancher. Il éprouvait un plaisir sadique à lui arracher sa culotte ; elle en achetait à profusion, pressentant qu'elles ne pourraient servir qu'une seule fois.

Afin de marquer leur arrivée, il lui offrit une variante, consistant à réaliser l'arbre fourchu. Pour commencer, il se délecta de sa chatte béante, puis la pénétra jusqu'à ce que la mort exquise s'ensuive. S'il cédait volontiers à la fureur sexuelle, la période qui succédait le laissait dans un état d'amertume et de désarroi long à surmonter. Il feignait l'anéantissement du mâle repu pour ne pas avoir à s'en expliquer, préférant passer pour un mufle plutôt que de céder aux niaises roucoulades des amants comblés. Dans l'amour, il n'appréciait véritablement que l'acte, à condition que sa partenaire y déployât une fougue savante ou, pour le moins, inspirée.

Lorsqu'ils se levèrent, le jour déclinait. La morosité guindée des lieux accentuait l'espèce de vague détresse d'Hitler. « Sensation de fin du monde », estima-t-il.

Ils commencèrent par le commencement : en faisant la traditionnelle visite à « Stare Miasto », le vieux quartier en forme d'incisive, planté dans la ville et cerné d'arbres. L'immense place Rynek Glowny en représente tout à la fois le cœur, le cerveau et le poumon. Un vaste bâtiment, appelé la halle aux draps en occupe le centre ; il abrite une quarantaine de petites boutiques vendant des tissus brodés, des objets souvenirs, religieux et païens, allant du Christ « intime » aux chandeliers à neuf branches, du dragon de Cracovie aux poupées folkloriques, des bijoux d'ambre montés sur argent aux jeux d'échecs en marbre et aux sacs en cuir puant encore la tannerie.

Johanna et Adolf firent « du tourisme d'autocars » avec un puéril plaisir. Hitler chargeait de présents irréfléchis les bras de sa maîtresse rougissante de plaisir.

Ils quittèrent cette caverne d'Ali Baba au rabais, pour se précipiter dans l'un des nombreux cafés cernant la place, y burent de la bière en grignotant des petits pains torsadés, aux graines de pavot.

Ce moment consacré à la découverte de la ville pleine d'intérêt avait détourné l'Autrichien de son spleen et affûté son instinct de chasseur. Il contemplait la place, à travers les vitres de l'établissement et songeait : « Il y a plus de quarante ans, deux hommes sont probablement arrivés ici, lestés de documents, qui, aujourd'hui, mettent l'État d'Israël en transe. Je dois découvrir leur trace. » Les deux fuyards devaient être morts à cet instant. Sinon, quel pouvait être leur âge ? Quatre-vingt-dix ans au moins ? Sans relâche, Adolf pensait à eux, au point que Karl Hubber et Frantz Morawsky lui devenaient familiers. Le Polonais était prêtre. Il semblait étrange qu'il se fût trouvé dans le bunker au moment de l'assaut final. Il flairait là-dessous un mystère de grand style.

– Je suppose que tu songes à ta mission ? fit la jeune fille avec un sourire indulgent.

– Il est temps de s'y consacrer, répondit Adolf.

Elle l'admit d'un hochement de tête.

– Dire que nous sommes ici à cause d'une simple carte postale, reprit-elle.

– C'est l'unique indice en notre possession !

Elle rêvassa un peu et proposa :

– Si nous allions jeter un œil à ce fichu dragon ?

Ils choisirent un landau tiré par un cheval panard, en stationnement sur la place. Le cocher, coiffé d'un chapeau melon et ganté de mitaines, se montra d'une affabilité débordante.

Adolf lui soumit la gravure du dragon imprimée sur le guide et le vieil homme fit claquer son fouet.

Ils ne tardèrent pas à atteindre Wawel, formidable ensemble architectural dressé sur un rocher au bord de la Vistule.

Le monstre de métal paraissait garder l'entrée d'une grotte. Il n'impressionnait pas, malgré son gigantisme, car quelque chose de dérisoire émanait de cet amas de ferraille. Hitler préférait le dragon de la gravure prélevée sur le mur de l'institutrice à

Saviano ; il le trouvait bucolique, alors que celui-là n'était que laideur et évoquait un squelette de dinosaure stylisé. Des touristes le photographiaient sous tous les angles et des gamins se juchaient sur son socle.

Le guide contait la légende de l'animal fabuleux, gros consommateur de moutons et de bergères. Un prince avait promis sa fille et la moitié de son royaume à qui l'anéantirait. Tous les postulants furent dévorés, à l'exception d'un petit savetier, lequel dépeça une brebis, emplit sa peau de soufre et l'exposa devant la grotte. L'horrible bête ne fit qu'une bouchée du leurre et en mourut.

Ils ne s'attardèrent point devant la statue ridicule et Adolf enjoignit au cocher de les ramener à leur point de départ.

La Vistule, verte et dolente, semblait immobile sous les nuages qui s'y miraient.

– Tu as l'air inquiet, déplora Johanna, toute à son allégresse amoureuse.

Il acquiesça.

– J'ai une sorte d'angoisse ; je pressens je ne sais quoi de néfaste, fit-il sourdement.

Ces paroles alarmèrent la jeune Allemande.

– Tu as souvent des prémonitions ?

– Cela m'arrive. Curieux phénomène. Lorsque tu fais vérifier ta vue, on te demande de lire à distance des caractères sur un tableau. Parvenu aux lignes du bas, c'est tout juste si tu les discernes. Tu es certain de quelques lettres et tu devines pratiquement les autres. J'éprouve une sensation identique en essayant d'interpréter mes bouffées de présages.

Il réfléchit et ajouta :

– Une impression de mort domine.

Johanna fit la grimace.

– Tu n'es pas réjouissant...

Le cheval traînait les pieds, en s'ébrouant parfois, comme si cette journée l'avait épuisé. De temps à autre, le cocher annonçait le nom d'une église ou d'un bâtiment public dont ses passagers n'avaient cure. Hitler trouvait absurde ce mode de locomotion à notre époque : plaisir ingénu pour étranger en quête de dépaysement à bon compte.

Soudain, il sortit de l'étui son appareil téléphonique portable.

Contre toute attente on décrocha ; il reconnut la voix dolente de *Frau* Mullener, la femme de ménage de sa grand-mère.

Dès qu'il se nomma, la domestique éclata en sanglots et lui apprit que *Mutti* se mourait. Depuis deux jours, elle traversait une période comateuse entrecoupée de brefs retours à la réalité, au cours desquels elle réclamait son petit-fils.

– Hâtez-vous de rentrer si vous voulez la revoir ! lui recommanda-t-elle ; ça n'est plus qu'une question d'heures, d'après le docteur.

Adolf assura qu'il allait faire son possible pour recueillir le dernier soupir de l'aïeule et coupa le contact.

– Ta grand-mère ? demanda timidement Johanna.

Le garçon en convint.

Sa compagne lui saisit la main ; leurs doigts s'entrelacèrent.

– Tu as beaucoup de peine ?

– Je l'ignore, fit-il ; je vais voir...

– Tu rentres à Vienne ?

Il ne répondit pas.

L'attelage débouchait sur le Rynek Glowny au moment où s'achevait quelque office en l'église Mariacki. Une hémorragie de fidèles s'étalait autour du formidable bâtiment de briques sommé d'un clocher vertigineux. Le haut de celui-ci se couronnait de petites constructions moyenâgeuses aux toits pointus.

Hitler leva les yeux sur elles et déplora de ne pas habiter l'un de ces nids de corbeaux depuis lesquels les siècles contemplaient la ville. Il imaginait la vieille *Mutti* dans son lit, abandonnée sur les rivages de la mort. Son long destin de brave femme s'achevait.

Un début de torticolis courba sa tête.

– Je n'irai pas, fit-il d'un ton farouche ; j'arriverais trop tard.

Johanna ne lui montra rien de ses sentiments. Elle déclara seulement :

– En ce cas, je pars te remplacer, Adolf.

55

Depuis leur chambre, ils établirent l'itinéraire du voyage. Johanna prendrait deux heures plus tard l'avion pour Varsovie. Elle y passerait la nuit pour s'envoler, le lendemain matin, à destination de Vienne avec Austrian Airlines.

Il l'escorta à l'aéroport où ils venaient de débarquer. Un sentiment de reconnaissance lui chauffait l'âme.

Devant le tunnel de contrôle destiné aux bagages, il l'étreignit avec violence.

– Merci du fond du cœur, murmura-t-il. Fasse le ciel que je t'aime toujours autant qu'à cet instant.

Ces paroles la surprirent et l'inquiétèrent. Elle réalisa la fragilité de leurs liens.

Avant de passer la porte de la salle d'embarquement, elle se retourna et lui adressa un geste qu'il devait estimer pathétique, par la suite.

De retour au *Francuski*, il se fit monter un sandwich et de la vodka, mit son pyjama et entreprit de rêvasser, le dos au montant du lit. La chambre comprenait deux couches jumelles. Adolf choisit celle de leur étreinte pour y chercher l'odeur de

Johanna, mais il ne respira que des exhalaisons de tabac froid.

La silhouette de *Mutti* s'estompait déjà dans son esprit. Elle appartenait à ces gens faciles à oublier pour un homme peu enclin à la sensiblerie. Ç'avait été une bonne grosse grand-mère dont la tendresse se mâtinait d'égoïsme. Les joies du confort et de la table lui avaient tenu lieu de bonheur. Adolf se convainquait aisément que sa fin s'opérait dans le même moelleux que sa vie.

Il s'endormit brusquement avec la lumière, accablé par une fatigue épaisse.

Contrairement à la plupart des palaces, l'hôtel stagnait dans une paix feutrée. Le personnel savait s'activer en silence et les mille sonneries de ce genre d'endroit n'étaient pas perceptibles des chambres.

Hitler eut un réveil empâté, comme celui succédant à des libations tardives ; pourtant il avait à peine entamé son carafon de vodka qui baignait dans l'eau des glaçons fondus.

Il éteignit la lampe, mit l'oreiller sur sa tête et repartit dans un sommeil plein de lâcheté, lui permettant de fuir le trépas de *Mutti*. Il dormit quelques heures encore, prit une douche et commanda du café. Il appréciait de flemmarder en peignoir-éponge, le corps humide. Ayant ouvert les rideaux, il constata que ses fenêtres donnaient sur une cour plutôt lépreuse et désertée par les chats eux-mêmes.

D'après l'horaire, l'avion de Johanna était arrivé à Vienne depuis longtemps.

Il s'empara de son portable et composa le numéro de la grand-mère, le cœur battant. *Frau* Mullener lui répondit de sa même voix dolente.

– Alors ? questionna Adolf après s'être nommé.

– C'est toujours pareil, fit l'ancillaire ; pourtant il semblerait qu'il y ait un léger mieux.

– Vous pouvez me passer Mlle Heineman ?

– Qui ça ?

– La jeune fille qui vient d'arriver chez *Mutti*.

– Personne n'est venu !

– Son avion aura eu du retard, il s'agit de ma fiancée : elle ne va plus tarder. Dites-lui qu'elle m'appelle sur mon téléphone privé sitôt qu'elle sera là.

Il s'habilla et sortit. Le temps avait changé. Il faisait gris et venteux, une bruine imperceptible mouillait les trottoirs.

Le jeune homme se félicita d'avoir endossé son trench-coat. Il se dirigea à grandes enjambées vers la place Rynek Glowny ; l'endroit exerçait un véritable magnétisme sur les habitants de la ville, principalement sur la jeunesse estudiantine dont Adolf appréciait la pondération. Il trouvait les filles agréables et les garçons sympathiques. Les unes et les autres appartenaient à une époque révolue. Cette génération ne paraissait pas marquée par la guerre, non plus que par les occupations germano-russes. Un sang neuf guérissait la Pologne de ses plaies.

Il s'arrêta devant une librairie, cherchant des ouvrages en allemand dans la profusion de publications.

Comme il inspectait la vitrine, il tiqua en apercevant dans les reflets la silhouette d'un individu occupé à le photographier. Il fit une volte qui mit en fuite un homme habillé d'une canadienne et coiffé d'une casquette. Le personnage était affublé de lunettes aux verres teintés. Hitler n'eut pas la présence d'esprit de courir après lui. Quand il s'y décida, le photographe venait de s'engouffrer à bord d'une Polonez et se fondait dans la circulation.

L'incident incommoda l'Autrichien. A compter de cet instant, il crut voir partout des « anges gardiens ». Tous ces gens qui badaient lui firent l'effet d'espions à ses trousses.

Il reprit sa promenade, essayant de définir s'il était réellement suivi ou victime d'autosuggestion.

Généralement son calme ne l'abandonnait pas et il ignorait la peur. Mais ce jour-là, il se sentait menacé. A croire que la mort imminente de *Mutti* le fragilisait.

Il pénétra à l'intérieur de l'église Mariacki, vaste sanctuaire gothique tout en longueur, s'assit sur l'un de ses interminables bancs perpendiculaires à l'autel et surveilla la porte.

Chaque arrivant le faisait tressaillir. Adolf l'observait avec acuité, mais aucun ne paraissait s'intéresser à lui.

Le temps passait dans un ronron de prières. Un nouvel office succéda à celui qui venait de se terminer. Ici, les messes semblaient montées sur boucle. Il finit par s'évacuer pendant une élévation alors que les fidèles s'abîmaient en oraisons.

Le soleil s'était remis à briller. Les pavés séchés accueillaient de vieux musiciens en costume chamarré. Un accordéoniste, un violoniste, un clarinettiste et un joueur d'harmonica. Des têtes de grands-pères bienveillants. Depuis combien d'années leur quatuor existait-il ? Il s'attarda à les contempler, puis jeta un billet de dix zlotys dans la corbeille à pain leur tenant lieu de sébile.

A cet instant, Hitler essuya l'éclair d'un flash. Il vit un objectif braqué dans sa direction.

– Qui vous permet ! apostropha Adolf, le regard flamboyant.

Il avait parlé en allemand et l'interpellée parut ne pas comprendre, mais, l'expression sauvage de son poursuivant l'effraya et elle battit en retraite. Il la pourchassa, livide de rage.

– Ouvrez votre appareil ! lui cria-t-il, en anglais cette fois.

La femme se mit à courir gauchement. Il allait la rattraper lorsqu'il vit deux policiers en conversation à cinquante mètres de là. La fille se dirigeait vers eux. Hitler renonça aussitôt à la courser et obliqua vers la galerie marchande. Frustré et indécis, il n'était plus tellement convaincu qu'elle l'avait photographié. Il parcourut la longueur du passage, ressortit sur la place et monta dans un taxi.

– Où allons-nous ? interrogea le conducteur en polonais.

– A l'évêché, répondit l'Autrichien qui avait deviné la question.

L'autre ne réalisant pas, il dessina une mitre épiscopale sur un feuillet de son carnet. Puis, son interlocuteur ne saisissant toujours pas, il adjoignit une crosse à la coiffure. Cette fois, le chauffeur hocha la tête et démarra ; la course fut brève. Elle les amena devant un immeuble ancien aux fenêtres défendues par des barreaux.

Adolf alla sonner à une porte rébarbative, ornée de clous.

Au bout d'un temps qui lui parut interminable, un prêtre chenu, à la calvitie rosissante, lui ouvrit.

Le garçon s'inclina avec dévotion.

– Parlez-vous l'allemand, mon père ? questionna-t-il.

Le vieil ecclésiastique opina.

– Dieu soit loué, murmura Hitler. Mon nom est Rodolf Hiller. Je suis en quête d'un prêtre polonais déporté en Allemagne pendant la guerre. Il a réussi à fuir le Reich, au moment de l'effondrement du nazisme, pour se réfugier en Italie, dans la région de Naples. D'après les renseignements que j'ai rassemblés, il serait rentré en Pologne quelques mois plus tard, accompagné d'un soldat de la Wehrmacht. Je pense que ces éléments devraient suffire pour trouver la trace de ce saint homme s'il est toujours vivant. Son nom est Frantz Morawsky, celui de son compagnon de route Karl Hubber.

Le vieillard écoutait, le visage fermé. Lorsque le visiteur se tut, il demanda :

– Pourquoi recherchez-vous ce religieux, monsieur Hiller ?

– Les deux hommes ont quitté l'Allemagne en emportant des documents dont j'ignore la teneur ; je leur soupçonne une importance historique. Le fait que plus de quarante années aient passé les a évidemment rendus obsolètes, mais n'altère pas leur intérêt.

Le prêtre hésita brièvement, puis laissa pénétrer l'étranger.

– Suivez-moi !

Hitler lui emboîta le pas dans un couloir aux voûtes sonores. Son guide le conduisit jusqu'à une vaste bibliothèque reluisante d'encaustique. Les fenêtres basses donnaient sur un jardin où abondaient les massifs de buis. On apercevait une chapelle éclairée après l'espace vert.

Son mentor lui désigna un siège curule décoré d'incrustations de nacre. Évitant de prendre place dans ce fauteuil, Adolf préféra admirer les ouvrages garnissant les rayons, ainsi que des tableaux religieux rehaussés de dorures.

Une sorte de léthargie solennelle donnait à ce lieu une paix morose. Quelque part, une cloche aigrelette tinta.

Enfin, la porte s'ouvrit et un chanoine corpulent, aux mentons en cascade, fit une entrée majestueuse. Il avait les yeux vairons et des touffes de barbe croissaient de façon anarchique sur ses bajoues. Il fut surpris de se trouver en présence d'un individu si jeune.

– Bonjour ! fit-il en allemand ; le père Nieztezic me dit que vous avez besoin d'informations ?

Son regard anormal et sa respiration bruyante incommodèrent l'Autrichien, cependant il dut reconnaître que l'arrivant était plutôt sympathique.

Hitler se fit le plus aimable possible et recommença sa petite histoire d'une voix honnête.

L'homme d'Église l'écouta avec bienveillance, les mains croisées sur la panse.

Quand Adolf eut terminé son récit, le chanoine paraissait dodeliner, comme pris de sommeil. Pourtant, il demanda :

– Vous dites ne pas avoir la moindre idée de ce que contenait le bagage de ces gens ?

– En effet.

– Comment se fait-il que vous vous intéressiez à quelque chose dont vous ne savez rien ?

« Ah ! songea l'Autrichien avec humeur. " Ils " font du prosélytisme, tout en se barricadant derrière la logique ! »

Il répondit au chanoine :

– Je présume seulement qu'il s'agissait d'une découverte utile à la guerre. Karl Hubber, le compagnon du père Morawsky, se l'était appropriée, j'ignore comment ni avec quelles intentions ; probablement était-il trop tard pour que le Reich en déconfiture puisse tirer parti de la chose. Mon sentiment est que la pseudo-trouvaille gît oubliée dans quelque recoin d'Italie ou de Pologne.

Adolf venait de parler spontanément, poussé par cet instinct l'amenant à proférer des idées qu'il n'avait même pas envisagées une seconde plus tôt. Cela ressemblait à une évidence informulée jaillie en trombe de son subconscient.

Le dodu personnage avait la lèvre gobeuse et constamment humide.

– Et en ce qui vous concerne ? questionna-t-il.

– Oui, monseigneur ?

– Qu'est-ce qui vous induit à rechercher cette invention conçue bien avant vous ?

– Je dois présenter une thèse à l'université de Vienne d'où je suis originaire. Informé incidemment de cette affaire, il m'a semblé intéressant de m'y consacrer.

Son sourire clair, ses yeux lumineux plaidaient en sa faveur.

Le gros chanoine avait les ailes du nez emperlées de sueur. Il s'épongea le front avec un mouchoir de papier.

– Votre projet ne manque pas d'intérêt, convint-il; je suis prêt à vous aider dans la mesure de mes possibilités.

Il désigna un pupitre.

– Écrivez le maximum de renseignements en votre possession et je demanderai à notre secrétariat de se livrer à des recherches. A la condition, naturellement, que notre vénéré évêque n'y soit point hostile.

– Je ne sais comment vous exprimer ma reconnaissance, monseigneur.

– Êtes-vous catholique? s'enquit l'homme d'Église d'un ton faussement indifférent.

– De tout mon être! affirma Hitler vibrant de piété.

Emporté par une poussée de dévotion, il se jeta aux pieds de son interlocuteur qui le gratifia aussitôt d'une bénédiction à l'emporte-pièce, dont Adolf parut rasséréné.

Lorsqu'il se fut relevé, son bénisseur l'enveloppa de sa magnanimité.

– J'espère vous être utile, mon cher jeune homme. Pouvez-vous me rappeler dans quelques jours, je suis le chanoine Levanieski.

– Si le Seigneur m'a conduit à votre porte, c'est bien parce qu'Il savait que vous me tendriez une main secourable, lui répondit Adolf.

Et il sortit à reculons.

56

Il dîna d'un potage aux choux et de côtelettes de porc. Comme il adorait la vodka, le maître d'hôtel lui apporta une bouteille de Cracovia Suprême.

L'alcool lui plut particulièrement. Contrairement aux Slaves, il ne l'ingurgitait pas d'un formidable coup de glotte, mais le conservait en bouche, comme on le fait d'un vin pour mieux en imprégner ses papilles. Il aimait cette brûlure parfumée, fouettant son corps de la gorge à l'estomac.

Un verre supplémentaire lui tint lieu de dessert. Quand il eut réglé sa note, il saisit son téléphone, penaud de l'avoir oublié pendant plusieurs heures. La sempiternelle voix pleurnicharde de *Frau* Mullener semblait l'attendre. En jérémiades détrempées, elle lui annonça que *Mutti* commençait son agonie.

– Passez-moi   Mlle Heineman,   l'interrompit Adolf.

La vieillarde ulula une protestation :

– Mais je vous ai déjà dit qu'elle n'est pas venue, monsieur Adolf !

Hitler reçut la nouvelle de plein fouet.

– Elle ne vous a pas prévenue ?

– Rien !

– Je vais me renseigner, coupa-t-il pour ne plus entendre la pécore.

Brusquement il était alarmé. Le retard de Johanna ne l'avait pas inquiété jusqu'alors et voilà que soudain il devenait catastrophique.

Il tenta de l'appeler dans sa confortable maison munichoise. La sonnerie retentit longuement, mais personne ne répondit. La communication fut déviée sur le signal « occupé », mettant fin à son ultime espoir.

NAPLES

57

L'avant-veille...

Brisé par le chagrin, le Commendatore ne bougeait plus de son vieux logement à l'abandon. Quand la faim le prenait (un besoin purement animal), il ouvrait une boîte de raviolis ou de lasagnes à la tomate et la consommait sans passer par le truchement d'une assiette, à même le fer-blanc.

Se persuadant que son ami d'enfance l'avait condamné, il attendait, sans peur et sans regrets, la balle qui terminerait sa durée. Peu d'hommes se sentaient aussi disposés à mourir. Il abandonnait sa vie comme on jette bas un fardeau dont on n'a plus l'énergie d'assumer le poids.

Le récipient donnait un goût métallique aux conserves froides.

Autre signe de renoncement : il bâclait sa toilette. Sa fine moustache de bellâtre cinématographique des années 30 devenait n'importe quoi. Il la taillait à la va-vite avec ses longs ciseaux, la mutilant par de faux mouvements et trop de désinvolture.

Pendant qu'il s'alimentait, il branchait la télévision, mais les images bondissantes du petit écran ne faisaient qu'accentuer sa détresse.

Ce soir-là, alors qu'il piochait miséreusement

dans une boîte de gnocchis, un coup de sonnette le fit tressaillir.

« Peut-être est-ce l'heure », songea Fanutti en allant ouvrir.

Il se trouva face à un porte-flingue du Parrain, ce qui renforça son sentiment.

L'arrivant lui accorda un de ces courts saluts pleins de réserve et d'hostilité qu'il connaissait bien.

– Vous êtes seul, Commendatore ? demanda le camorriste.

– Comme je vais l'être dans ma tombe ! répondit-il.

Son visiteur émit un bref sifflement entre ses dents.

– Quelqu'un veut vous voir, expliqua-t-il.

Vicino parut au tournant de l'escalier. Il portait son éternel complet noir avec une cravate perle sur une chemise blanche empesée. Un feutre gris, au large ruban sombre, évoquait les gangsters du temps de la prohibition.

Le Commendatore s'effaça pour le laisser entrer ; Don Vicino referma lui-même la porte au nez de son péone. Il fit quelques pas dans le logement et se planta devant la conserve au couvercle dressé d'où sortait une fourchette.

Il contempla la nature morte et se prit à pleurer. Elle racontait la mort de Maria, le désespoir d'Aurelio et toutes les solitudes humaines.

– Ah ! mon ami, balbutia le Parrain, mon pauvre frère d'enfance. « Il y a plus de temps que de vie », chantait ma mère !

Il s'assit sur la chaise qu'occupait naguère le Commendatore, piocha dans la nourriture froide et la mastiqua laborieusement.

– Pourquoi ne fais-tu pas chauffer ces putains de gnocchis ? demanda-t-il.

– Parce que je n'en éprouve même plus le besoin, répondit Fanutti.

Vicino remit la fourchette dans la boîte.

– Je viens t'apprendre des nouvelles pénibles, reprit-il d'une voix dure.

– A quel propos ?

– Au sujet de « notre » fille.

L'étrange pluriel lui avait échappé ; il ne releva pas ce lapsus. Comme le forain attendait des explications, il lâcha tout à trac :

– Cela fait plusieurs jours, j'ai mis des hommes spécialisés sur l'accident de Maria. Des gens de Hambourg de toute première qualité. Je n'ai pas lésiné sur leur prime. En une semaine, ils sont parvenus à débroussailler l'affaire. La voiture a été sabotée par le chauffeur de Johanna Heineman, sur sa demande. Une sacrée putain ! Elle s'est toquée de l'Autrichien et a voulu évincer la concurrence. Son plan a marché au-delà de ses espoirs.

– En es-tu certain ? coupa Fanutti.

– Le chauffeur-saboteur a avoué, ça te suffit ?

– Il est mort, naturellement ?

Le Parrain sourit :

– Tu commences à avoir de saines réactions, Aurelio. Comme quoi, il ne faut jamais désespérer !

VARSOVIE

58

Sa mère lui répétait volontiers : « Tu as l'air plus embarrassé qu'un homme possédant sept femmes ! » Pour l'instant, Alfredo Rossi ne devait s'occuper que d'une seule fille, mais elle lui posait de gros problèmes.

Avant son départ de Naples, il était allé chercher les ultimes instructions du Parrain en compagnie de Lina Esposito, l'une des rares auxiliaires féminines de la Camorra. Le Don s'était montré bref et péremptoire comme à son habitude :

« – Toi, Lina, tu suis l'Autrichien, et toi, Alfredo, l'Allemande. Il est vraisemblable qu'ils se déplaceront ensemble, cela vous facilitera les choses. S'il en va autrement, chacun s'occupera du sien. Avant de décider quoi que ce soit, appelez sur ma ligne rouge avec vos portables. »

Celle-ci devait fonctionner sans tarder puisque, le surlendemain, Gian Franco était informé que Johanna Heineman prenait un billet pour Vienne, via Varsovie.

« – Fais-en autant ! » fut la réponse.

A peine le jeune Napolitain venait-il de raccrocher que sa propre sonnerie d'appel retentissait. Le Parrain, déjà ! Il paraissait décidément de très mauvais poil car il jeta :

« – A la réflexion, empêche-la de quitter la Pologne ! »

« – Qu'est-ce que je dois en faire ? »

« – De la confiture de pute ! » lui jeta le Don avec hargne.

Les heures qui suivirent comptèrent parmi les plus sales moments vécus par Rossi. Il s'embarqua pour Varsovie, voyagea à quatre travées de sa « cliente », affolé à la pensée qu'il lui serait peut-être impossible de l'intercepter avant son vol du lendemain. La peur inspirée par Vicino lui flanquait des maux de ventre. Il passa une partie de la nuit à ourdir un rapt, mais les solutions envisagées ne le satisfaisaient pas. En outre, il se sentait terrifié à la perspective de commettre un tel délit dans un pays où des années de totalitarisme avaient laissé une forte empreinte dans les mœurs policières.

Aux premières lueurs de l'aube, il occupait encore un abri-bus proche de l'aéroport, les os en plomb, les dents crayeuses, l'estomac noué par une gueule de bois qui ne devait rien à l'alcool. Près de lui, un clochard dormait sur les lattes d'un banc souillées par ses déjections.

Quelques heures plus tard, l'Allemande viendrait prendre son avion. Que ferait-il alors pour l'en empêcher ?

Il but plusieurs cafés dans un bar venant d'ouvrir, aux toilettes duquel il procéda à de rudimentaires ablutions. Son énergie revenue, il partit louer une voiture à l'agence de l'aérogare. L'église de son quartier lui manquait. Habituellement, il allait y prier San Gennaro avant chacun de ses coups de main. Il dut se contenter de la chapelle du Terminal Okecie servant à la célébration de différents cultes avec un grand esprit œcuménique.

Il s'y agenouilla, ferma les yeux avec tant de ferveur qu'il crut devenir aveugle et parlementa « sérieusement » avec le saint patron napolitain.

L'effet ne se fit pas attendre. A peine sorti de son recueillement à l'emporte-pièce, il tomba sur un magasin de jouets où il fit l'emplette d'une panoplie de *mundur* (policier) qu'il dépiauta en quittant la boutique. La casquette réglable lui allait et le pistolet de plastique dans son étui de faux cuir faisait illusion, de même que la plaque façon shérif. Certes, le premier flic qui l'apercevrait tiquerait devant son accoutrement de fête foraine, mais celui-ci ne pouvait constituer un délit, surtout de la part d'un touriste italien ! Si on l'interpellait, il prétendrait vouloir faire une farce à un ami.

Le garçon attendit devant le guichet de contrôle, au seuil de la salle d'embarquement. Chaque seconde grignotée par la trotteuse accentuait son angoisse.

Et puis elle fut là, dans son imperméable mastic, une écharpe verte autour du cou, sa valise vingt-quatre heures à la main.

Le camorriste se leva pour aller l'intercepter ; à cet instant précis deux vieilles dames, probablement britanniques, se dressèrent devant lui et le pressèrent de questions.

Comme tous ceux vivant d'arnaques à l'ombre du Vésuve, Alfredo possédait des rudiments d'anglais qui lui permirent de se débarrasser rapidement des *mamies globe-trotters*. Libre, il constata que Johanna se trouvait déjà dans la salle d'embarquement.

Sans hésiter, il fonça, bousculant les gens de la file. L'hôtesse qui récoltait les talons des coupons, médusée par son audace ne réagit pas. Alors l'Italien joua son va-tout. Il se précipita sur l'Allemande au moment où elle prenait un livre dans la poche extérieure de sa valise.

Son regard fixe, dénué d'expression, glaça le sang de la voyageuse.

Il fit un signe à ce point péremptoire, pour lui signifier de le suivre, qu'elle n'hésita pas.

Restait à rebrousser la voie d'accès. Sa mine rébarbative continuait de faire merveille. La préposée au contrôle cria quelque chose à propos du billet de Johanna, il y répondit par un geste désinvolte.

A partir de ce point stratégique, il saisit le bras de la jeune fille et se mit à la pousser rudement. Désormais, tout lui semblait aisé.

Elle commença à parler au sortir des bâtiments, puis à protester une fois dans le parking souterrain.

Lorsqu'il ouvrit la porte passager de la voiture, elle refusa délibérément d'y prendre place.

Sans hésiter, il lui décocha une manchette à la gorge et la tassa dans le véhicule, la tête en bas sous le tableau de bord.

Le chef de la Camorra avait eu raison de lui faire confiance. Une fois à pied d'œuvre, Rossi se comportait avec détermination. Il acheta une bouteille de vodka dans une boutique de banlieue, et en vida une partie sur sa passagère, toujours estourbie.

Un peu plus tard, la route traversant une forêt, il stoppa sous le couvert des arbres, retira Johanna de sa mauvaise posture et profitant de ce qu'elle recouvrait ses esprits, lui entonna l'alcool en pinçant ses narines pour la forcer à avaler. Très vite, elle replongea dans l'inconscience.

Il eut bientôt le regard accroché par un lotissement à l'allure concentrationnaire composé d'une quantité de huttes disséminées dans un champ. L'endroit ressemblait à un motel rudimentaire. A l'orée du camp s'érigeait une construction servant d'office. Le Napolitain se sentit conforté par son esprit de décision. Il se présenta à une porte comportant le mot « Agency », dont le néon palpitait de manière inquiétante. Un unijambiste à la vareuse verdie, d'aspect plus ou moins militaire, lui loua l'un des bungalows et conserva son passeport en otage.

La minuscule habitation se composait d'une chambre proche du dénuement et d'un lavabo à deux robinets qui avaient toujours ignoré l'eau chaude.

L'installation du couple fut prompte. Alfredo posa la valise de sa victime dans un angle de la pièce et appela Don Vicino sur son portable.

L'humeur du Parrain s'était radoucie; il alla jusqu'à complimenter son auxiliaire pour l'initiative dont il venait de faire preuve. Il nota les coordonnées du motel et ordonna au garçon de s'y terrer jusqu'à ce qu'il reçoive des instructions, voire des renforts.

Rossi s'allongea tout habillé au côté de la prisonnière et entreprit de la caresser voluptueusement. Comme tous les Méditerranéens, il raffolait des blondes.

CRACOVIE

59

Il comprit rapidement qu'une machination était ourdie contre eux depuis leur arrivée à Cracovie. Sans doute se serait-on contenté de les surveiller si Johanna n'était repartie brusquement. Le réflexe de leurs poursuivants avait été d'intercepter la jeune fille. Dans quel but? Il l'ignorait. Mais sachant que toute opération correspond à un mobile, Adolf se faisait fort de découvrir le leur.

La situation venait de se décanter puisque, dorénavant, il savait qu'il n'était pas le jouet d'une fausse impression. La disparition de l'Allemande confirma sa certitude qu'il s'agissait d'un rapt.

Il éprouva alors un curieux sentiment de griserie. Tout danger le stimulait au lieu de l'effrayer car il lui procurait une impression d'invincibilité.

Lorsqu'il lui arrivait de réfléchir à cette exaltation, il doutait quelque peu, non pas de sa raison, mais de son intérêt pour la vie. Au gré de ses aventures sexuelles, il se rendait compte qu'il n'aimait personne et allait d'un emballement à l'autre, croyant chaque fois à une passion nouvelle qu'un simple incident ruinait en un instant. Il détestait s'enfoncer dans ces introspections décevantes le rendant incertain de tout et principalement de ses mœurs. Il n'était rien d'autre qu'un funambule, fou

305

de témérité, cheminant sans balancier sur un fil mal tendu.

Il devait, avant toute chose démasquer son ange gardien. Son instinct l'avertissait qu'il s'agissait d'une femme douée pour la filature, riche d'une psychologie aiguë. Cette situation irritait l'Autrichien qui choisit d'en terminer au plus tôt.

Adolf commençait à connaître les points clés de la ville. Il décida de se rendre au tumulus de Tadeusz Kosciuszko, monticule de terre de 326 mètres, érigé en 1821-1823 avec de la terre apportée dans des sacs par des Polonais du pays tout entier. Adolf l'avait aperçu la veille, sans toutefois l'escalader. Sur le plan touristique, pas grand-chose ne l'intéressait, hormis certaines peintures.

Il prit un taxi pour se faire conduire jusqu'à ce promontoire ne ressemblant à rien. Un sentier cimenté s'enroulait autour du cône comme un ruban blanc après un pain de sucre. Il régla son billet d'entrée et attaqua la puérile ascension de ce Ventoux miniature. La montée ne tarda pas à l'essouffler. Il la gravit cependant d'une allure régulière, s'interrompant pour considérer le paysage qui se développait au-dessous de lui. Il apercevait le taxi, en bas, à l'ombre d'un boqueteau. Le conducteur en était descendu et profitait de la halte pour fumer. Derrière lui, stationnait un minibus de l'agence Orbis dont les occupants venaient d'atteindre le faîte du tumulus en poussant des cris de victoire comme s'il se fût agi de l'Annapurna.

Enfin, une troisième voiture se tenait embusquée sous les frondaisons ; Adolf distinguait une femme au volant, vêtue d'un imperméable noir, un foulard de soie bleue noué sur la tête. Il sut avec une absolue conviction qu'il s'agissait de « sa fileuse ». Une flambée de rage l'envahit.

Sans presque réfléchir il s'élança dans la pente, sur la partie opposée. Négligeant le chemin de terre battue, il dévala le monticule. Il avait l'impression que ses jambes s'enfonçaient dans son buste. Il chuta à deux reprises, eut le plus grand mal à se relever, mais se retrouva au pied du cône en un temps record. Il se défit de la terre adhérant à ses vêtements et aborda le guichetier.

Par chance, le bonhomme parlait un peu d'allemand comme beaucoup de personnes âgées. Hitler lui remit une pincée de zlotys en lui demandant d'aller régler son taxi et de conserver le reste de la somme. Le préposé, ébloui, s'empressa. Adolf sortit alors de l'enceinte en décrivant un grand arc de cercle, afin de prendre la guetteuse à revers.

Depuis son volant, elle surveillait le tumulus. Adolf se présenta côté forêt, plié en deux. Il saisit la poignée de la porte et se jeta brusquement sur le fauteuil passager.

La femme sursauta et tourna la tête vers l'intrus.

– J'espère ne pas vous avoir effrayée, dit-il en italien, je meurs d'envie de vous connaître.

Avisant une sacoche coincée entre les deux sièges avant, il s'en empara, l'ouvrit à tâtons en continuant de fixer la conductrice des yeux. Ses doigts l'explorèrent avec promptitude. Ils y découvrirent un couteau à cran d'arrêt dont la lame effilée devait mesurer une douzaine de centimètres.

– Il est dangereux de faire du tourisme dans ce pays avec un poignard en guise de poudrier.

Ayant dit, il le lança dans les taillis avoisinants.

– En route ! ordonna-t-il.

Comme la fille ne se décidait pas, il arracha le foulard qu'elle portait sur la tête. L'Autrichien fut surpris de la trouver jolie. Sa coiffure extrêmement courte la faisait ressembler à un adolescent. Cet aspect équivoque lui assurait un charme étrange, vaguement androgyne.

– Je vous ai dit de démarrer ! dit Hitler d'un ton neutre.

– Vous m'enlevez ? demanda-t-elle avec calme.

– Provisoirement.

Un sourire ironique crispait les traits de l'Autrichien. Il se pencha sur elle et chuchota :

– Démarre, sinon je t'arrache la matrice avec mes ongles. Tu ne peux pas imaginer ce dont je suis capable !

Leurs yeux se défièrent. Progressivement, ceux de la Napolitaine s'éteignirent. Une sombre résignation la contraignit à obéir.

Il jeta un regard à la jauge d'essence : le réservoir semblait pratiquement plein. Il lui recommanda de rouler à allure modérée.

Afin de l'inciter à une complète soumission, Adolf retira une épingle à chapeau plantée dans l'épaisseur de son revers.

– Voilà qui est plus efficace que ton ridicule couteau, connasse ! dit-il en appuyant la pointe de l'objet contre son flanc. Il me suffit de peser sur la boule de verre pour te transpercer le cœur. Je l'ai achetée hier, chez une vieille modiste ; c'est fou ce qu'on trouve comme objets surannés dans ce pays !

Elle conserva son calme.

Une foule de questions se pressaient dans l'esprit d'Hitler ; il les réservait pour plus tard, lorsqu'il aurait déniché un lieu adapté à un interrogatoire poussé et s'en délectait à l'avance.

« Deviendrais-je sadique ? » se demanda-t-il.

Cette supposition l'amusait, il la trouvait grandiloquente et disproportionnée.

Sadique ? Sûrement pas ; méprisant seulement. La race humaine ne l'émouvait jamais ; il la jugeait indigne, larmoyante et poltronne.

– Où allons-nous ? interrogea la fille.

« Si je le savais seulement ! » songea-t-il.

Il prit un air dur et ordonna :

– Continue, je te guiderai.

Ils poursuivirent leur trajet en direction de Jaslo. Hitler tenait toujours l'épingle à chapeau pointée entre deux côtes de la conductrice. Dans les courbes, il s'inclinait vers elle et l'épingle la meurtrissait; chaque fois, elle pousait un léger cri de douleur.

La circulation restait très fluide. Tous les véhicules semblaient vieux et épuisés. La route devint rectiligne. Elle longeait des hectares de prairies en friche au fond desquelles une succession de bâtiments, sans étage, achevait de s'écrouler dans les hautes herbes.

— Prends par le champ, en direction des ruines ! décida Adolf.

— Et si nous nous enlisons ? objecta la fille.

— Nous nous enliserons.

Une agression plus vive de l'épingle la dissuada d'argumenter. L'automobile se risqua dans les friches formées de chardons, de ronciers et de fougères. Un mouvement de terrain la rendait invisible depuis la route.

— Vous comptez me tuer ? demanda-t-elle.

— Aucune idée, répondit Adolf. Affaire de circonstances.

Quand ils parvinrent aux constructions, il lui ordonna d'entrer avec la voiture dans les vestiges d'une cour intérieure.

Des oiseaux, ressemblant à des pigeons ramiers s'envolèrent à leur arrivée.

Il coupa lui-même le contact et empocha la clé.

Elle se tourna vers lui, le considérant avec attention, et remarqua :

— Vous êtes très jeune.

— Illusion, répondit-il ; je suis très vieux, au contraire !

VARSOVIE

60

Étrange détention assurée par un homme qui passait son temps à la prendre et à l'estourbir ; à l'enivrer aussi...

Rossi se rendait le matin dans la localité la plus proche. Avant de sortir, il la contraignait à absorber deux pleins verres de whisky ou de vodka. Après quoi, il la foudroyait d'un crochet au menton, à la sécheresse imparable. Quelques années auparavant il avait essayé de la boxe, sport que sa fiancée de l'époque l'avait obligé d'abandonner à cause d'une fracture du nez difficilement récupérable. Depuis, le noble art lui manquait ; il regrettait la carrière qu'il aurait pu connaître.

Il s'absentait brièvement, le temps d'effectuer quelques emplettes de première nécessité : conserves, alcools, cigarettes. Il avait du mal à vivre sans ses journaux et ses jeux télévisés. D'un naturel gourmand, il ne s'adaptait pas aux friandises polonaises. Privé de la *pasta*, il ne tirait aucune compensation des charcuteries de l'endroit qu'il trouvait insipides.

A son retour, sa prisonnière était toujours inconsciente. Il la ranimait avec des compresses d'eau froide. Elle pleurait beaucoup en reprenant ses esprits. Vaguement navré, Alfredo Rossi la comblait alors de caresses et de baisers fougueux, larmoyait à l'unisson en la pressant contre lui, léchait avec passion ses larmes, ses seins et sa chatte, implorait son pardon avec des hoquets d'enfant, se signait, priait la Madona et promettait à Johanna de l'épouser à bref délai.

Ce régime désordonné les aurait réduits à l'état de zombies si, dans l'après-midi du quatrième jour, le Commendatore ne les avait rejoints.

Son côté De Sica avait fait place à une sorte de Boyard teint, enveloppé d'une pelisse à col de renard roux en harmonie avec sa nouvelle couleur capillaire et coiffé d'un feutre taupé vert acide.

Un homme l'accompagnait : jeune, du genre gringalet frileux. Fier de sa moustache clairsemée et de ses cheveux sculptés dans un bloc de gomina Argentina. Privé de manteau, il claquait des dents.

Ces messieurs survinrent au moment où Alfredo sodomisait la captive afin de varier ses plaisirs.

Les arrivants furent impressionnés par ce spectacle. L'étreinte contre nature de ce jeune couple les plongea, l'un comme l'autre, dans une vive indignation. Il n'y avait rien de vertueux dans leur colère, plus simplement une honte méprisante.

Aurelio administra un maître coup de pied dans les jambes de Rossi.

– Enfant de pourceau ! cria-t-il. J'espère que le Parrain te fera trancher le sexe lorsque nous lui raconterons la manière dont tu gardes tes prisonnières !

Penaud et dégrisé, le garçon réintégra ses brailles en tremblant. Une intense pâleur transformait son visage en masque mortuaire.

– Elle m'a fait perdre la tête, chuchota-t-il. Plusieurs jours enfermés dans cette niche à chien, tous les deux...

– Nous réglerons cela plus tard ! coupa Fanutti. Il est urgent de la faire parler.

Il se tourna vers Johanna, encore agenouillée sur le lit, le cul offert.

– Sa pose est bien choisie, dit-il à son chétif compagnon, lequel répondait au sobriquet de Mickey.

Ce dernier approuva et sortit une petite trousse métallique de sa poche. Il possédait une grande dextérité d'infirmier. L'Allemande demeura sans réaction quand l'aiguille se ficha dans sa fesse.

– Voilà, assura Mickey. D'ici dix minutes, elle n'aura plus de secrets pour vous.

Il rangea son matériel avec des gestes soigneux.

– C'est bon, dit Aurelio lorsqu'il eut terminé ; allez boire un flacon de vodka quelque part pendant que je discuterai avec cette petite garce !

Les deux autres sortirent.

Le Commendatore les regarda par la fenêtre se rendre au parking et monter dans la voiture de Rossi. Il poussa le loquet, s'empara de l'unique tabouret et vint s'asseoir au chevet de la jeune fille. Il était désemparé car il n'avait pas imaginé ainsi sa rencontre avec la meurtrière de Maria.

Au bout d'un moment, il s'aperçut qu'elle le regardait avec curiosité.

– Comment vous sentez-vous ? ne put-il se retenir de lui demander.

Elle eut un bref haussement d'épaules.

Il reprit, après l'avoir détaillée plus longuement :

– Vous avez le menton tout bleu...

Elle eut un mouvement incertain pour porter la main à sa mâchoire, toucha, fit la grimace...

– Il vous frappe ?

Elle fit un geste affirmatif.

– Il vous cogne et vous encule : drôle de camorriste !

C'était la première fois que l'ancien forain œuvrait pour la Camorra. Il avait fallu la mort criminelle de celle qu'il continuait d'appeler « sa fille » pour faire de lui un militant occasionnel. Sa tâche venait de le conduire dans ce pays si différent du sien afin de « prendre livraison d'elle ».

Deux objectifs dans l'entreprise : l'un dicté par la cupidité, l'autre par la vengeance.

– Je peux savoir qui vous êtes ? murmura la jeune Allemande d'un ton exténué.

– Le père officiel de Maria, répondit-il.

CRACOVIE

61

– Sais-tu ce que je crois ? demanda Hitler à sa prisonnière.

Elle secoua négativement la tête.

– L'endroit où nous sommes est un ancien kolkhoze datant de l'occupation soviétique.

Elle eut un hochement de tête indifférent.

– Curieux, cette léthargie succédant au régime totalitaire, poursuivit l'Autrichien, comme se parlant à soi-même. Rien n'a remplacé la férule rouge, à croire que l'exploitation d'alors ne pouvait plus être utilisée, ni transformée.

Ils se trouvaient dans un corps de bâtiment encore debout, malgré son toit affaissé comme la tente d'un cirque dont on a retiré le chapiteau. De l'ancien mobilier, il ne subsistait rien. Quelques grosses pierres pouvaient servir de sièges, à la rigueur. Adolf en désigna une à la captive :

– Assieds-toi, tu seras plus à ton aise pour répondre à mes questions.

Elle obéit.

– Dis-moi ton nom, reprit-il, ça facilitera les rapports humains.

– Lina.

– Tu travailles pour la Camorra ?

Elle sourit et répondit d'un ton enjoué :

– Secret professionnel !

Il lui aligna un coup de poing qui fit éclater ses lèvres. Instantanément, un flot pourpre jaillit de sa bouche et ruissela d'abondance sur le ciré dont la brillance rendait le sang lumineux.

– A compter de tout de suite, chaque mensonge ou mot d'esprit te vaudra un coup d'épingle, petite pute infecte ! Si je te la plante dans le derrière, ça t'amusera peut-être, mais dans l'œil ? Hein ? Dans l'œil ? Je t'en supplie, fais quelque chose pour moi : ne me pousse pas à bout !

L'expression de son bourreau lui causa une telle épouvante qu'elle faillit vomir.

– Ça commence sec, non ? ricana Adolf.

Tout à coup, comme s'il changeait le cours de ses préoccupations, il sortit son téléphone et composa le numéro de *Mutti*. Cette fois, ce ne fut pas *Frau* Mullener qui répondit mais quelqu'un au parler rauque dont on ne pouvait, à l'oreille, déterminer le sexe.

Indécis, il se nomma, puis demanda des nouvelles de son aïeule.

– Dolfy ! balbutia-t-on.

Et il réalisa qu'il communiquait avec sa grand-mère...

Abasourdi par la stupeur, autant que par la joie, il dit à la « rescapée » son bonheur de l'entendre et l'amour qu'il lui portait. A sa grande surprise, des larmes sporadiques coulaient sur ses joues. Il reniflait, pareil à un jeune enfant ignorant ce qu'est le chagrin mais découvrant la volupté des pleurs.

Très vite, il se reprit, promit à la vieille femme d'aller la voir sous peu et rengaina son appareil.

– Je t'écoute ! fit-il à Lina d'une voix qui n'avait rien perdu de son sadisme.

Elle semblait hagarde car elle venait de réaliser la vraie nature du jeune homme. Avec ce garçon, tout était possible, surtout le pire.

– Je t'ai demandé si tu appartiens à la Camorra ?

– Je rends des services.

– En suivant quelqu'un comme ta culotte suit ton cul ? Tu me dégoûtes !

Elle détourna les yeux.

– C'étaient les ordres.

– Que racontes-tu dans tes rapports ?

– Vos déplacements, la manière dont vous vivez... Les gens que vous rencontrez...

– Par exemple ?

– Votre visite à l'évêché.

– Tu travailles en pool avec un type ?

Elle acquiesça.

– Un autre connard de votre clique ?

Elle eut un hochement de tête désemparé.

– Lui se chargeait de mon amie ?

– Oui.

– Il l'a supprimée ?

– Seulement interceptée.

– Pourquoi ?

– Parce qu'elle s'apprêtait à quitter Cracovie.

– Ça changeait quoi à la situation ?

– On voulait s'assurer d'elle pour récupérer certaines choses qu'elle détient à Munich.

Hitler soupira :

– Un jour ou l'autre ça devait se produire : un forban ne saurait tolérer qu'un magot passe à portée de ses sales pattes sans se l'approprier.

Le jeune homme reprit son téléphone. Il composa la ligne privée du Don et, à la première sonnerie, présenta son portable à sa compagne.

– Demande à parler au vieux et passe-le-moi !

On mit du temps à répondre. Il perçut une voix féminine. Malgré le laconisme de Lina, la conversation dura.

Enfin elle interrompit le contact et annonça :

– Le Don a eu une hémorragie abdominale cette nuit, son médecin l'a fait hospitaliser.

VARSOVIE

62

Le Commendatore traversait une étrange épreuve qui le modifiait moralement, comme le modifiait physiquement la teinture de ses cheveux.

Venu en Pologne pour venger la mort de sa fille, voilà que le support de la haine venait à lui manquer. Brusquement privé de ce puissant moteur, il pantelait dans ses anciennes résolutions homicides.

Plus il la contemplait, plus Johanna l'émouvait. Il la trouvait pathétique dans cette déchéance imposée par Alfredo Rossi. Le viol, l'alcool, les coups et la peur l'avaient brisée. Fanutti se découvrait si troublé par cette misérable Ophélie qu'au lieu de lui extirper des renseignements, il se contentait de lui tenir la main. Il atteignait l'âge où l'homme sensible au charme féminin admire désespérément les jeunes filles, fussent-elles souillées.

Il se persuadait que Johanna avait été l'instrument de l'Autrichien. Il prenait Adolf pour un inverti chez qui nuire constituait le meilleur des divertissements. Après avoir séduit la veuve de Nino Landrini, il s'en était pris à la blonde Munichoise afin de mieux l'écarter de sa route lorsqu'il en aurait assez.

Embrumée par l'effet de la piqûre, l'Allemande stagnait dans une torpeur réparatrice. Elle avait posé la joue sur cette grosse main emprisonnant la sienne et traversait une période de répit, sinon de félicité.

Un bruit vaguement harmonieux retentit. Il fallut quelques instants à Aurelio pour réaliser qu'il s'agissait de la sonnerie du portable.

Il dénicha l'appareil dans une poche de sa pelisse et mit le contact. Une voix mâle demandait à lui parler.

– Je suis Fanutti, grommela Aurelio.

– *Salute,* Commendatore, fit son correspondant, c'est Valentino Manfredo.

L'ancien forain esquissa une grimace. Manfredo était « une punaise de l'ombre », conseiller de Vicino dans les affaires torves comme l'avait été Carlo Zaniti, mais en plus ambigu. Malin et cupide, le « madré » restait en retrait, se gardant d'apparaître à l'avant-scène. Il négociait les affaires de contrebande, les achats de fonctionnaires, et certaines exécutions délicates.

La surprise d'Aurelio fut vive d'être appelé à Varsovie par cet être à la fois obscur et influent.

– Si je m'attendais ! s'exclama-t-il. Que me voulez-vous, Valentino ?

– Vous annoncer une bien triste nouvelle, Commendatore. Le Parrain vient de décéder d'une hémorragie interne à la Clinique des Saintes-Grâces.

Comme toujours en pareil cas, un sentiment d'incrédulité assaillit le bonhomme. Une déferlance de souvenirs le submergea. Il ferma les yeux pour mieux accueillir ce monceau de chagrin mêlé de soulagement.

– De quoi est-il mort, avez-vous dit ?

– Hémorragie interne. Les médecins l'avaient maîtrisée, mais tout de suite après il y a eu une récidive, fatale cette fois.

– Il s'est rendu compte de ce qu'il lui arrivait ?

– Bien sûr. Mais il est resté conscient et calme jusqu'au bout !

– Vous y étiez?

– Il m'avait fait venir pour me donner ses ultimes directives.

– De quel genre? demanda Fanutti, oppressé.

– Cela concerne l'opération de Munich; vous voyez de quoi je parle?

– Parfaitement.

– Il faut tout stopper, Commendatore. Renvoyez vos équipiers et revenez à Naples avec la fille. D'ailleurs vous devrez assister aux funérailles et tenir les cordons du poêle; n'étiez-vous point son ami le plus cher?

– Le plus ancien, rectifia Aurelio.

« Le Roi est mort, vive le Roi! » songea Fanutti. Les camorristes se réuniraient et plébisciteraient un nouveau Parrain.

Cet appel téléphonique semblait indiquer que Manfredo était le *papabile* le plus convaincant. A une époque où la Camorra se sentait à l'étroit dans ses chaussures, un manœuvrier habile, plein de pondération, s'imposait. Sans jamais l'avoir fréquenté, le Commendatore connaissait de longue date la réputation de l'homme. Une ère nouvelle allait commencer, en comparaison de laquelle le règne des Borgia ferait figure de bluette.

Tandis que le souffle de Johanna devenait pareil à celui d'un jeune enfant, le vieux saltimbanque se mit à échafauder sa fin de vie, comme un romancier son livre. Il en traça un canevas rigoureux et sa joie créatrice fut complète quand il entreprit de la meubler de détails.

Alfredo et Mickey étaient fortement « entamés » par la vodka lorsqu'ils regagnèrent le motel. L'accueil de Fanutti manqua de chaleur.

– Vous êtes deux sous-merdes! assura-t-il. En tout cas, toi, Rossi, tu pourras aller vendre des paquets de cigarettes emplis de sciure dans les rues de Naples. Êtes-vous en état de m'entendre, au moins?

319

Ils le jurèrent sur la Madone.

Le Commendatore fut assez magnanime pour les croire. Il leur apprit le brusque décès du Parrain. L'information les pétrifia.

– Dans ces circonstances, nos projets ne tiennent plus, ajouta Aurelio! Tout le monde met le cap sur la Galerie Umberto Ier. Je vous signale, avant la fin du conclave, que ce sera probablement Valentino Manfredo le prochain pape. Si vous tenez à vivre vieux, vous devrez y mettre du vôtre!

Il décida qu'ils rentreraient en deux groupes : Mickey et Alfredo partiraient immédiatement, lui suivrait sitôt que la fille aurait suffisamment récupéré pour affronter la police des frontières.

CRACOVIE

63

Un tramway bleu, composé de trois voitures, passa en faisant miauler les rails dans la courbe. Hitler regarda les vitres scintillantes criblées de gouttes de pluie. Une sarabande de têtes, en majorité blondes, défilèrent. Mornitude du quotidien irréparable.

Soudain, il se trouva à moins d'un mètre du vieillard qui l'avait reçu lors de sa visite à l'évêché. Comment se nommait-il, déjà? Oh! oui : le père Nieztezic. Vivement, il lui adressa un geste empreint de respect, auquel l'homme d'Église répondit par un sourire.

Puis le convoi en s'éloignant lui restitua la perspective de la place. Une énorme pompe à main dressait sa silhouette anachronique au milieu de l'immense esplanade. Des touristes venaient y remplir leurs bidons.

Flâner le culpabilisait. Il jugeait son enquête au point mort, privée d'impulsion.

Il tressaillit en sentant une main saisir son coude. C'était Nieztezic, tout sourire derrière sa barbe.

– Je suis descendu du tramway en vous apercevant, dit-il; j'aime les rencontres organisées par le Seigneur.

– Auriez-vous du nouveau concernant le père Morawsky ? s'enquit Adolf.

– Officiellement, non, dit le religieux.

– Et officieusement ? se permit-il d'insister avec une mimique charmeuse.

Le doux vieillard regarda, perplexe, le Rynek Glowny, comme s'il s'attendait à y voir déboucher un régiment de blindés soviétiques.

– Nous serions mieux pour parler dans un endroit discret.

– Une église ? demanda l'Autrichien en montrant Notre-Dame Mariacki.

– L'office va débuter, objecta le portier de l'évêché, sans chaleur.

– Alors, une brasserie ?

Cette fois, le saint homme jugea l'idée excellente.

Ils gagnèrent un établissement de la place dont le fond pénombreux et désert se prêtait admirablement à des conciliabules.

– Que souhaitez-vous prendre, mon père ? demanda Adolf à son invité lorsque le garçon s'approcha.

Une expression d'envie anima le visage patriarcal.

– Comme vous, risqua-t-il.

– Que penseriez-vous d'un carafon de vodka ?

– Ce sera parfait ; toutefois j'ai peur que l'alcool, avant le repas...

– On pourrait le tempérer en mangeant des harengs à la crème ?

L'ecclésiastique se fit une joie de traduire au serveur la commande formulée en allemand par son hôte.

Hitler ne le pressa pas de parler, sentant qu'il lui restait d'ultimes hésitations. Pour meubler l'attente, il lui présenta une corbeille de bretzels salés. Le prêtre y plongea vivement la main.

Pour lui permettre de grignoter en paix, Adolf

parla avec enthousiasme de la foi polonaise obligeant les fidèles en surnombre à suivre la messe depuis la chaussée, à genoux sur le pavé mouillé. Il le fit avec des accents qui amenèrent des giboulées dans les yeux de son compagnon.

Bientôt on leur servit une carafe d'un tiers de litre et deux assiettées de harengs à la crème sur un lit d'oignons. Un premier verre « d'eau de feu » colora les pommettes du vieil homme.

– Que vouliez-vous me dire à propos du père Morawsky ?

– Que nous étions au séminaire ensemble !

– Ce n'est pas possible !

– Mais si : il n'avait qu'une année de plus que moi ! C'était un utopiste, une sorte de moine-chevalier dont l'idéal s'encombrait d'un courage inemployé. Il est né plusieurs siècles trop tard. Cet être avait un tempérament de Croisé.

Le religieux parlait en mastiquant. La crème dans laquelle baignaient les harengs emperlait barbe et moustache. Il avala une rude bouchée grâce à l'assistance d'un nouveau verre d'alcool.

– C'est de la bonne ! affirma-t-il en se resservant.

Puis il parut méditer et déclara, d'un ton « ailleurs » :

– Il doit être mort depuis un bon bout de temps.

– Qu'est-ce qui vous le donne à penser, mon père ?

– La dernière fois que je l'ai vu, et ça ne date pas d'hier, il m'a semblé très malade. On venait de l'opérer d'un cancer, m'a-t-il appris ; de l'estomac, je crois...

– Quand était-ce ?

– L'année où Karol Wojtyla a été élu pape (il se signa), en 1978, cela fait dix ans.

– Il habitait Cracovie ?

– Il y a séjourné le temps de son opération ; il s'apprêtait à repartir dans les Carpates où il vivait depuis la fin de la guerre.

– Il vous a donné son adresse ?

– Non. Et je ne la lui ai pas demandée. Dans la conversation, il m'a dit en riant qu'il se trouvait à peu près à égale distance de l'Ukraine et de la Tchécoslovaquie.

Une soudaine surexcitation chauffa la poitrine d'Adolf. Se pouvait-il qu'il touchât au but ? Son allégresse fut tempérée par le probable décès de ce singulier prêtre.

À grand renfort de vodka, il essaya d'en apprendre davantage, mais son invité ne savait rien de plus. L'âge et la vie feutrée de l'évêché avaient engourdi sa mémoire.

– Je vous remercie pour votre aide précieuse, dit le garçon, avec sincérité. Me permettez-vous de vous faire un don à l'intention de vos pauvres, mon père ?

– Je n'ai pas d'autres pauvres que moi-même, repartit avec humour l'ecclésiastique. Grâce à cette collation impromptue, vous venez de m'accorder un instant de bonheur impie dont il va me falloir faire pénitence.

Il avança ses doigts décharnés sur l'avant-bras du jeune homme.

– Je devine une grande détresse en vous, mon ami. Quelque chose m'avertit que votre existence sera brève ; mais il ne faut rien craindre !

Hitler lui sourit et murmura d'une voix paisible :

– Je ne crains rien.

64

L'après-midi, il voulut louer une voiture mais se heurta à une difficulté inattendue : les agences polonaises ne traitaient qu'avec des clients de plus de 21 ans. Il regretta de n'avoir pas falsifié sa date de naissance en même temps que son nom sur son passeport.

Il s'en alla traîner dans Kazimierz, le quartier juif, peuplé de soixante mille habitants avant la guerre et qui en comptait moins de cinq mille aujourd'hui.

Presque tous les hommes portaient la *kippa*; ceux qui circulaient tête nue, des étudiants pour la plupart, croisaient leurs deux mains sur la tête pour pénétrer dans la synagogue. Ils paraissaient joyeux et avaient à peu près son âge. Adolf les envia confusément d'avoir connu tant de martyrs et de demeurer aussi sereins.

Personne ne prenait garde à lui, il l'avait déjà remarqué : il était transparent et laissait tout le monde indifférent. Il entra dans une librairie, fit l'emplette d'une carte routière consacrée au sud du pays, puis alla s'asseoir sur une borne d'incendie pour l'étudier sans plus attendre. Il constata que l'extrême sud-est formait une sorte d'appendice entre la Tchécoslovaquie et l'Ukraine. Il fut immédiatement convaincu que c'était dans cette

excroissance de la Pologne, au cœur des Bieszc-
zady qu'avaient habité Frantz Morawsky et son
compagnon Karl Hubber, car c'est l'unique point
des Carpates qui soit à égale distance des deux
frontières. Il sut que son enquête serait ardue à
cause de la langue. Tous ces noms aux conso-
nances barbares l'isoleraient. Qui donc, dans ces
régions écartées, comprenait autre chose que le
polonais ou le russe ?

Il referma sa carte, déjà meurtrie aux pliures, et
reprit sa déambulation. Tout semblait gris et misérable autour de lui. Adolf évoqua les pimpants
quartiers de Vienne, encore témoins des fastes
romantiques d'antan ; la banlieue, plus modeste où
demeurait *Mutti*, si douillette que le temps s'y perdait comme une source dans du sable.

Son attention fut accaparée par un objet rouge
vif égaré dans cette infinie tristesse : une motocyclette britannique équipée d'un side-car. Le
véhicule devait avoir plus de trente ans, sa peinture écarlate s'écaillait par endroits et les garni-
tures de cuir, ravaudées, laissaient échapper leur
crin. Un écriteau accroché au guidon annonçait le
prix de la vénérable antiquité. Adolf le convertit
en lires et l'estima dérisoire. Il s'avança dans un
atelier qui puait l'huile de vidange et la soudure au
chalumeau.

Un mécanicien roux, court sur pattes, coiffé
d'une casquette-réclame, redressait à coups de
maillet une aile de voiture défoncée.

Il resta un bon moment, grisé de son vacarme,
sans prendre l'arrivant en considération. Enfin il
cessa de marteler la tôle et regarda l'Autrichien
d'un air interrogateur.

Par signes, Adolf le pria de sortir et lui fit
comprendre que la moto l'intéressait pour peu
qu'elle fût en état de rouler.

Le visage constellé de taches fauves devint avenant. Pour couper court à un difficile dialogue,

l'homme le convia à prendre place dans le side. Il traversa le quartier à faible allure, puis s'engagea dans une voie rectiligne où il força la vitesse. Au cours de son adolescence, l'Autrichien avait été séduit par la moto d'un condisciple qui le prenait à l'arrière de sa longue selle. Le garçon lui avait appris à conduire ce coursier de feu, poussant la témérité jusqu'à le masturber à cent vingt à l'heure sur les autoroutes.

Ce jour-là, seules les ultimes performances de l'engin furent prises en considération. Le garagiste aimait son métier et vendit à Hitler une relique en parfait état.

Adolf consacra le reste de la journée en emplettes variées. Il commanda un repas raisonnable au restaurant de l'hôtel *Francuski*, ne but pas de vodka et se coucha tôt.

Lorsqu'il se réveilla, il se sentit dopé à la perspective de piloter la respectable machine. Elle démarra au premier coup de talon. Il eut une période indécise avant de la pousser ; mais, libéré de la ville, il en devint vite le maître et la chevaucha avec aisance. Il prit la route de Tarnow qu'il avait déjà empruntée avec Lina et s'arrêta pour faire le plein d'essence, car le vieux moteur souffrait d'une soif inextinguible.

Sa fébrilité restait au zénith, comme le temps clément de cette arrière-saison généreuse. Avant de repartir, il consulta la carte et décida d'obliquer sur le sud-est, suivant en cela son plan de route.

Cinquante kilomètres plus loin, il retrouva l'ancien kolkhoze où il avait amené sa « fileuse » pour la questionner. Il fut tenté d'y faire halte mais pensa que ce serait là un geste de sensiblerie et continua son chemin.

Les instants passés avec elle dans ces ruines agricoles lui laissaient un souvenir désagréable parce qu'ils lui avaient démontré à quel point il pouvait engendrer la peur.

Cette fille déterminée répondait à ses questions avec une morne résignation. Elle avait compris, bien avant lui, qu'il allait la tuer. Les assassins en puissance émettent-ils une odeur ?

Il avait contemplé ses seins et ses cuisses, espérant éprouver un réel désir. C'eût été son unique chance de conserver la vie ; seulement, Hitler avait franchi le point de non-retour.

Le temps passait. Quelque part, les pigeons sauvages roucoulaient stupidement. Elle n'osait parler, de crainte que le son de sa voix ne déclenchât son trépas. Elle regrettait d'avoir cédé si passivement à ses ordres. Il lui aurait suffi de percuter un autre véhicule sur la route pour être délivrée.

– Eh bien, repartons ! fit-il d'un ton changé.

Ils se levèrent simultanément. Leurs yeux s'accrochèrent. Adolf n'était que douceur ; lentement il hissa les mains aux revers de son imperméable, s'en saisit puis, poussant un cri démentiel, lui fit exécuter un arc de cercle, et fracassa sa tête contre l'arête en saillie d'un encadrement de porte.

Captivé, il vit la mort se substituer à la vie. Lina passa de la lumière à la nuit comme sous l'action d'un commutateur. Il freina la chute de son corps et l'étendit sur le sol, puis ramena l'auto dans la banlieue de Cracovie et l'abandonna en bordure d'un immense terrain vague.

Il était calme, détendu. Presque distrait.

Vers quinze heures, mourant de faim, il s'arrêta non loin d'un sanatorium bâti en pleine montagne, à l'orée d'un village. Une auberge sans style y accueillait les malades afin de leur procurer un semblant de dérivatif.

Il entra dans ce lieu impersonnel, prit place à une table du fond et attendit qu'on voulût bien s'occuper de lui.

La moitié de la salle servait de piste de danse ;

une petite estrade supportait trois chaises chargées d'instruments. A cette heure, l'établissement ne comptait que deux routiers avalant du bortsch à grand bruit. Un cabaretier matois, coiffé d'un bonnet de grosse laine, vint prendre la commande. Ses favoris rejoignaient sa barbe, depuis longtemps inculte.

Adolf fit signe qu'il souhaitait manger. Le bonhomme lui demanda s'il était allemand.

– Autrichien, rectifia le garçon, et je m'en flatte.

Du coup, le maître des lieux sortit ses connaissances germaniques. Son client commanda un potage à la graisse d'oie suivi de côtelettes de porc au gratin. A cause de la moto qu'il pilotait, il ne but pas d'alcool mais un jus de fruit.

Les touristes étrangers devaient être rarissimes dans ce pays perdu, aussi le tenancier faisait-il grand cas du sien. Quand il lui eut servi la viande, il engagea la conversation, interrogeant le jeune homme sur l'objet de son voyage et ses occupations. Adolf se déclara élève en architecture et expliqua qu'il faisait un périples d'études ; cela parut flatter l'hôtelier.

Après son repas, Hitler eut droit à un verre de vodka obligatoire, « offert par la maison ». C'est au moment de porter un toast que lui vint une idée.

– Jadis, fit-il, mon père a rencontré un religieux qui habitait cette région : Frantz Morawsky. Sauriez-vous s'il vit toujours ?

Le gargotier barbu ôta son bonnet de laine pour aérer une calvitie blafarde. Il se gratta longuement le crâne, comme si cet exercice devait stimuler sa mémoire.

– Je me souviens d'un prêtre dont j'ai toujours ignoré le nom ; il vivait dans la forêt : un type plus ridé que l'accordéon là-bas sur l'estrade ; mais je ne l'ai plus revu depuis mille ans !

– Vous sauriez me préciser l'endroit où il demeurait ?

– Fichtre non ; et ça ne devait pas être la porte d'à côté.

– Il vivait seul ?

– Oui, c'était un genre d'ermite.

– Dans ces Carpates, il ne devait pas être facilement repérable.

L'aubergiste rit en plissant les yeux.

– Vous pensez ça parce que vous venez de la ville. Il existe un moyen facile pour détecter les habitants de la forêt.

– Lequel ?

– La fumée, cher monsieur. L'homme a besoin de feu pour se chauffer et se nourrir. Ça forme des colonnes blanches au-dessus des arbres.

Hitler réprima un élan d'allégresse. La chose allait de soi : on ne dissimule pas le feu, quand bien même on parvient à en cacher les flammes !

65

Il décida de faire du dancing-restaurant son port d'attache. Plusieurs jours durant, il arpenta la région, roulant à faible allure sur les petites routes de montagne, jumelles autour du cou, semblable à quelque officier de liaison d'une guerre démodée. Il sondait les étendues boisées, captant à pleins yeux cette mer végétale changeante, bruissante, mystérieuse. Quand il découvrait des volutes au loin, il se précipitait, abandonnait son side-car au plus près du foyer aperçu. Il s'agissait généralement d'un feu de camp allumé par des jeunes gens ou des paysans venus choisir des arbres destinés à la construction. Malgré ses déceptions répétées, il gardait confiance.

Le soir, il rentrait au dancing. D'ordinaire, le restaurateur n'assurait pas le gîte, mais il avait pris Adolf en sympathie et lui laissait l'usage d'une chambre au confort limité qui donnait au jeune explorateur l'impression d'accomplir quelque stage militaire.

Son dîner se trouvait bercé par le rudimentaire orchestre. Les pensionnaires du sanatorium composaient la base de la clientèle : des gens désorientés par la maladie et par le temps improductif passé dans ces montagnes perdues. Des flirts s'ébauchaient aux sons de vieux succès français et de mazurkas intemporelles. Ce spectacle dégageait une mélancolie fin de siècle pareille à celle que l'on ressent à bord des bateaux de croisière. Hitler ne supportait pas longtemps cette ambiance fellinienne. Il lampait quelques solides rasades de vodka et gagnait sa chambre où la musique du bas retentissait pendant des heures encore.

Le matin du troisième jour, il s'éveilla plus tardivement que d'ordinaire. Le maître des lieux houspillait une femme dont l'Autrichien n'avait pu déterminer s'il s'agissait de son épouse ou de sa servante. Il la criblait de gifles et de coups de genou dans le ventre. La malheureuse subissait ces voies de fait sans crier. Parfois, un horion plus fort que les autres lui arrachait une plainte qui stimulait la rage du violent.

Comme sa brutalité paraissait s'accroître, Adolf jugea opportun d'intervenir avec des paroles conciliatrices mais, emporté par la colère, le gargotier lui flanqua son poing dans la figure et le fit saigner du nez.

Une rage noire saisit alors Hitler. S'emparant d'un tabouret, il l'abattit sur le ridicule bonnet de son hôte. Estourbi, l'homme fléchit les jambes et tomba à genoux.

Calmé, Adolf sortit son argent, compta bonne mesure pour ses trois jours de pension et quitta la singulière auberge.

Il fit chauffer son engin et, pendant ce temps, examina la topographie de la région afin de définir la zone restant à prospecter. Il décida de visiter la partie sud proche de la frontière tchécoslovaque. Il sondait le ciel au-dessus des frondaisons pour y guetter une éventuelle fumée. Un soubresaut de la machine l'obligea d'abaisser le regard. Il vit ses mains trempées de sang : pendant qu'il roulait, l'hémorragie nasale, mal jugulée, avait repris et rougi le bas de son visage, ses vêtements et ses doigts.

Adolf coupa le moteur, s'assura que la machine était stabilisée et chercha de l'eau alentour. Elle ne manquait pas car elle ruisselait de toutes parts. Elle constituait l'une des raisons qui l'induisaient à aimer la montagne, perpétuelle réserve d'onde pure. Une fraîcheur à l'odeur végétale emplissait le sous-bois au fur et à mesure que se dissipaient les émanations polluantes de la moto.

Un craquement le fit se retourner. Il avisa une très vieille naine, dont la peau d'un gris bronze évoquait quelque saurien. Elle portait un fichu noir sur la tête, avait perdu son œil droit et une écume blanche moussait aux commissures de ses lèvres. Elle regardait avec, à la fois, pitié et crainte, cet individu qui saignait abondamment.

Il expliqua, en allemand, qu'il venait d'avoir un accident. À sa vive surprise, la survenante comprit. Elle disposait d'un vocabulaire suffisant pour assurer un échange entre eux. Il lava, à une source, sa figure et ses mains, pensant que l'eau froide allait enrayer l'écoulement, mais il n'en fut rien, son nez tuméfié libérait un filet intarissable.

– Venez ! Venez ! répéta l'espèce de minuscule sorcière en le prenant par sa manche de chemise trempée.

Elle le poussa d'un air obstiné.

– Ma motocyclette ! protesta-t-il. Je ne peux pas l'abandonner !

Elle secoua la tête.

– C'est à côté ! dit-elle en désignant une masse sombre entre les arbres.

Hitler réalisa qu'elle le guidait vers une cabane de rondins semblable à celles illustrant les contes d'enfants. Tout près, se dressait une seconde construction qu'il eut quelque mal à identifier. Il s'agissait d'un genre de campanile haut de trois mètres. Une cloche à vache s'inscrivait dans l'ajourement ; la corde qui l'actionnait était rompue depuis longtemps, et seul le vent l'agitait au gré de ses caprices. Un mètre au-dessous de l'instrument de bronze on avait placé un grand crucifix taillé grossièrement dans du bois de houx.

– Entrez! fit l'hôtesse en poussant l'huis de sa cabane.

Une pénombre enfumée piquait les yeux et noyait le logis. Hitler n'y voyait goutte, ce refuge n'étant éclairé que par la porte.

La femme alla à une étagère supportant une batterie de boîtes, se saisit de la plus petite dans laquelle son index en crochet cueillit une noisette de pommade malodorante dont elle farcit avec autorité les narines de son protégé.

– Qu'est-ce que c'est? questionna la voix faible d'un homme au souffle court.

Adolf distingua, dans l'obscurité devenue familière, un être décharné presque entièrement chauve et sans dents. Sa bouche vide, aux lèvres minces striées de plis verticaux, évoquait l'anus d'un vieux mammifère.

Hitler fut paralysé par l'incrédulité. Les circonstances le prenaient au dépourvu. Le hasard lui proposait brutalement ce qu'il cherchait avec tant d'opiniâtreté.

Son hémorragie s'arrêtant, il annonça afin de se reprendre, qu'il allait chercher des vêtements propres et rejoignit son équipage.

« Et à présent, songea-t-il, comment vais-je opérer? »

Perplexe, il décida de s'en remettre à son instinct et, après s'être changé, de retourner à la cabane avec une bouteille de vodka sortie de ses fontes.

Le ciel s'était brusquement assombri, lui rappelant une pièce de patronage aux décors de laquelle il avait travaillé : *Golgotha*. Au moment où le Christ meurt sur la croix, tout s'obscurcissait, les cieux devenaient tour à tour noirs et livides, se zébraient de clartés vénéneuses; des tonnerres de tôles secouées se succédaient, à la fois grotesques et touchants. Le jeune auditoire, impressionné, se laissait emporter par un élan de ferveur.

Il tendit une bâche sur l'ouverture du side, comme les pêcheurs sur leur barque. Lorsque les premières gouttes se mirent à tomber, il courut rejoindre les vieillards, sa bouteille sous le bras.

La naine venait d'allumer une lanterne qui répandait une forte odeur d'huile rance. A cette chiche lumière, la hutte évoquait une peinture de la Renaissance. Elle lui apparut plus sinistre et démunie qu'à son premier regard.

Il lui offrit la vodka pour la remercier de ses soins ; elle la prit sans plaisir particulier et précisa qu'elle l'utiliserait pour désinfecter des plaies éventuelles car ils ne buvaient pas d'alcool. L'existence de ce couple devait être une interminable agonie.

La pluie se déchaînait avec une fureur perverse qui ébranlait la cabane. La gorgone ferma la porte à grand-peine, s'arc-boutant de tout son corps chétif, des bourrasques rageuses s'opposaient à elle ; Hitler lui prêta main-forte. La cloche du campanile tintait de manière désordonnée. Les arbres hurlaient.

L'Autrichien ne s'attendait pas à pareil déferlement. Sur la foi des idées reçues, il associait volontiers les Carpates, patrie de Dracula, à l'épouvante. Dans le cas présent, on sentait comme une confuse alliance des éléments et de ces êtres en fin d'existence, perdus au cœur de la montagne.

Le vieillard écoutait d'un air pensif, toujours étendu sur sa paillasse craquante. Depuis combien d'années se trouvait-il à la toute dernière extrémité ?

Adolf ne parvenait pas à détacher son regard de ce visage cireux, aux tempes et aux orbites creuses. Ses oreilles blafardes accroissaient la morbidité qui l'avait investi.

– Je peux faire quelque chose? s'enquit-il auprès de la femme.

– Quoi donc? interrogea-t-elle.

– Je ne sais pas : aller chercher un médecin?

– Pourquoi? Personne n'est malade!

– Votre compagnon ne semble pas très bien.

– Comment serait-il bien : il aura cent ans l'année prochaine!

Vaincu par l'argument, Adolf changea de conversation :

– C'est un parent à vous?

– Un ami de mon défunt frère.

– Quand je suis entré, il a parlé en allemand, sans accent.

– Parce qu'il est allemand; c'est lui qui m'a appris sa langue.

Un flot de questions venaient au jeune homme. Il les retint provisoirement car son hôtesse les aurait trouvées suspectes.

– J'espère ne pas vous importuner en attendant ici la fin de l'orage?

Elle ne répondit rien. Il fut choqué par son manque d'urbanité. En d'autres circonstances, il serait parti sur-le-champ, quitte à être trempé jusqu'aux os; mais il se refusait à quitter la place. C'est pourquoi il s'assit sur des sacs de plastique étalés au sol.

La naine ranima un feu de brandons dans ce qui servait d'âtre. Lorsque des flammes maigrichonnes s'animèrent, elle y logea le cul noirci d'une casserole.

– Un peu de café, ça nous réchauffera, commenta-t-elle.

Elle prit un tabouret à trois pieds, s'y posa en libérant un gros pet chevalin et proposa sa pauvre face à la chaleur.

Le bois crépitait en se consumant; de l'eau sourdait de la toiture et formait des ruissellements. Les occupants de la méchante isba se taisaient, aucun d'eux n'accordait plus la moindre importance à l'étranger.

Cette complète indifférence causait à Adolf un insoutenable malaise. Il ne parvenait pas à comprendre pourquoi les deux fugitifs étaient restés terrés pendant un demi-siècle dans cette espèce de bauge sans fenêtre dont la puanteur le chavirait. Un délit de désertion est amnistié avec le temps. D'autant plus que les hommes avaient quitté le IIIe Reich lors de son effondrement. Avaient-ils commis auparavant des crimes contre l'humanité imprescriptibles ? A se perdre en conjectures, devant l'individu qui SAVAIT, une intense griserie le transportait.

Il crut surprendre le regard du supposé Karl Hubber. Le vieillard nourrissait-il des doutes ?

Le café étant chaud, la femme se leva pour aller chercher deux tasses de métal. Elle en emplit une et la présenta à son compagnon, puis une seconde qu'elle garda pour elle-même. Ce manque total de courtoisie équivalait à un affront.

Cette fois Hitler se leva d'une détente et ouvrit la porte. La pluie diminuait d'intensité, mais le ciel restait sombre avec encore des zébrures vénéneuses. Il distinguait entre les arbres le bas de son véhicule rouge, reflété par l'eau qui montait tout autour. Une puissante odeur d'humus se dégageait de la forêt détrempée.

Il rentra, saisit la queue de la casserole et versa le café restant sur la tête de la naine qui se mit à hurler.

VARSOVIE

66

– Je suis heureuse, fit-elle.

Elle restait nue sur le lit étroit, serrant l'oreiller entre ses bras comme, un instant plus tôt, elle étreignait le corps fané du Commendatore.

Il la contemplait d'un regard émerveillé de barbon comblé. La déclaration de la prisonnière creusait en lui des abîmes de mélancolie, cependant, son orgueil de mâle balayait ces signes de détresse. Il savait bien que l'âge aurait raison de son tardif amour mais s'accommodait des conséquences de cette félicité impensable.

Après le départ de ses acolytes, une étrange béatitude s'était emparée d'eux. Il mettait celle de sa compagne sur le compte de la drogue ; peu importait qu'elle fût réelle ou factice, ce qui comptait c'était de savourer ce chant du cygne inespéré.

Quand, à sa vive surprise, le Parrain l'avait chargé du cas de l'Allemande, il avait accepté, pensant trouver dans cette mission un remède à ses chagrins. Pourtant, avant de quitter Naples, il avait retiré de la banque son pécule chichement constitué. Avait-il la prémonition qu'il n'y reviendrait jamais ?

Assis contre le lit, il continuait de la caresser.

– Où irons-nous ? demanda-t-il d'un ton peureux.

– Pourquoi aller ailleurs ? Ne sommes-nous pas bien ici ? C'est la première fois de ma vie que je me sens sécurisée. Et par un homme à qui j'ai fait du mal et qui voulait me tuer ! C'est inimaginable !

« La Pologne me plaît. Ce pays ne ressemble pas aux autres ; il est d'une autre époque. Je voudrais trouver un logement dans un endroit quelconque, banal, laid peut-être. M'y terrer avec toi et essayer d'oublier.

En entendant ces paroles, un bonheur doux-amer envahit le Commandatore. Il murmura, penaud :

– Je suis vieux...

– Ah ! non ! protesta Johanna. On ne va pas se mettre à parler ainsi.

Elle ajouta :

– Ton âge sera notre enfant.

CRACOVIE

67

L'attitude du vieillard déconcerta Adolf. Celui-ci détournait les yeux de la petite créature folle de douleur et continuait de boire son café. Sa compagne se précipita en hurlant hors de la masure, pour offrir sa tête échaudée à la pluie déclinante.

– Vous ne trouvez pas que j'ai des manières un peu cavalières, monsieur Hubber ? demanda le jeune homme.

Le presque centenaire ne répondit rien. A croire qu'il n'avait pas entendu. Cependant, Hitler sentait qu'il suivait le déroulement de la scène.

– Vous pensiez que quelqu'un vous retrouverait un jour ? continua-t-il.

Au lieu de réagir, le patriarche acheva son café d'une main ferme.

Le garçon le laissa pour se lancer à la poursuite de la femme égarée, qui courait dans tous les sens en couinant. Il n'eut aucune peine à la rejoindre, la prit par un bras, la fit pirouetter et sans un mot voulut la faire rentrer.

Adolf s'aperçut alors que Karl Hubber avait profité de sa brève sortie pour fermer la porte. Il la poussa de toutes ses forces, sans résultat. Il crut se rappeler qu'une barre de bois, passée dans des ferrures la maintenait bloquée. Furieux, il se mit à donner des coups d'épaule dans cet assemblage de rondins.

— Si vous n'ouvrez pas immédiatement, cria-t-il à l'occupant, je mets le feu à la cabane !

Comme il achevait ces mots, de la fumée sortit par un interstice, au bas de la porte.

— Ce rat est en train de se faire griller ! s'affola l'Autrichien.

Il était ivre de fureur à la pensée qu'Hubber, à peine découvert, allait lui échapper à tout jamais. Bandant ses muscles, il renouvela en vain les coups d'épaule. Cette construction de boys-scouts le tenait en échec.

Alors, il courut à sa moto, arracha la bâche, et entreprit de la faire démarrer. Il avait été bien inspiré d'en protéger le moteur car elle répondit rapidement à ses sollicitations. Adolf se rua dans le sous-bois, sans se préoccuper des branches qui le cinglaient et fonça avec intrépidité sur la porte.

Il y eut un choc violent, un bruit de bois brisé tandis qu'un nuage noir jaillissait de la masure. La machine cala après quelques soubresauts de bête terrassée.

Le garçon escalada son véhicule bloqué dans l'encadrement de l'huis. Il découvrit un brasier de faible dimension et comprit qu'il arrivait trop tard pour sauver les papiers en train de se consumer. Il s'approcha du foyer agonisant. Des morceaux de feuilles servant jadis aux tirages des plans restaient presque lisibles. Il les rassembla en un petit tas de résidus sur lesquels subsistaient des traces de dessins et d'écriture gothique. « Un expert saura peut-être en tirer quelque chose », songeait-il, sans trop y croire.

Dans la pénombre rougeoyante de cette fin d'incendie, il aperçut le vieux allongé sur le sol contre le mur du fond. Il le crut mort, mais l'ayant retourné sur le dos, il constata qu'Hubber avait plaqué sa bouche contre un trou produit par l'éviction d'un nœud dans le bois.

Hitler le souleva sans grand mal. Malgré sa maladresse congénitale, il parvint à le sortir. La pluie avait cessé, mais s'égouttait en abondance des arbres. Les deux hommes furent immédiatement trempés.

Le jour, provisoirement expulsé par l'orage, revenait timidement à la charge. Les oiseaux, rendus silencieux, retrouvaient des trilles nouveaux. Adolf écouta, pris par une certaine magie de l'instant.

– Dans le fond, ça a dû être bien, murmura-t-il, faisant allusion à la longue retraite de ces gens.

Il tiqua en apercevant un petit bras qui dépassait de la carcasse de son tricycle. Il s'approcha de l'épave et découvrit la naine broyée par l'engin. Au moment de son rush, il avait fermé les yeux pour tenter de les protéger et n'avait pas vu la femme.

Le bonhomme s'assit, épuisé, dans une flaque d'eau. Il entourait ses genoux de ses mains décharnées et gardait la tête pendante, indifférent à tout.

La fumée s'estompait, le feu mourait. Une ambiance de calamité s'apesantissait sur les Carpates.

Adolf se sentait trop courroucé pour céder au désespoir. Il essaya de désencastrer le side-car de la porte. Ce fut laborieux, le cadavre bloquait la moto. Il mit la marche arrière, emballa le moteur, et finit par extraire le véhicule démantelé de sa fâcheuse posture.

– Fumier ! lança-t-il à Hubber. Me voilà coincé ici par votre faute. Si j'avais su que les documents étaient brûlés, je vous aurais laissé cramer !

Il crut entendre un bruit à l'extérieur, s'approcha du sentier. Sa stupeur fut intense de voir survenir trois individus, parmi lesquels l'agent israélien qui l'avait mandaté pour cette mission. Sa ressemblance avec Ben Gourion lui parut plus évidente encore qu'à leur première rencontre. Deux hommes l'accompagnaient, jeunes et athlétiques.

Ils avaient laissé leur voiture à distance : une Range Rover de couleur verte, crépie de boue comme après un rallye.

En apercevant Adolf, le chef lui adressa un signe joyeux.

– Salut ! fit-il en s'ébrouant. Comme vous le voyez, le métier d'agent secret n'a pas que de bons côtés !

Il vint à lui, la main tendue. Son regard descendit sur le centenaire toujours assis dans l'eau.

– Monsieur prend un bain de siège ? demanda-t-il goguenard.

– Comment m'avez-vous retrouvé si rapidement ? coupa l'Autrichien.

– Question d'équipement ; il suffisait de placer un micro-émetteur à l'intérieur de l'une de vos semelles. Idéal pour vous suivre à distance sans éveiller votre attention. Chacune de vos paires de souliers en est munie.

Le garçon lui jeta un regard sombre, furieux de s'être laissé piéger si aisément. L'Israélien le calma d'une tape amicale sur l'épaule.

– Vous avez énormément de talent, mais vous êtes encore inexpérimenté.

– Ce qui ne m'a pas empêché de réussir où vos services ont échoué. Vos ruses ne vous auront pas évité d'arriver trop tard, déclara Hitler avec une joie mauvaise : ce triste sire s'est barricadé dans son piège à rats et a mis le feu aux documents recherchés ; toutefois, j'en ai récupéré quelques lambeaux moins calcinés que le reste.

Son interlocuteur sourit.

– Depuis des années, nous savions ce qu'ils contenaient. Autant vous le dire tout de suite : vous vous êtes brûlé les doigts pour rien !

– Alors pourquoi m'avoir demandé de les rechercher ?

Le chef ne répondit pas, se tourna vers ses hommes et leur lança un ordre en hébreu. Aussi-

tôt, ceux-ci s'emparèrent du patriarche, le soulevèrent chacun par un bras et le coltinèrent jusqu'à
leur voiture. Les pieds du vieillard traînaient dans
les flaques. Impuissant, il se laissait charrier sans
participer.

Lorsque le trio parvint près de la Range Rover,
ils firent asseoir Karl Hubber sur le haut marche-
pied du véhicule, après quoi, l'un d'eux s'en fut
chercher une mallette métallique dans le coffre de
l'auto.

– Que faites-vous ? s'enquit le garçon.

– Une rectification.

« Ben Gourion » plaisantait, mais on devinait
que le cœur n'y était pas, qu'une gravité profonde
l'étreignait. On eût dit qu'il vivait un moment capital de sa carrière, probablement même de sa vie.

A quelques pas, le vieux dodelinait contre la car-
rosserie de la voiture.

– Il était temps ! soliloqua l'Israélien.

– De quoi ? demanda Adolf.

– De le récupérer, car il y a des individus qui
n'ont pas le droit de mourir de leur bonne mort.

– Qui est donc ce Karl Hubber ?

– Un homme dont la vie fut particulièrement
dérangeante.

– Et l'autre, Frantz Morawsky, le religieux ?

– Quelque chose comme un maître de
conscience, un guérisseur aussi, qui devait avoir
des dons.

Ses assistants venaient de mettre en batterie du
matériel photographique ; ils tirèrent une succession de clichés au polaroïd, les laissèrent se développer en les chauffant contre leur poitrine.

Lorsqu'ils en eurent un certain nombre, ils dressèrent un appareil sophistiqué sur un trépied.

Pendant ce temps, le chef examinait les instanta-
nés. Il en choisit un et revint à son interlocuteur.

– La photo est réussie ? interrogea-t-il en la lui
montrant.

344

– Tout à fait, admit le jeune homme, après avoir considéré l'image.

Ben Gourion sortit un stylo à mine de feutre de sa poche et, se servant du dos de son compagnon comme pupitre, se mit à la crayonner.

Il se retourna en la secouant et la lui présenta de nouveau.

– Et à présent ? demanda-t-il.

L'Autrichien saisit l'épreuve retouchée et poussa un cri.

L'agent du Mossad avait dessiné, sur le visage d'Hubber, une petite moustache et une mèche de cheveux tombante.

68

Ce fut l'un de ces instants d'égarement au bout desquels le temps peine pour retrouver son cours normal, comme lorsqu'on vient d'être télescopé par le malheur. Tout se brouillait, puis s'assemblait différemment, suivant la magie d'un kaléidoscope agité.

« Il est vivant ! se disait-il. Ce monstre a presque doublé son âge depuis son règne apocalyptique. » Perdu dans la somptueuse solitude de la forêt, il se prolongeait. Pas surprenant que sa vie ascétique d'ermite lui eût suffi !

Quelle autre forme d'existence peut-on mener après qu'on ait été ce démiurge malfaisant ? La pluie, le vent, le soleil composaient son nouvel empire. Peu de choses séparaient le jour de la nuit. Que subsistait-il de son abominable passé ? Une doctrine émiettée, des monceaux de cadavres et des torrents de larmes ! Une honte universelle ! Dieu bafoué !

Le religieux avait sauvé le Führer en l'emmenant dans ses Carpates natales. Qui aurait pu l'imaginer en Pologne ? N'était-ce pas le dernier endroit au monde où on l'aurait cherché ?

Celui qu'il appelait « Ben Gourion » lui montra le vieux.

– Il constitue pour moi le résultat d'années d'enquêtes, déclara-t-il avec quelque fierté.

– Vous le saviez vivant ?

– Je le sentais, ce qui est beaucoup plus puissant. J'étais gamin quand on a annoncé sa mort dans le bunker, pourtant pas une seconde je n'ai cru à son suicide.

– Vous habitiez l'Allemagne ?

– Non, heureusement. Je suis ukrainien. Si je vous disais que j'ai vu le jour à moins de cent kilomètres d'ici !

Adolf comprit que ce moment resterait à jamais le plus beau de son « commanditaire ».

– Comment a-t-il pu s'en tirer ? demanda-t-il.

– Machiavel ! Quand il a compris que la situation était perdue, il a commencé à préparer son anéantissement physique, avec l'aide de gens qu'il a « neutralisés » aussitôt après. Il savait que même incinéré, un homme laisse des traces : sa denture principalement. Il a donc fait rechercher un individu qui lui corresponde au plan de l'orthodontie et des mensurations.

– On a déniché ce sosie morphologique en la personne du sous-officier Karl Hubber ? interrogea l'Autrichien.

– Exactement. Et l'on a pratiqué sur lui des interventions dentaires identiques à celles subies par le Führer.

– Pauvre type : on lui aura pris sa vie et son identité. Vous croyez que le père Morawsky était au courant ?

– Sans aucun doute, mais en pensant que la substitution avait été réalisée avec le cadavre d'un combattant. Il a vu dans ce subterfuge la possibilité d'accomplir une grande œuvre.

– Le salut, non pas du Führer, mais de son âme ?

« Ben Gourion » lui fit face, le regard scrutateur sous ses épais sourcils gris. On lisait sur son visage cette fatigue désenchantée qu'entraîne le succès.

– Vous avez tout compris, assura-t-il. Je ne peux mieux vous témoigner mon admiration qu'en vous laissant la vie sauve, malgré mon souci de la discrétion.

Adolf eut un sourire froid et triste.

– Merci, mais je crains que ce ne soit pas un cadeau.

– Vous souffrez d'être un garçon exceptionnel ? demanda son interlocuteur.

– Celui qui sort de la normalité n'a pas sa place dans la société.

– Comme lui ? s'enquit l'Israélien en désignant le centenaire.

– Probablement. Qu'allez-vous en faire maintenant ? questionna Adolf Hitler junior.

L'Israélien haussa les épaules.

– Que voudriez-vous que nous en fassions ? Nous n'allons pas ressusciter ce dragon au moment où l'humanité commence à guérir des plaies qu'il lui a infligées.

Il mit la main sur le bras de son jeune compagnon et ajouta :

– Nous avons des pelles et des pioches dans la voiture ; j'espère que vous allez nous aider ?

IMPRIMÉ EN FRANCE PAR BRODARD ET TAUPIN
1543X – La Flèche (Sarthe), le 10-12-1999
Dépôt légal : décembre 1999

POCKET – 12, avenue d'Italie - 75627 Paris cedex 13
Tél. : 01.44.16.05.00